W9-BYG-386

El libro de los espejos

El libro de los espejos

E. O. CHIROVICI

Traducción de
Laura Salas Rodríguez

LITERATURA RANDOM HOUSE

Título original: *The Book of Mirrors*
Primera edición: julio de 2017

© 2017, RightsFactory SRL
© 2017, Penguin Random House Grupo Editorial, S. A. U.
Travessera de Gràcia, 47-49. 08021 Barcelona
© 2017, de la presente edición en lengua castellana:
Penguin Random House Grupo Editorial USA, LLC.
8950 NW 74th Court, Suite 2010
Miami, FL 33156
© 2017, Laura Salas, por la traducción

Adaptación del diseño original de cubierta de Emma Grey Gelder para
Penguin UK: Penguin Random House Grupo Editorial
Fotografía: © Getty Images

Printed in USA

ISBN: 978-1-945540-43-1

Penguin
Random House
Grupo Editorial

*A mi esposa, Mihaela, que nunca ha olvidado
lo que verdaderamente somos y de dónde venimos*

ÍNDICE

La mayoría de las personas son otras personas.

PRIMERA PARTE

PETER KATZ

Los recuerdos son como balas. Unos pasan rozándote y solo te dan un susto. Otros te abren en canal y te hacen pedazos.

RICHARD KADREY,
Kill the Dead

Recibí la propuesta de edición en enero, cuando en la agencia todo el mundo seguía intentando recobrarse de las resacas posfestivas.

El mensaje había esquivado hábilmente la papelera para aparecer en la pestaña de mensajes recibidos; allí hacía cola junto con unas cuantas docenas de mensajes más. Le eché una mirada a la carta de presentación y me picó la curiosidad, así que la imprimí junto con las páginas adjuntas del manuscrito parcial para meterlo todo en el cajón de mi escritorio. Como estaba atareado cerrando un trato, hasta finales de mes se me olvidó que estaban allí. Redescubrí los papeles el puente del día de Martin Luther King, amontonados en una pila de propuestas que tenía planeado leer durante las vacaciones.

La carta de presentación iba firmada por un tal Richard Flynn y rezaba así:

Querido Peter:

Me llamo Richard Flynn y hace veintisiete años me licencié en lengua inglesa por la Universidad de Princeton. Soñaba con hacerme escritor, publiqué varios relatos en revistas y hasta escribí una novela de trescientas páginas que abandoné después de que unos cuantos editores la rechazasen (y que hasta a mí me parece mediocre y aburrida ahora). Luego me puse a trabajar en una pequeña agencia de publicidad de Nueva Jersey y sigo en el sector hasta el día de hoy. Al principio me engañaba diciéndome que la publicidad podía asemejarse a la literatura y que un día volvería a ser escritor. Obviamente, no ocurrió nada por el estilo. Creo que para la mayoría de la gente crecer, por desgracia, se traduce en adquirir la habilidad de meter los sueños en una caja y tirarla al río East. Parece que yo no he sido la excepción que confirma la regla.

Sin embargo, hace unos meses descubrí algo importante, que me trajo a la memoria una serie de sucesos trágicos acontecidos en el otoño e invierno de 1987, mi último año en Princeton. Seguramente sabe cómo es: uno cree que ha olvidado algo (un hecho, una persona, una situación), y de repente se da cuenta de que el recuerdo estaba agazapado en una cámara secreta de la mente y que siempre ha estado ahí, como si hubiese ocurrido ayer. Es como abrir un viejo armario lleno de trastos; lo único que hay que hacer es mover una caja o algo para que se nos caiga todo encima.

Eso fue el detonante. Una hora después de enterarme de la noticia, aún seguía dándole vueltas a su significado. Me senté en el escritorio y me puse a escribir, abrumado por los recuerdos. Cuando quise detenerme hacía rato que había pasado la medianoche y había escrito más de cinco mil palabras. Era como si de repente hubiese redescubierto quién era yo tras haberme olvidado por completo. Cuando fui al baño a lavarme los dientes, me pareció que una persona distinta me miraba desde el espejo.

Por primera vez después de muchos años me quedé dormido sin tener que tomar pastillas, y al día siguiente, tras decir en la agencia que estaría dos semanas ausente por enfermedad, seguí escribiendo.

Los detalles de aquellos meses de 1987 volvieron a mi mente con una fuerza y claridad tales que pronto fueron más vívidos y poderosos que cualquier aspecto de mi vida presente. Era como si me hubiese despertado de un sueño profundo durante el cual mi mente se hubiese estado preparando en silencio para el momento en el que empezaría a escribir sobre los acontecimientos que protagonizamos Laura Baines, el profesor Joseph Wieder y yo.

Por supuesto, dado el trágico desenlace, los periódicos del momento se hicieron eco de la historia, al menos parcialmente. Yo mismo sufrí el acoso de los agentes de policía y los periodistas durante un tiempo. Esa fue una de las razones que me llevaron a abandonar Princeton, terminar el posgrado en Cornell y vivir dos años largos y polvorientos en Ithaca. Pero nadie supo nunca la verdad de la historia que cambió mi vida para siempre.

Como dije antes, tropecé con la verdad por casualidad hace tres meses, y me di cuenta de que tenía que compartirlo con los demás, aunque la rabia y la frustración que sentía y que aún siento eran aplastantes. Pero en ocasiones el odio y el dolor pueden ser estimulantes tan efectivos como el amor. El resultado de tal resolución es el manuscrito que terminé hace poco, tras un esfuerzo que me dejó física y mentalmente exhausto. Le adjunto una muestra, de acuerdo con las instrucciones que he encontrado en la página web de la agencia. El manuscrito está completo, listo para enviar. Si le interesa leerlo entero, se lo mandaré de inmediato. Como título provisional he elegido *El libro de los espejos*.

Me detendré aquí porque la pantalla del portátil me indica que ya he sobrepasado el máximo de quinientas palabras de la presentación. De todos modos, no hay mucho más que decir sobre mí. Nací y crecí en Brooklyn, nunca me he casado ni he tenido hijos, en parte, creo, porque nunca he llegado a olvidar del todo a Laura. Tengo un hermano, Eddie, que vive en Filadelfia y a quien veo en contadas ocasiones. Mi carrera en el mundo de la publicidad ha transcurrido sin incidentes, sin grandes logros ni hechos desagradables: una vida de un gris deslumbrante, escondida entre las sombras de Babel. Hoy en día soy un redactor publicitario que se acerca al final de su vida laboral en una modesta agencia situada en Manhattan, muy cerca de Chelsea, donde llevo viviendo más de dos décadas. No conduzco un Porsche ni me alojo en hoteles de cinco estrellas, pero tampoco tengo que preocuparme por lo que deparará el mañana, por lo menos en lo tocante al dinero.

Gracias por su tiempo y avíseme si desea leer el manuscrito completo. Abajo encontrará mi dirección y mi número de teléfono.

Saludos cordiales,

RICHARD FLYNN

A continuación aparecía una dirección cerca de la estación Penn. Conocía bien la zona, porque yo también había vivido por allí un tiempo.

Era una presentación bastante poco frecuente.

En mis cinco años de agente para Bronson & Matters, había leído centenares, si no miles, de cartas de presentación. La agencia, en la que empecé como ayudante, siempre había mantenido la política de aceptar manuscritos. La mayor parte de las cartas de presentación estaban escritas en tono torpe y soso, y carecían de ese algo que hace pensar que el posible autor te está hablando a ti personalmente, y no a cualquiera de los cientos de agentes cuyos nombres y direcciones figuran en la página Literary Market Place. Algunas eran demasiado largas y estaban llenas de detalles anodinos. Pero la carta de Richard Flynn no pertenecía a ninguna de aquellas categorías. Era concisa, estaba bien escrita, y, sobre todo, desprendía calidez humana. No mencionaba en ningún sitio que solo se hubiese puesto en contacto conmigo, pero estaba casi seguro de que así era, aunque no podía decir por qué. Por alguna razón que no había considerado apropiado especificar en la corta misiva, me había elegido a mí.

Tenía la esperanza de que el manuscrito me despertase tanto entusiasmo como la carta, y de poder dar una respuesta positiva a la persona que la había enviado, una persona hacia la que sentía, de un modo casi inexplicable, una simpatía secreta.

Aparté los demás manuscritos a los que había planeado echar un vistazo, hice café, me instalé en el sofá de la salita y me puse a leer el fragmento.

1

Para la mayoría de los estadounidenses, 1987 fue el año en que la Bolsa subió como un cohete para luego estrellarse contra el suelo, el caso Irán-Contra siguió sacudiendo la silla de Ronald Reagan en la Casa Blanca, y la telenovela *Belleza y poder* empezó a invadir nuestros hogares. Para mí fue el año en que me enamoré y descubrí que el diablo existía.

Llevaba algo más de tres años de estudiante en Princeton y vivía en un edificio viejo y feo de Bayard Lane, entre el museo y el seminario. Tenía un salón y una cocina abierta en la planta baja, y arriba había dos dormitorios dobles, cada uno con un baño contiguo. Estaba solo a veinte minutos a pie de la sala McCosh, donde asistía a la mayor parte de mis clases de lengua.

Una tarde de octubre, al volver a casa y entrar en la cocina, me llevé una sorpresa al encontrar allí a una joven alta y delgada de pelo rubio con raya en medio. Me echó una mirada amistosa por detrás de sus gafas de montura gruesa, lo cual le daba un aire severo y sexy al mismo tiempo. Estaba apretando un tubo de mostaza sin darse cuenta de que primero hay que quitar el sello de papel de aluminio. Desenrosqué la tapa, quité el sello y le devolví el tubo. Me dio las gracias mientras esparcía la espesa pasta amarilla sobre la salchicha gigante que acababa de hervir.

–Pues gracias –dijo con un acento del Medio Oeste que no parecía tener ganas de eliminar solo para hacerse la moderna–. ¿Quieres?

–No, gracias. Por cierto, soy Richard Flynn. ¿Eres la nueva inquilina?

Asintió. Le había dado un bocado hambriento a la salchicha y estaba intentando tragárselo con rapidez antes de contestar.

–Laura Baines. Encantada. ¿La persona que vivía aquí antes tenía una mofeta o algo así? Ahí arriba hay una peste capaz de hacer que se te caiga la nariz. Voy a tener que pintar. ¿Y pasa algo con el calentador? He tenido que esperar como una hora y media a que se calentase el agua.

–Un fumador compulsivo –le expliqué–. Estoy hablando del tío, no del calentador, y no solo de cigarrillos, no sé si me pillas. Pero aparte de eso es un tío guay. Una noche decidió tomarse un año sabático, así que se volvió a casa. Tuvo suerte de que la casera no le hiciese pagar el alquiler del resto del año. Y lo del calentador han venido a mirarlo tres fontaneros. No ha habido suerte, pero la esperanza es lo último que se pierde.

–*Bon voyage* –dijo Laura entre mordiscos, dirigiéndose al antiguo inquilino. Después señaló el microondas que había sobre la encimera–. Estoy haciendo palomitas y luego voy a sentarme a ver un poco la tele… Va a salir Jessica en vivo en la CNN.

–¿Quién es Jessica? –pregunté.

El microondas pitó para avisarnos de que las palomitas estaban listas para ser servidas en el gran bol de cristal que Laura había sacado de las profundidades del armario de encima del fregadero.

—Jessica McClure es una niña pequeña que se ha caído a un pozo en Texas —explicó, aunque dijo «ninia pequenia»—. La CNN va a televisar la operación de rescate en directo. ¿Cómo es que no has oído nada? Si no se habla de otra cosa.

Puso las palomitas en el bol y me hizo señas para que la siguiese a la sala de estar.

Nos sentamos en el sofá y puso la tele. Durante un momento ninguno de nosotros dijo nada; observábamos el desarrollo de los hechos en la pantalla. Era un octubre suave y cálido, desprovisto casi por completo de las lluvias habituales, y un tranquilo ocaso se arrastraba por la cristalera de la habitación. Al otro lado se extendía el parque que rodeaba la Trinity Church, oscura y misteriosa.

Laura terminó de comerse la salchicha y luego cogió un puñado de palomitas del bol. Parecía haberse olvidado de mí por completo. En la televisión se veía a un ingeniero explicándole a un periodista cómo iba avanzando la construcción de un túnel paralelo al pozo, diseñado para que los rescatadores tuviesen acceso a la niña atrapada bajo tierra. Laura se quitó las zapatillas a sacudidas y luego se enroscó sentándose sobre sus pies en el sofá. Advertí que llevaba las uñas de los pies pintadas de púrpura.

—¿Qué estás estudiando? —le pregunté al final.

—Estoy haciendo un máster en psicología —respondió sin apartar la vista de la pantalla—. Es el segundo. Ya he hecho uno en matemáticas por la Universidad de Chicago. Nací y crecí en Evanston, en Illinois. ¿Has ido alguna vez? Ya sabes, donde la gente masca tabaco y quema cruces.

Me di cuenta de que debía de tener dos o tres años más que yo, y eso me amedrentó un poco. A esa edad, una diferencia de dos o tres años parece enorme.

—Yo pensaba que eso estaba en Mississippi —respondí—. No, no he ido nunca a Illinois. Yo nací y crecí en Brooklyn. Solo he ido al Medio Oeste una vez, un verano, cuando tenía quince años, creo, y mi padre y yo fuimos a pescar a los montes Ozark, en Missouri. También visitamos Saint Louis, si recuerdo bien. ¿Psicología después de mates?

—Bueno, en el cole daban por hecho que yo era una especie de genio —aclaró—. En el instituto gané un montón de competiciones internacionales de mates, y a los veintiuno ya había hecho un máster y estaba preparándome para la tesis. Pero rechacé todas las becas y me vine aquí a estudiar psicología. Tener una licenciatura de ciencias me ayudó a meterme en un programa de investigación.

—Vale, pero todavía no has respondido a mi pregunta.

—Un poco de paciencia.

Se sacudió las migajas de palomitas de la camiseta.

Lo recuerdo bien. Llevaba unos vaqueros lavados a la piedra de esos con muchas cremalleras que se estaban poniendo de moda por aquel entonces, y una camiseta blanca.

Se acercó al frigorífico para coger una Coca-Cola y me preguntó si quería una. Abrió las latas, les plantó una pajita y volvió al sofá, donde me tendió una.

—El verano después de graduarme me enamoré de un chico —dijo pronunciando «chigo»— de Evanston. Había vuelto a casa a pasar las vacaciones. Estaba haciendo un máster en electrónica en el Instituto Tecnológico de Massachusetts, algo relacionado con los ordenadores. Un tío guapo y aparentemente listo que se llamaba John R. Findley. Era dos años mayor que yo, y nos conocíamos de vista del instituto. Pero un mes más tarde me lo robó Julia Craig, una de las criaturas más imbéciles que he visto en mi vida, una especie de homínido que apenas había aprendido a articular una docena de palabras, depilarse las piernas con cera y usar cuchillo y tenedor. Me di cuenta de que se me daban bien las ecuaciones y las integrales, pero que no tenía ni la menor idea de lo que pensaba la gente en general, y los hombres en particular. Comprendí que si no tenía cuidado me pasaría el resto de mis días rodeada de gatos, cobayas y loros. Y por eso vine aquí al otoño siguiente. Mamá estaba preocupada e intentó que cambiase de opinión, pero ya me conocía lo suficiente como para saber que habría sido más fácil enseñarme a volar montada en una escoba. Ahora estoy en el último año y no me he arrepentido nunca de mi decisión.

—Yo también estoy en el último año. ¿Te has enterado de lo que querías saber? —pregunté—. Quiero decir, de lo que piensan los hombres.

Por primera vez me miró directamente a los ojos.

—Pues no estoy segura, pero he hecho progresos. John rompió con Godzilla a las pocas semanas. Luego yo no respondí a sus llamadas, aunque lleva meses intentando ponerse en contacto conmigo. A lo mejor lo único que pasa es que soy exigente.

Se acabó la Coca-Cola y dejó la lata vacía sobre la mesa.

Seguimos viendo el rescate de la «ninia» de Texas en la tele y nos quedamos charlando casi hasta medianoche, tomando café y saliendo al jardín de vez en cuando a fumarnos los Marlboro que ella había cogido de su cuarto. En un momento dado la ayudé a traer el resto de sus cosas del maletero de su viejo Hyundai, que estaba aparcado en el garaje.

Laura era simpática, tenía sentido del humor, y me di cuenta de que era una chica muy leída. Como cualquier adulto joven, yo era una masa efervescente de hormonas. Por aquel entonces no tenía novia y estaba desesperado por acostarme con alguien, pero recuerdo con claridad que al principio nunca se me ocurrió la posibilidad de meterme en la cama con ella. Estaba seguro de que tendría novio, aunque nunca lo hablamos. Pero me desconcertaba de modo agradable la perspectiva de compartir casa con una mujer, algo que nunca había hecho hasta entonces. Era como si de repente fuese a tener acceso a misterios que hasta entonces me estaban prohibidos.

La realidad era que no me lo pasaba bien en la universidad y que estaba impaciente por terminar el último año y largarme de allí.

Nací y crecí en Brooklyn, en el barrio de Williamsburg, cerca de Grand Street, donde las casas eran mucho más baratas de lo que son hoy en día. Mamá enseñaba historia en el Instituto Mixto de Bedford-Stuyvesant y mi padre era asistente técnico sanitario en el Hospital Kings County. Es decir, que no éramos clase obrera, pero yo me sentía como si lo fuésemos, dado que el vecindario estaba lleno de trabajadores.

Crecí sin ninguna preocupación material importante, pero mis padres no podían permitirse gran cantidad de cosas que nos habría gustado tener. Los habitantes de

Brooklyn me resultaban interesantes, y me sentía como pez en el agua en esa Babel de razas y costumbres. Los años setenta fueron tiempos difíciles para la ciudad de Nueva York; recuerdo que un montón de gente vivía en la más absoluta miseria y la violencia era el pan de cada día.

Cuando llegué a Princeton me uní a varias sociedades académicas, me hice miembro de uno de esos famosos clubes-comedores de la Calle (como se conoce esa zona del campus) y salía con los actores aficionados del grupo de teatro Triangle Club.

Ante un círculo literario de nombre exótico leí algunos de los relatos que había escrito al final del instituto. Tutelaba el grupo un escritor vagamente conocido que enseñaba como profesor visitante, y los miembros del círculo competían en sus intentos de torturar la lengua inglesa para producir poemas sin sentido. Cuando advirtieron que mis relatos eran de estilo «clásico» y que me inspiraban las novelas de Hemingway y Steinbeck empezaron a mirarme como a un engendro. Sea como fuese, un año más tarde pasaba el tiempo libre en la biblioteca o en casa.

La mayoría de los estudiantes provenían de la clase media de la Costa Este, que se había llevado un buen chasco en los sesenta cuando todo su universo pareció desmoronarse, y que por tanto había educado a sus vástagos con el fin de que la historia no se repitiese nunca más. Los sesenta habían significado música, manifestaciones, el verano del amor, experimentos con drogas, Woodstock y anticonceptivos. Los setenta fueron testigos del fin de la pesadilla de Vietnam, de la música disco, de las revueltas y la emancipación racial. Así pues, me daba la sensación de que no había nada épico en los años ochenta, y de que nuestra generación había perdido el tren. El señor Ronald Reagan, como viejo chamán astuto que era, invocaba el espíritu de los cincuenta para nublar los cerebros nacionales. El dinero estaba destruyendo los altares de todos los demás dioses, uno a uno, preparándose para ejecutar su baile de la victoria, mientras angelitos regordetes con sombreros de cowboy sobre sus tirabuzones rubios cantaban himnos a la libertad de empresa. «¡Adelante, Ronnie!»

Me parecía que los demás estudiantes eran unos conformistas esnobs, a pesar de la pose rebelde que adoptaban, sin duda con la creencia de que aquello era lo que se esperaba de los universitarios de la Ivy League a modo de vago recuerdo de las décadas precedentes. Las tradiciones eran muy importantes en Princeton, pero para mí no eran más que teatro; el tiempo las había desprovisto de todo significado.

Consideraba que la mayor parte de los catedráticos eran mediocres aferrados a un cargo ostentoso. Los estudiantes que iban de marxistas y revolucionarios a costa del dinero de sus padres ricos nunca se cansaban de leer tochos como *Das Kapital*, mientras que los que se consideraban conservadores se comportaban como si fuesen los descendientes directos del peregrino que había gritado «Tierra» encaramado al mástil del *Mayflower* mientras se hacía visera para que no lo deslumbrara el sol. Para los primeros, yo era un pequeñoburgués de una clase que solo merecía desprecio y cuyos valores había que pisotear; para los segundos, no era más que gentuza de Brooklyn que de algún modo se las había apañado para infiltrarse en su maravilloso campus con intenciones turbias y sin duda aviesas. A mí Princeton me daba la impresión de estar infestado de robots pomposos que hablaban con acento de Boston.

Pero también es posible que todo aquello existiera solo en mi mente. Tras decidir que quería ser escritor a finales de la época del instituto, me había ido construyendo una visión del mundo lúgubre y escéptica, con la inestimable ayuda de los señores Cormac McCarthy, Philip Roth y Don DeLillo. Estaba convencido de que un escritor de verdad tenía que estar embargado por la pena y la soledad mientras recibía sus sustanciosos cheques de derechos de autor y pasaba las vacaciones en carísimos complejos hoteleros europeos. Me decía para mis adentros que si el diablo no lo hubiese avasallado hasta dejarlo sentado en aquel estercolero, destrozado y exhausto, Job nunca se habría hecho famoso por sí mismo, y la humanidad se hubiese visto privada de una obra de arte de la literatura.

Me esforzaba por evitar pasar tiempo innecesario en el campus, así que los fines de semana normalmente volvía a Nueva York. Vagaba por las librerías de segunda mano del Upper East Side, veía representaciones en oscuros teatros de Chelsea, e iba a conciertos de Bill Frisell, Cecil Taylor y Sonic Youth en la Knitting Factory, que acababa de abrir sus puertas en Houston Street. Frecuentaba los cafés de Myrtle Avenue, o cruzaba el puente para ir al Lower East Side y cenar con mis padres y con mi hermano pequeño, Eddie, que aún estaba en el instituto, en uno de esos restaurantes familiares en los que todo el mundo se conoce.

Aprobaba los exámenes sin esfuerzo, arrellanado en el terreno conocido que me proporcionaban los notables, para no toparme con ninguna bronca y tener tiempo para escribir. Escribí docenas de relatos y hasta empecé una novela que nunca llegó más allá de unos cuantos capítulos. Usaba una antigua Remington que papá había encontrado en el desván de una casa; la reparó y me la regaló cuando me fui a la universidad. La mayoría de mis textos, tras las relecturas y repetidas correcciones, acababan casi siempre en la papelera. Cada vez que descubría a un escritor nuevo, lo imitaba sin darme cuenta, como un chimpancé henchido de admiración ante la visión de una mujer vestida de rojo.

Por alguna razón, no me gustaban las drogas. Había fumado hierba por primera vez a los catorce, durante una excursión al Jardín Botánico. Un tal Martin había traído dos porros que nos habíamos pasado a escondidas entre cinco o seis, con la sensación de que las aguas pantanosas de la delincuencia nos estaban arrastrando para siempre a sus profundidades. Había vuelto a fumar unas cuantas veces en el instituto, y también me había emborrachado con cerveza barata en un par de fiestas celebradas en sombríos apartamentos de Driggs Avenue. Pero no le había visto la gracia a estar colocado o borracho, para alivio de mis padres. En aquella época, si tenías tendencia a desviarte del camino recto, era más posible que acabases apuñalado o muerto por sobredosis que encontrando un trabajo. En el instituto me apliqué, saqué unas notas excelentes y recibí ofertas de Cornell y de Princeton; acepté la segunda, que entonces se consideraba más progresista.

La televisión aún no se había convertido en un interminable desfile de programas en los que se obliga a perdedores varios a cantar, recibir insultos por parte de presentadores maleducados o meterse en piscinas llenas de serpientes. Las series de televisión estadounidenses no se habían transformado aún en una historia contada por un idiota, llena de ruido y de risas, y sin significado alguno. Sin embargo, tampoco encontraba ningún interés en los debates políticos desbordantes de hipocresía de la época, ni en los chistes malos y películas de serie B sobre adolescentes que parecían de plástico. Los pocos productores y periodistas decentes de los sesenta y los setenta que quedaban en los platós de televisión parecían encontrarse tan incómodos y violentos como dinosaurios al divisar el meteorito que anunciaba el final de su era.

Pero, como descubriría pronto, a Laura le gustaba meterse un chute de televisión basura por la noche; afirmaba que era la única manera de que su cerebro alcanzase una especie de inactividad que le permitía clasificar, sistematizar y almacenar todo lo que había acumulado durante el día. Así pues, en el otoño del año de Nuestro Señor de 1987 vi más tele que en toda mi vida, ya que encontraba una especie de placer masoquista en tirarme en el sofá junto a ella, comentando todos los programas de entrevistas, las noticias y los culebrones, como los dos viejos malhumorados del palco que salían en *Los Teleñecos*.

Al principio no me contó nada del profesor Joseph Wieder. Ya era Halloween cuando me dijo que lo conocía. Era una de las figuras más importantes de la enseñanza en Princeton por aquel entonces; lo consideraban una especie de Prometeo que había descendido entre los simples mortales para compartir el secreto del fuego. Estábamos viendo el programa de Larry King, al que habían invitado a Wieder para hablar de la drogadicción (el día anterior tres jóvenes habían muerto por sobredosis en una cabaña cerca de Eugene, en Oregón). Por lo visto, Laura y el profesor eran «buenos amigos», eso me dijo. Por aquel entonces yo ya debía de estar enamorado de ella, aunque no lo supiese.

2

Las semanas que siguieron fueron seguramente las más felices de toda mi vida.

La mayoría de las clases de psicología tenían lugar en la sala Green, que estaba a solo unos minutos a pie de McCosh y Dickinson, donde yo asistía a las clases magistrales de lengua, así que estábamos casi siempre juntos. Íbamos a la biblioteca Firestone, pasábamos por el estadio de camino a casa, hacíamos una parada en el Museo de Arte y en alguno de los cafés de alrededor, o cogíamos el tren a Nueva York, donde veíamos películas como *Dirty Dancing*, *La loca historia de las galaxias* o *Los intocables de Eliot Ness*.

Laura tenía un montón de amigos, la mayoría de ellos estudiantes de psicología. Me presentó a algunos, pero prefería pasar el tiempo conmigo. En cuanto a música, no teníamos los mismos gustos. A ella le gustaban las últimas novedades, lo que en aquella época quería decir Lionel Richie, George Michael o Fleetwood Mac, pero escuchaba estoicamente cuando yo ponía cedés de rock alternativo y jazz.

A veces nos quedábamos charlando hasta el amanecer, dopados de nicotina y cafeína, y luego nos íbamos groguis a las clases, después de dormir solo dos o tres horas. Aunque ella tenía coche, apenas lo usaba, y los dos preferíamos caminar o ir en bici. Las noches que no le apetecía ver la tele, Laura conjuraba el espíritu que anidaba en una consola NES, así que matábamos patos o jugábamos a ser Bubbles, el pez de Clu Clu Land.

Un día, después de pasarnos un par de horas jugando, me dijo:

—Richard —nunca usaba diminutivos, como Richie o Dick—, ¿sabías que nosotros, y cuando digo nosotros quiero decir nuestros cerebros, no distinguimos la diferencia entre la ficción y la realidad la mayor parte del tiempo? Por eso podemos llorar en una peli y reírnos en otra, aunque sabemos perfectamente que lo que estamos viendo es mentira y que la historia se la inventó un escritor. Sin ese «defecto» nuestro, no seríamos más que un R.O.B.

R.O.B. significaba «Robotic Operating Buddy», un accesorio que se inventaron los japoneses para los adolescentes solitarios. Laura soñaba con comprarse uno, llamarlo Armand y enseñarle a que le llevase el café a la cama y le comprase flores cuando estuviera triste. Lo que no sabía era que yo habría hecho con mucho gusto todas esas cosas y muchas más sin necesidad de adiestramiento.

No sabes qué es el dolor hasta que recibes un corte profundo, y entonces te das cuenta de que las heridas de antes eran solo rasguños. A principios de primavera, a mis problemas de adaptación a la vida de Princeton se les añadió un suceso trágico: perdí a mi padre.

Lo mató un ataque al corazón casi en el acto, cuando estaba trabajando. Ni siquiera la rauda intervención de sus compañeros pudo salvarlo, y certificaron su muerte menos de una hora después de que se desplomase en el pasillo de la sección de cirugía de la tercera planta del hospital. Mi hermano me avisó por teléfono mientras mi madre se hacía cargo de los trámites.

Me subí al primer tren y fui a casa. Cuando llegué, ya se había llenado de parientes, vecinos y amigos de la familia. A papá lo enterraron en Evergreen y al poco, a principios de verano, mi madre decidió mudarse a Filadelfia y llevarse a Eddie. Allí tenía una hermana menor que se llamaba Cornelia. En las semanas siguientes tuve que afrontar el terrible shock de comprender que todo lo que me vinculaba a mi infancia iba a desaparecer y de que nunca volvería a entrar en el apartamento de dos habitaciones donde había pasado la vida hasta entonces.

Siempre había sospechado que mi madre odiaba Brooklyn, y que la única razón por la que se había quedado allí era papá. Era una mujer melancólica e inclinada a la lectura, gracias a la educación que le había brindado su padre, un pastor luterano de origen alemán llamado Reinhardt Knopf. Guardaba el vago recuerdo de visitarlo solo una vez al año, por su cumpleaños. Era un hombre alto y severo que vivía en Queens, en una casa inmaculada con un pequeño patio trasero. Incluso en el jardín daba la impresión de que habían peinado cuidadosamente cada brizna de hierba. Su mujer había muerto al dar a luz a mi tía, y él nunca había vuelto a casarse; había criado a sus hijas él solo.

Murió de cáncer de pulmón cuando yo tenía diez años, pero de vez en cuando, mientras el abuelo estaba vivo, mi madre exigía que nos mudásemos a Queens («un sitio limpio y decente», como ella decía), aduciendo que quería estar más cerca de su padre. Pero se dio por vencida tras comprender que aquello era una causa perdida: Michael Flynn, mi padre, era un irlandés cabezota nacido y criado en Brooklyn que no tenía la menor intención de mudarse a ningún otro sitio.

Así que mi partida a Princeton para el nuevo curso coincidió con la mudanza de mi madre y mi hermano a Filadelfia. Cuando conocí a Laura, apenas estaba empezando a vislumbrar que solo podría volver a Brooklyn como invitado. Me sentía como si me hubiesen despojado de todo lo que tenía. Las pertenencias que no me llevé a Princeton habían acabado en un apartamento de dos habitaciones en Jefferson Avenue, en Filadelfia, cerca de la estación Central. Visité a mi madre y a mi hermano al poco de mudarse, y de inmediato supe que esa casa nunca sería mi hogar. Además, los ingresos familiares habían disminuido. Mis notas no eran suficientemente buenas como para que me diesen una beca, conque tendría que buscar un trabajo de media jornada para cubrir gastos hasta que me graduase.

Mi padre había fallecido de modo repentino, así que era difícil acostumbrarse al hecho de que ya no estaba, y muchas veces pensaba en él como si aún estuviese con nosotros. A veces sentimos con más fuerza la presencia de los que se han marchado que cuando estaban aquí. Su recuerdo –o lo que creemos recordar de ellos– nos obliga a intentar complacerlos de una forma de la que nunca habrían podido convencernos mientras estaban vivos. La muerte de papá hizo que me sintiese más responsable y menos inclinado a flotar por encima de las cosas. Los vivos siempre están cometiendo errores, pero los muertos quedan rápidamente envueltos en un aura de infalibilidad a ojos de quienes se quedan aquí.

Así pues, mi amistad con Laura florecía en el momento en que me sentía más solo que nunca en mi vida, y por eso su presencia era aún más importante para mí.

Faltaban dos semanas para Acción de Gracias y el tiempo estaba empezando a nublarse cuando Laura me propuso presentarme al profesor Joseph Wieder. Ella trabajaba bajo su supervisión en un proyecto de investigación que constituiría su tesis de graduación.

Laura se había especializado en psicología cognitiva, que era una especie de campo innovador en aquella época: el término «inteligencia artificial» había llegado a labios de todo el mundo después de que los ordenadores entrasen en nuestros hogares y nuestras vidas. Mucha gente estaba convencida de que una década después mantendríamos conversaciones con las tostadoras y le pediríamos a la lavadora consejos sobre nuestra carrera profesional.

Ella me contaba cosas sobre su trabajo, pero yo no me enteraba de mucho, y, con el egotismo característico de los jóvenes varones, nunca me esforcé por saber más. Lo que sí se me quedó fue que el profesor Wieder, que también había estudiado en Europa y tenía un doctorado en psiquiatría por la Universidad de Cambridge, se estaba acercando al final de un proyecto de investigación monumental que, según Laura, sería un verdadero punto de inflexión en nuestra comprensión del funcionamiento de la mente humana y en la conexión entre los estímulos mentales y las reacciones. Por lo que Laura contaba, yo entendía que era algo relacionado con la memoria y con el modo en que se forman los recuerdos. Laura afirmaba que sus conocimientos matemáticos habían constituido una verdadera mina de oro para Wieder, porque las ciencias exactas siempre habían sido su talón de Aquiles, y su investigación incluía el uso de fórmulas matemáticas para cuantificar variables.

La noche en que conocí a Wieder sería memorable para mí, pero por una razón distinta a la que yo me esperaba.

A mediados de noviembre, un sábado por la noche echamos la casa por la ventana y compramos una botella de Côtes du Rhône tinto que nos recomendó el empleado del delicatessen, y pusimos rumbo a la casa del profesor. Vivía en West Windsor, así que Laura decidió que fuésemos en coche.

Unos veinte minutos más tarde aparcamos ante una casa de estilo Reina Ana rodeada por una pequeña tapia empedrada, cerca de un pequeño lago que brillaba misteriosamente a la luz del ocaso. El portón estaba abierto y seguimos un camino de gravilla que atravesaba un césped bien cuidado en cuyo borde se alineaban rosales y zarzamoras. A la izquierda había un roble enorme cuya copa deshojada se extendía por el tejado del edificio.

Laura llamó al timbre y un hombre alto y bien plantado abrió la puerta. Estaba casi completamente calvo y lucía una barba gris que le llegaba al pecho. Llevaba unos vaqueros, zapatillas deportivas y una camisa verde de Timberland arremangada. Parecía un entrenador de fútbol americano más que un famoso profesor de universidad a punto de conmocionar al mundo científico gracias a una impactante revelación, y exhibía el aire de confianza en sí mismo que la gente tiene cuando todo les va bien.

Me dio un firme apretón de manos y besó a Laura en ambas mejillas.

—Encantado de conocerte, Richard. Laura me ha hablado mucho de ti —dijo con una voz inesperadamente juvenil. Y mientras entrábamos en una sala de techo alto cuyas paredes estaban adornadas con pinturas y colgábamos los abrigos en el perchero, añadió—: Normalmente usa un tono sarcástico y malicioso para referirse a todos los que se cruzan en su camino. Pero de ti solo ha dicho cosas buenas. Tenía mucha curiosidad por conocerte. Por favor, seguidme.

Entramos en un gigantesco salón de dos alturas. En una esquina había un rincón de cocina con una sólida encimera en medio y todo tipo de cacerolas y sartenes colgando. Contra la pared que daba al oeste había un escritorio antiguo con bisagras de bronce sobre el que se acumulaban papeles, libros y lápices, con su silla tapizada en cuero.

En el aire flotaba un agradable olor a comida que se mezclaba con el aroma del tabaco. Nos sentamos en un sofá cubierto por un lienzo adornado con motivos orientales y nos preparó un gin-tonic a cada uno, tras declarar que dejaría para la cena el vino que habíamos llevado.

El interior de la casa me intimidó ligeramente. Estaba atestado de obras de arte (estatuas de bronce, cuadros y antigüedades), como un museo. Sobre el suelo pulido yacían diminutas alfombras hechas a mano. Era la primera vez que entraba en una casa así.

Él se preparó un whisky escocés con soda y se sentó en el sillón que había ante nosotros al tiempo que se encendía un cigarrillo.

—Richard, me compré esta casa hace cinco años, y me pasé dos trabajando en ella para que tuviese el aspecto que tiene ahora. El lago no era más que un pantano maloliente plagado de mosquitos. Pero creo que ha merecido la pena, aunque esté un poco aislado. Por lo que me ha dicho un tío que sabe de esas cosas, desde entonces ha duplicado su valor.

—Es genial —le aseguré.

—Después os enseño la biblioteca de arriba. Ese es mi orgullo; lo demás son naderías. Espero que vuelvas. A veces doy fiestas los sábados. Nada sofisticado, solo unos cuantos amigos y compañeros de trabajo. Y el último viernes de cada mes juego al póquer con unos amigos. Solo apostamos calderilla, no te preocupes.

La conversación discurría con normalidad, y una hora y media más tarde, cuando nos sentamos a la mesa para comer (había hecho espaguetis a la boloñesa siguiendo la receta de un compañero italiano), ya parecía que nos conocíamos desde hacía tiempo, y mi sentimiento inicial de incomodidad se había desvanecido por completo.

Laura estaba casi ausente de la conversación, ya que ejercía de anfitriona. Sirvió la comida y al final retiró los platos y los cubiertos para colocarlos en el lavavajillas. A Wieder no lo llamaba «profesor», ni «señor», ni «señor Wieder», sino simplemente «Joe». Parecía que estaba en su casa, y era evidente que ya había hecho de anfitriona otras veces mientras el profesor peroraba acerca de temas diversos, encendía un cigarrillo con la colilla de otro y acompañaba sus palabras con amplios gestos de las manos.

En un momento dado me pregunté hasta qué punto era íntima su relación, pero luego me dije que aquello no era asunto mío, pues entonces yo no sospechaba que pudiesen ser más que buenos amigos.

Wieder alabó el vino que habíamos traído y se embarcó en una larga digresión sobre los viñedos franceses en la que me explicaba las distintas reglas de servir el vino, dependiendo de la variedad de uva. De algún modo se las apañó para hacer todo eso sin parecer esnob. Luego me contó que cuando era joven había vivido en París un par de años. Se había sacado un máster en psiquiatría en la Sorbona para luego marcharse a Inglaterra, donde había hecho la tesis y publicado su primer libro.

Al cabo de un rato se levantó y cogió de algún lugar de las profundidades de la casa otra botella de vino francés, que nos bebimos juntos. Laura aún iba por la primera copa (le había explicado al profesor que volvíamos en coche). Parecía encantada de que nos llevásemos tan bien; nos observaba como una canguro emocionada al ver que los niños que cuidaba no estaban rompiendo los juguetes ni peleándose entre sí.

Según recuerdo, conversar con él era bastante caótico. Hablaba mucho y saltaba de un tema a otro con la facilidad de un prestidigitador. Tenía opinión sobre todo, desde la última temporada de los Giants hasta la literatura rusa del siglo XIX. Lo cierto es que me dejó asombrado con su cultura, y era evidente que había leído mucho y que la edad no había enturbiado su curiosidad intelectual. (Para alguien de unos veintipocos, un adulto en la cincuentena ya es un viejo.) Pero al mismo tiempo daba la impresión de ser un misionero concienzudo que consideraba su deber educar con paciencia a los salvajes, en cuyas capacidades mentales no tenía demasiada fe. Formulaba preguntas socráticas, daba la solución él mismo antes de que me diese tiempo a abrir la boca para decir nada, y luego esgrimía contraargumentos solo para desbaratarlos también unos minutos más tarde.

De hecho, que yo recuerde la conversación no fue más que un largo monólogo. Al cabo de un par de horas, estaba convencido de que seguiría hablando aunque nos hubiésemos marchado.

Durante la noche, el teléfono, colocado en el vestíbulo, sonó varias veces y él contestó, disculpándose ante nosotros y poniendo un rápido fin a todas las llamadas. Sin embargo, en una ocasión mantuvo una larga charla, durante la cual habló en voz baja para que no se le oyese desde el salón. No podía distinguir qué decía, pero su voz revelaba enojo.

Regresó con aspecto irritado.

—Esa gente está loca —le dijo a Laura enfadado—. ¿Cómo pueden pedirle a un científico como yo que haga algo así? Les das la mano y te cogen el brazo. Mezclarme con esos imbéciles fue la tontería más gorda que he cometido en la vida.

Laura no respondió y desapareció en algún lugar de la casa. Me pregunté de quién estaría hablando, pero salió a buscar otra botella de vino. Después de que nos la bebiésemos pareció olvidarse de la desagradable llamada y declaró en tono jocoso que los hombres de verdad bebían whisky. Se marchó de nuevo y trajo una botella de Lagavulin y un bol con cubitos de hielo. La botella ya estaba medio vacía cuando cambió de opinión. Dijo que el vodka era la mejor bebida para celebrar el principio de una hermosa amistad.

Me di cuenta de lo borracho que estaba cuando me levanté para ir al baño (hasta entonces había estado conteniéndome heroicamente). No me respondían las piernas y casi me caí al suelo cuan largo soy. No era un completo abstemio, pero nunca había bebido tanto. Wieder me observó de cerca, como si fuese un gracioso cachorrito.

Ya en el baño miré al espejo de encima del lavabo y vi que dos caras familiares me devolvían la mirada, lo cual me provocó un ataque de risa. En el vestíbulo me acordé de que no me había lavado las manos, así que volví. El agua estaba demasiado caliente y me abrasé.

Laura volvió, nos echó una larga mirada y luego nos preparó a los dos una taza de café. Intenté adivinar si también el profesor estaba borracho, pero a mí me parecía sobrio, como si yo hubiese estado bebiendo solo. Al darme cuenta de que me costaba articular las palabras, me sentí como si me hubiesen jugado una mala pasada. Había fumado demasiado y me dolía el pecho. Por la habitación flotaban nubes grises de humo, como fantasmas, aunque ambas ventanas estaban abiertas de par en par.

Seguimos de charla otra hora más o menos, sin beber nada más que café y agua, y después Laura me señaló que era hora de marcharse. Wieder nos acompañó al coche, se despidió de nosotros y volvió a decirme que esperaba sinceramente verme de nuevo.

Mientras Laura iba conduciendo por Colonial Avenue, casi desierta a esa hora, le dije:

—Un tío majo, ¿no? ¡Nunca he conocido a nadie que aguantase tan bien el alcohol! ¡Madre mía! ¿Tienes idea de lo que hemos bebido?

—A lo mejor se tomó algo antes. Una pastilla o algo, quiero decir. Normalmente no bebe tanto. Y tú no eres psicólogo, así que no te has dado cuenta de que te ha estado sonsacando información sobre ti sin decirte nada de sí mismo.

—Pero si me ha contado un montón de cosas sobre él —le dije, contradiciéndola mientras intentaba averiguar si teníamos que parar el coche para poder vomitar detrás de algún árbol junto a la carretera.

Me daba vueltas la cabeza y debía de oler como si me hubiese bañado en alcohol.

—No te ha contado nada —me dijo con brusquedad—, aparte de cosas que son de conocimiento general, de las que te podrías haber enterado por la sobrecubierta de cualquier libro suyo. Pero tú le has dicho que te dan miedo las serpientes y que a la edad de cuatro años y medio casi te viola un vecino loco, al que después tu padre le dio una paliza de muerte. Esas son cosas significativas sobre uno mismo.

—¿Le he contado eso? No lo recuerdo…

—Su juego favorito es hurgar en la mente de las personas, como quien explora una casa. En él es más que una costumbre profesional. Es casi una curiosidad patológica, que rara vez consigue mantener a raya. Por eso accedió a supervisar el programa, el de…

Se detuvo en medio de la frase, como si de repente hubiese advertido que estaba a punto de hablar demasiado.

No le pregunté qué iba a decir. Abrí la ventana y sentí que se me empezaba a despejar la cabeza. Una media luna pálida colgaba del firmamento.

Aquella noche nos hicimos amantes.

Ocurrió de un modo simple, sin hipócritas discusiones previas del tipo «No quiero arruinar nuestra amistad». Después de aparcar el coche en el garaje, nos quedamos unos minutos en el patio, bañado en el resplandor amarillento de la luz de la calle, y compartimos un cigarrillo sin decir nada. Entramos y cuando intenté encender la luz de la sala me detuvo, me cogió de la mano y me llevó a su habitación.

Al día siguiente era domingo. Nos quedamos todo el día en casa, haciendo el amor y descubriéndonos el uno al otro. Recuerdo que apenas hablamos. Por la noche fuimos al Peacock Inn, y luego estuvimos paseando por el Community Park North un rato, hasta que oscureció. Le había hablado de mi intención de encontrar trabajo y cuando volví a sacar el tema me preguntó de inmediato si me gustaría trabajar con Wieder. Estaba buscando a alguien para que le organizase los libros de la biblioteca que había mencionado la noche anterior, pero que al final no me había enseñado. Me sorprendí.

¿Crees que estará de acuerdo?

—Ya he hablado con él de eso. Por eso quería conocerte. Pero como hombres típicos que sois, no os dio tiempo a hablar del tema. Creo que le caíste bien, así que no creo que haya ningún problema.

Me pregunté si a mí me caía bien.

—En tal caso, perfecto.

Se inclinó hacia mí y me besó. Debajo de la clavícula izquierda, por encima del pecho, tenía un lunar marrón del tamaño de una monedita. Aquel día la examiné con atención, como si quisiera asegurarme de que nunca olvidaría parte alguna de su cuerpo. Tenía unos tobillos inusualmente esbeltos, y los dedos de los pies muy largos (se refería a ellos como su «equipo de baloncesto»). Descubrí cada lunar y marca de su piel, que aún mostraba rastros del bronceado del verano.

En aquella época, el amor rápido se había vuelto tan corriente como la comida rápida, y yo no era la excepción que confirma la regla. Había perdido la virginidad a los quince, en una cama sobre la que colgaba un gran póster de Michael Jackson. La cama pertenecía a una chica llamada Joelle, dos años mayor que yo, que vivía en Fulton Street, dos calles más abajo que yo. En los años que siguieron tuve muchas parejas y dos o tres veces incluso pensé que estaba enamorado.

Pero aquella noche supe que me había equivocado. Quizá en algunos casos lo que había sentido había sido atracción, pasión o cariño. Pero con Laura era completamente distinto, era todo aquello y algo más: un fuerte deseo de estar con ella cada minuto, cada segundo. Quizá ya presentía débilmente que no dispondríamos de mucho tiempo para estar juntos y tenía prisa por acumular recuerdos suficientes de ella que me durasen el resto de mi vida.

3

Empecé a trabajar en la biblioteca de Wieder el fin de semana siguiente; fui a visitarlo yo solo tras coger el tren desde la estación de Trinity. Nos bebimos una cerveza juntos en un banco junto al lago y me explicó cómo quería que organizase sus varios miles de libros.

El profesor había comprado un ordenador y lo había colocado en una habitación de arriba. El cuarto no tenía ventanas y las paredes estaban cubiertas de largas estanterías de madera. Quería que elaborase un registro codificado para que un buscador pudiese localizar cada libro. Eso significaba introducir los datos −títulos, autores, editoriales, números de clasificación de la Biblioteca del Congreso, etcétera− y colocar los libros por categorías. Ambos efectuamos un cálculo aproximado y llegamos a la conclusión de que el asunto me ocuparía todos los fines de semana de los siguientes seis meses, a no ser que pudiese pasar un par de días extras trabajando cada semana. Había empezado a escribir el trabajo de fin de carrera, pero aun así esperaba poder encontrar alguna tarde perdida durante la semana que me permitiese terminar el registro de la biblioteca que me había encargado Wieder.

Me propuso pagarme cada semana. La cifra era más que generosa y me dio un cheque adelantándome las tres primeras semanas. Observé que cuando Laura no estaba allí era menos charlatán y se iba menos por las ramas.

Me dijo que él iba a trabajar en el sótano, donde tenía un pequeño gimnasio, y me dejó a mi aire en la biblioteca.

Pasé dos o tres horas familiarizándome con el ordenador y el software; durante aquel rato Wieder no volvió. Cuando por fin salí de la biblioteca me lo encontré en la cocina haciendo bocadillos. Comimos juntos y hablamos de política. Sorprendentemente para mí, era muy conservador en sus opiniones y consideraba a los «liberales» tan peligrosos como los comunistas. Pensaba que Reagan estaba haciendo lo que tenía que hacer al mostrarle a Moscú un puño amenazante, mientras que su predecesor, Jimmy Carter, no había hecho otra cosa que besarles el culo a los rusos.

Estábamos fumando en el salón, con la cafetera gorgoteando en la cocina, cuando me preguntó:

—¿Laura y tú sois solo colegas?

Me pilló por sorpresa y formular una respuesta me resultó muy incómodo. Estuve a punto de decirle que la relación entre Laura y yo no era asunto suyo. Pero sabía que Laura valoraba mucho su amistad, así que intenté calmarme.

—Solo amigos —mentí—. Resulta que se ha mudado a la misma casa que yo y nos hemos hecho amigos, aunque no tenemos mucho en común.

—¿Tienes novia?

—Pues en este momento estoy solo.

–¿Entonces? Es guapa, inteligente y atractiva, la mires por donde la mires. Y pasáis mucho tiempo juntos, según me ha contado.

–No sé qué decir… A veces ocurre, a veces no.

Cogió las tazas de café y me tendió una; luego encendió otro cigarrillo y me echó una mirada grave y escrutadora.

–¿Te ha contado algo sobre mí?

Sentí que la conversación se volvía cada vez más embarazosa.

–Te tiene en gran estima y está contenta cuando está contigo. Por lo que sé, ambos estáis trabajando en un proyecto especial que cambiará profundamente nuestro modo de entender la mente humana, algo relacionado con la memoria. Eso es todo.

–¿Te ha dado detalles sobre el contenido exacto del proyecto? –preguntó rápidamente.

–No. Por desgracia yo trabajo en un campo completamente distinto, y Laura ha desistido de intentar iniciarme en los misterios de la psicología –dije, haciendo un esfuerzo por parecer relajado–. La idea de penetrar en la mente de las personas no me excita. No te lo tomes a mal.

–Pero ¿tú no quieres ser escritor? –replicó, picado–. ¿Cómo vas a desarrollar los personajes si no tienes ni idea de lo que piensa la gente?

–Eso es como decir que tienes que ser geólogo para que te guste escalar. Joe, creo que me has entendido mal –respondí. Había insistido en que lo llamase por su nombre, aunque a mí me parecía algo violento–. A veces me siento en un café solo para observar a la gente, observar sus gestos y expresiones. A veces intento imaginar qué ocurre detrás de esos gestos y expresiones. Pero eso es lo que ellos quieren y desean revelar, conscientemente o no, y…

No me dejó terminar la frase.

—Entonces ¿te parece que soy una especie de mirón que pone el ojo en la cerradura? Pues de eso nada. Muchas veces la gente necesita que la ayuden a comprenderse mejor y tienes que saber cómo echarles una mano, sin la cual su personalidad empezaría a desintegrarse. En cualquier caso, el objetivo es completamente distinto. Comprenderás que un objeto de investigación de ese tipo (o a lo mejor no lo comprendes, pero tendrás que fiarte de mí) hay que abordarlo con la mayor discreción hasta el mismo momento en que saque a la luz los resultados. Ya tengo firmado contrato con una editorial, pero no con la editorial de la universidad, así que ha habido quejas en la junta. No creo que haga falta hablarte de la envidia en el mundo académico. Ya llevas bastante tiempo estudiando para ver cómo funciona. Y también hay otra razón por la cual es necesaria la discreción de momento, pero no puedo revelártela. ¿Cómo van las cosas por la biblioteca?

Era muy de su estilo cambiar de tema de modo abrupto, como si siempre estuviese intentando pillarme en falta. Le dije que me había familiarizado con el ordenador y con el software, y que parecía que todo marchaba bien.

Un cuarto de hora más tarde, justo cuando ya me marchaba, me detuvo ante la puerta y me dijo que había una cosa más de la que quería hablar conmigo.

—Tras visitarme la semana pasada, ¿se te acercó alguien e intentó preguntarte cosas sobre mi trabajo? ¿Algún compañero? ¿Algún amigo? ¿O igual incluso un desconocido?

—No, sobre todo por el hecho de que no le he dicho a nadie salvo a Laura que vine.

—Genial, entonces. Pues tampoco se lo comentes a nadie en el futuro. Lo de la biblioteca queda entre nosotros. Por cierto, ¿cómo es que no ha venido Laura hoy?

—Está en Nueva York, con una amiga. Le había prometido ir al teatro con ella, y se quedan a pasar la noche en casa de los padres de su amiga. Volverán por la mañana.

Se me quedó mirando un rato largo.

—Excelente. Me pregunto qué le parecerá la obra. ¿Cómo se llama su amiga?

—Dharma, si no me equivoco.

—Los nombres como Daisy o Nancy ya no les decían nada a los hippies de hace veinte años, ¿no? Bueno, adiós, Richard. Nos vemos después de Acción de Gracias. Te habría invitado a celebrarlo conmigo, pero me voy mañana a Chicago y no volveré hasta el viernes. Puedes usar las llaves de Laura. Ya sabes lo que has de hacer, y si tienes tiempo puedes venir aunque yo no esté. Cuídate.

En lugar de ir directamente a la parada del autobús, vagué por las calles que rodeaban la casa, fumando y pensando en nuestra conversación.

Vale, Laura tenía las llaves de la casa de Wieder. Aquello me parecía extraño, porque no me había dado cuenta hasta entonces de que eran tan íntimos. Si había entendido bien, Wieder quería insinuar que Laura me había mentido al decirme que iba a ir al teatro con una amiga. Y había sido muy cauto al interrogarme sobre la naturaleza de nuestra relación.

Volví a casa de mal humor; metí el cheque en un cajón del ropero de mi cuarto con la desagradable sensación de que era el pago de una transacción sospechosa que yo no entendía. Por primera vez desde que conocía a Laura iba a pasar el sábado por la tarde solo y la casa se me antojaba oscura y hostil.

Me di una ducha, pedí una pizza y vi un episodio de *Matrimonio con hijos*, pero no les encontré ninguna gracia a las hazañas de la familia Bundy. Sentía el olor de Laura, como si estuviese sentada junto a mí en el sofá. Solo hacía unas semanas que la conocía, pero tenía la impresión de que nos conocíamos desde hacía años; ya era parte de mi vida.

Estuve escuchando una cinta de B. B. King, hojeé una novela de Norman Mailer y pensé en Laura y en el profesor Wieder.

Él me trataba bien y me había ofrecido un empleo, y por ello debería haberle estado agradecido. Era una figura destacada del mundo académico, así que era una suerte que me prestase la más mínima atención, aunque se debiese a la sugerencia de su protegida. Sin embargo, pese a las apariencias, sentía algo oscuro y extraño en su comportamiento, algo a lo que aún no podía poner nombre, pero que estaba allí, acechando, oculto tras su amabilidad y su flujo casi constante de palabras.

Y lo peor de todo era que había empezado a preguntarme si Laura me estaría diciendo la verdad. Imaginé todo tipo de situaciones que me permitiesen comprobar la veracidad de lo que me había contado, pero ya era demasiado tarde para coger un tren a Nueva York. Y, además, me habría sentido ridículo espiándola desde lejos, como en una mala película.

Con la mente ocupada por esos pensamientos, me desperté en plena noche, aún en el sofá, y me fui a la cama. Soñé que me encontraba junto a un lago enorme cuya orilla estaba cubierta de juncos. Miré hacia el agua oscura y de repente me invadió una fuerte sensación de peligro. Reparé en la forma escamosa y llena de fango de un caimán que me vigilaba entre la vegetación. Pero cuando el reptil abrió los ojos para mirarme, vi que eran los ojos color azul acuoso del profesor Wieder.

Laura volvió a la tarde siguiente. Me había pasado toda la mañana vagando por el campus con dos conocidos, y a mediodía me pasé por la casa de estos, en Nassau Street, para comer pizza y escuchar música. Cuando oí que ella paraba el coche estaba haciéndome un café.

Parecía cansada y tenía ojeras. Me besó de un modo que me pareció bastante inhibido y se fue pitando a su habitación a cambiarse y darse una ducha. Mientras la esperaba serví dos tazas y me tumbé en el sofá. Cuando bajó, me dio las gracias por el café, cogió el mando a distancia y empezó a zapear. No tenía pinta de querer hablar, así que la dejé tranquila. En un momento dado propuso que saliésemos a fumar.

—Fue una obra de lo más tonta —me dijo, dándole una calada ansiosa al cigarrillo—. Los padres de Dharma estuvieron incordiándonos toda la noche. Y hubo un accidente en el túnel cuando regresaba, así que me he pasado una hora y media esperando en un atasco. Para colmo, esa cafetera que tengo por coche ha empezado a hacer un ruido raro. Creo que tendría que llevarlo al mecánico.

Fuera estaba chispeando y las gotitas de agua que lucía en el pelo brillaban como diamantes.

—¿Cómo se llamaba la obra? —le pregunté—. Si alguien me pregunta, le ayudaré a ahorrarse treinta pavos.

—*Starlight Express* —respondió a toda prisa—. Tiene buenas críticas, pero yo no estaba de humor.

Ella sabía que yo había ido a casa de Wieder, así que me preguntó cómo había ido y si habíamos llegado a un acuerdo en cuanto a la biblioteca. Le dije que me había dado el cheque, que iba a usarlo para pagar el alquiler, y que ya había trabajado unas horas.

Luego, tras entrar y sentarnos en el sofá, me preguntó:

—Pasa algo, Richard. ¿Quieres hablar del asunto?

Decidí que no tenía sentido tratar de ocultarlo, así que confesé:

—Wieder me hizo preguntas sobre nuestra relación. Y…

—¿Qué tipo de preguntas?

—Preguntas raras… También quiso saber si se me había acercado alguien preguntando por él y si tú me habías hablado de vuestra investigación.

—Ajá.

Esperé a que continuase, pero no lo hizo.

—Además, insinuó que quizá me habías mentido y habías ido a Nueva York por alguna otra razón.

Se quedó un rato en silencio, y luego me preguntó:

—¿Y tú lo crees?

Me encogí de hombros.

—Yo ya no sé qué pensar. No sé si tengo derecho a interrogarte sobre lo que haces o dejas de hacer. No eres de mi propiedad y yo no creo ser un tipo suspicaz.

Ella sostenía la taza entre las manos como si fuese un pájaro que estuviese a punto de liberar.

—Vale, entonces ¿quieres que aclaremos las cosas?

—Claro.

Dejó la taza de café en la mesa y apagó la tele. Habíamos acordado no fumar dentro de casa, pero se encendió un cigarrillo. Lo vi como una circunstancia excepcional, de modo que las reglas quedaban suspendidas temporalmente.

—Vale, vayamos punto por punto. Cuando me mudé aquí, no se me pasó por la cabeza meterme en una relación, ni contigo ni con nadie. Al final del segundo año de carrera, empecé a salir con un chico que estudiaba económicas. Pasamos el verano separados; cada uno se fue a su casa. Retomamos la relación en otoño, y durante un tiempo parecía que todo iba bien. Yo estaba enamorada de él, o eso me parecía, aunque era consciente de que el sentimiento no era mutuo: él era un frívolo, no se comprometía en el plano emocional. Yo me olía que se veía con más chicas, y estaba enfadada conmigo misma por tolerarlo.

»Ese fue el verano en que empecé a trabajar para Wieder. Al principio solo era voluntaria, como otros veinte o treinta estudiantes más, pero poco después comenzamos a hablar sobre el trabajo y creo que le gusté. Me impliqué más. Me convertí en una especie de ayudante suya, por decirlo de algún modo. El novio del que te hablaba se puso celoso. Comenzó a seguirme y a interrogarme sobre mi relación con Wieder. El decano recibió una carta anónima que nos acusaba a mí y al profesor de ser amantes.

—¿Cómo se llamaba el chico?

—¿Estás seguro de que quieres saberlo?

—Sí, estoy seguro.

—Se llama Timothy Sanders. Sigue aquí, está haciendo un máster. ¿Te acuerdas de cuando fuimos al Robert's Bar, en Lincoln, justo cuando nos conocimos?

—Sí.

—Pues estaba allí con una chica.

—Vale, sigue.

—Después de lo de la carta al decano, Wieder se enfadó. Yo tenía muchas ganas de seguir trabajando con él, ya que estaba metida en el programa de investigación. Era mi oportunidad de hacerme una carrera en ese campo. No iba a dejar que Timothy me lo echase a perder.

»Le confesé a Wieder que albergaba ciertas sospechas de quién podría haber enviado la carta. Me hizo prometer que pondría fin a la relación con Timothy, cosa que yo ya tenía planeada de todos modos. Timothy y yo hablamos y le dije que no quería que siguiésemos juntos. Qué irónico, solo entonces pareció enamorarse de mí de verdad. Me seguía a todas partes, me enviaba cartas llenas de historias lacrimógenas, me avisaba de que estaba pensando seriamente en acabar con su vida y que yo tendría que vivir con la culpa. Me mandaba flores a casa y a la universidad, y me suplicaba que nos encontrásemos aunque solo fuese unos minutos. Yo me mantuve firme y me negué a hablar con él. Wieder me preguntó un par de veces si aquel tío seguía en mi vida y pareció satisfecho cuando le dije que había cortado con él para siempre y que, pasara lo que pasase, no tenía intención de cambiar de opinión.

»Después Timothy adoptó una táctica diferente y empezó a proferir amenazas veladas e insinuaciones obscenas. Daba la impresión de estar completamente obsesionado. Una vez lo vi cerca de la casa de Wieder, sentado en el coche; lo había aparcado debajo de la farola de la esquina. Él es la razón por la que dejé mi antigua casa y vine aquí.

»Desapareció durante un tiempo y lo vi de nuevo, como ya te he dicho, aquella noche, en el Robert's. Después de eso se me acercó en el campus y cometí el error de acceder a tomarme un café con él. Estaba segura de que ya había aceptado que hubiésemos cortado, puesto que había dejado de acosarme.

—Perdón por la interrupción —dije—, pero ¿por qué no llamaste a la policía?

—No quería problemas. Timothy no era violento. Nunca había intentado pegarme, así que no me sentía en peligro. Y dudo mucho que los policías hubiesen mostrado mucho interés por un tío con mal de amores, colgado por una estudiante, mientras no hubiese violado la ley. Pero después de aquel café juntos, volvió a empezar. Me dijo que estaba seguro de que aún estaba enamorada de él aunque no quisiese aceptarlo, y que antes o después me daría cuenta. Que él lo había pasado tan mal cuando rompimos que había estado yendo a terapia en Nueva York. A mí me preocupaba que viniese aquí, que montase una escena y tú te enfadaras.

»En fin, que acepté ir con él a una de sus sesiones de terapia para demostrarle al psicólogo que yo era una persona de carne y hueso y no un producto de su imaginación, una especie de novia imaginaria, como él sospechaba que el psicólogo había empezado a creer. Por eso fui a Nueva York. Él ya había averiguado mi nueva dirección. Después de ir al psicólogo, me reuní con Dharma y pasamos la noche en casa de sus padres, como te dije. Y ya está. Timothy me prometió que nunca volvería a acosarme.

—¿Por qué no me dijiste la verdad? ¿No habría sido más fácil?

—Porque tendría que haberte contado todo lo que te acabo de contar, y no tenía ganas. Ese tío es solo una sombra de mi pasado, y ahí es donde quiero que se quede, con las demás sombras. Richard, todos tenemos cosas que preferimos olvidar, y no hay nada que hacer al respecto. Y las cosas del pasado no deberían estar expuestas para que todo el mundo las vea, porque a veces significan cosas demasiado complicadas y otras veces demasiado dolorosas. La mayor parte de las veces es mejor que permanezcan ocultas.

—¿Y nada más? ¿Fuiste a la sesión, hablaste con el loquero, y luego cada uno se fue por su lado?

Me miró llena de asombro.

—Sí, ya te lo he dicho, nada más.

—¿Y qué dijo el psicólogo?

—Estaba convencido de que Timothy se había inventado todo lo referente a nuestra relación. Pensaba que su exnovia era una especie de proyección que había creado para sí mismo y que seguramente no tenía ninguna conexión con una persona real llamada Laura. Que todo estaba relacionado con que lo hubiese criado una madrastra que no lo quería y que por eso no soportaba la idea de que lo rechazasen. Pero ¿por qué te interesa a ti todo este rollo?

Estaba oscureciendo, pero ninguno de los dos se levantó a encender la luz. Permanecimos sentados en las sombras, como en un lienzo de Rembrandt titulado *Laura suplica el perdón de Richard*.

La deseaba (estaba impaciente por quitarle la ropa y sentir su cuerpo junto al mío), pero al mismo tiempo me sentía como si me hubiesen mentido y traicionado. Estaba en un callejón sin salida y no sabía cómo avanzar.

—¿Wieder sabía todo esto? —pregunté—. ¿Sabía la verdadera razón por la que ibas a Nueva York?

Me dijo que sí.

—¿Y por qué sintió la necesidad de alertarme?

—Porque eso es lo que hace siempre —replicó enfadada—. Porque seguramente no le hace gracia que tengamos una relación. Quizá esté celoso y no pueda resistirse a sembrar cizaña, que es lo que mejor sabe hacer: manipular, jugar con la mente de las personas. Te avisé de que no sabes cómo es en realidad.

—Pero si tú lo describías como a un genio, una especie de semidiós, y me dijiste que erais buenos amigos. Y ahora…

—Bueno, pues parece que a veces hasta un genio puede portarse como un capullo.

Sabía que corría un enorme riesgo al formular la pregunta, pero aun así seguí adelante.

—Laura, ¿has mantenido alguna relación con Wieder?

—No.

Le agradecí que me diese una respuesta directa, sin ningún rastro de indignación hipócrita ni el (casi) inevitable «Pero ¿cómo has podido pensar una cosa así?».

Con todo, un momento después añadió:

—Lamento que se te haya pasado por la cabeza algo así, pero, dadas las circunstancias, lo comprendo.

—Me sorprendió un poco que tuvieses las llaves de su casa. Wieder me lo dijo.

—Si me lo hubieses preguntado, yo también te lo habría dicho. No es ningún secreto. Está solo, no tiene pareja. Todos los viernes va una mujer a limpiar, y un antiguo paciente que vive cerca le hace algún arreglo de vez en cuando. Me dio las llaves por si acaso. Nunca las he usado, ni una sola vez, créeme. Nunca he estado allí sin que él estuviese en casa.

En la penumbra del estudio apenas se distinguía su cara, y me pregunté quién era realmente Laura Baines, la Laura Baines que había conocido hacía tan solo unas semanas y de la cual, en último término, no sabía nada. Luego yo mismo respondí a mi pregunta: era la mujer de la que estaba enamorado, y aquello era lo único realmente importante.

Aquella noche, después de acordar no volver a hablar nunca del asunto —yo era lo bastante joven como para hacer promesas que no podía cumplir—, Laura me habló de los experimentos que estaba llevando a cabo Wieder. Ni siquiera ella conocía todos los detalles.

La relación del profesor con las autoridades había comenzado unos siete años antes, cuando ejerció por primera vez como perito en un juicio por asesinato. El abogado defensor del acusado insistía en que la enajenación de su cliente lo incapacitaba para ser sometido a juicio. En casos así, me explicó Laura, se forma una comisión de tres expertos que redacta un informe respecto al estado mental del acusado, y después el tribunal decide si los argumentos de la defensa están justificados o no. Si los peritos confirman que el acusado sufre una enfermedad mental que lo incapacita para comprender la naturaleza de los cargos en su contra, entonces se le interna en un hospital psiquiátrico forense. Más tarde, a petición del abogado, el paciente puede ser trasladado a un hospital psiquiátrico corriente o incluso puede ser liberado, si el tribunal falla a su favor.

Wieder, que en aquella época daba clases en Cornell, sostenía que un tal John Tiburon, de cuarenta y ocho años, acusado de asesinar a un vecino, estaba simulando su amnesia, aunque los dos peritos restantes sí creían que era psicótico, que sufría esquizofrenia paranoide y que su presunta pérdida de memoria era real.

Al final se probó que Wieder tenía razón. Los investigadores descubrieron el diario que llevaba Tiburon, en el que describía sus hazañas con gran detalle. El vecino no había sido su única víctima. Además, había recopilado información sobre los síntomas de varias psicosis que podrían constituir motivos de absolución. En otras palabras, se había asegurado de que en caso de que lo pillasen sería capaz de actuar de modo lo bastante convincente como para persuadir a los peritos de que era un enfermo mental.

Tras aquel caso siguieron llamando a Wieder como asesor, y progresivamente se fue interesando en estudiar la memoria y en analizar los recuerdos reprimidos, algo muy en boga tras la publicación de *Michelle recuerda*, un libro escrito por un psiquiatra y una presunta víctima de abusos en rituales satánicos durante su niñez. Wieder había analizado centenares de casos así, e incluso había usado la hipnosis para profundizar en sus investigaciones. Visitó cárceles y hospitales psiquiátricos forenses para hablar con criminales peligrosos y estudió innumerables casos de amnesia.

Al final llegó a la conclusión de que algunos casos de represión de recuerdos, especialmente cuando los sujetos han sufrido serios traumas psicológicos, se dan cuando salta una especie de sistema autoinmune: el sujeto borra simplemente los recuerdos traumáticos o los esteriliza para hacerlos soportables, del mismo modo que un glóbulo blanco ataca un virus que ha invadido el cuerpo. Así pues, nuestros cerebros disponen de una papelera de reciclaje.

Pero, si bien tales procesos se daban de modo espontáneo, ¿era posible descifrar su mecanismo para permitir que un terapeuta lo pusiese en marcha o lo manejase? Porque si la activación espontánea del mecanismo la mayor parte de las veces causaba daños irreversibles, y cabía la posibilidad de que se borrasen recuerdos sanos junto con los traumáticos, el intento del paciente para evadirse del trauma resultaría en un nuevo trauma que en algunos casos sería mayor que el original. Sería como resolver el problema de una cicatriz fea o una quemadura cortando el brazo entero.

Wieder continuó con su investigación tras mudarse a Princeton.

Allí fue donde se pusieron en contacto con él los representantes de un organismo, como lo había llamado misteriosamente en una conversación con Laura, para supervisar un programa que estaba desarrollando la institución. Laura no sabía más, pero sospechaba que el proyecto tenía que ver con borrar o «poner en orden» los recuerdos traumáticos de los soldados y agentes secretos. Wieder se mostraba reacio a hablar del tema. Las cosas no habían seguido el curso previsto y las relaciones entre ellos y el profesor se habían vuelto tensas.

Lo que Laura me contó me dio escalofríos. Me parecía extraño descubrir que lo que yo consideraba indudables fragmentos de realidad podrían ser meros resultados de la subjetividad de mi perspectiva sobre una cosa o una situación. Según decía ella, nuestros recuerdos eran solo un carrete que un hábil editor de imagen podría empalmar a voluntad, o una especie de gelatina que podría adoptar la forma de cualquier molde.

Le respondí que me resultaba difícil estar de acuerdo con una teoría así, pero me contradijo.

—¿Nunca has tenido la impresión de haber experimentado ya algo, o de haber estado en un lugar concreto, y después enterarte de que no has estado nunca, sino que solo has oído hablar de él, por ejemplo, cuando eras pequeño? Se debe únicamente a que la memoria ha borrado el recuerdo de lo que te contaron para sustituirlo con un acontecimiento.

Recordé que durante mucho tiempo pensé que había visto por la tele el partido en que los Kansas City Chiefs vencieron a los Minnesota Vikings y ganaron la liga de 1970 (entonces apenas tenía cuatro años), solo porque había oído a papá contar la historia del partido muchísimas veces.

—¿Lo ves? Y un ejemplo típico es lo difícil que resulta para los investigadores trabajar con testigos oculares. Casi siempre ofrecen información contradictoria entre sí, incluso detalles que deberían ser obvios: el color del coche que atropelló a alguien y luego se dio a la fuga, por ejemplo. Unos te dicen que era rojo, otros te juran y perjuran que era azul, y al final resulta que era amarillo. Nuestra memoria no es una cámara de vídeo que graba todo lo que pasa ante la lente, Richard, sino algo más parecido a un guionista que hace a la vez de director, alguien que se inventa las películas a partir de fragmentos de realidad.

No sé por qué, pero esa noche presté más atención de la habitual a lo que decía. Al final ya no podía importarme menos qué estaba haciendo Wieder. Pero me preguntaba si me habría dicho la verdad sobre Timothy Sanders.

Laura tenía razón sobre el poder de los nombres, y por eso aún recuerdo el suyo treinta años después. También volví a preguntarme esa noche si su relación con el profesor era estrictamente profesional. El acoso sexual se había convertido en un tema de moda en los ochenta, y las universidades no eran inmunes a los escándalos. Una simple acusación era a veces suficiente para destruir una carrera, o al menos para avivar las sospechas. Por eso, me resultaba difícil de creer que un personaje del estatus de Wieder lo arriesgase todo por una sórdida aventura con una estudiante, por muy atraído por ella que se sintiese.

Esa noche ambos dormimos en el sofá del salón, y yo permanecí despierto mucho después de que ella se hubiese dormido, contemplando su cuerpo desnudo, sus largas piernas, la curva de sus muslos, sus hombros rectos. Dormía como un bebé, con los puños cerrados. Decidí creerla: a veces necesitamos creer, lisa y llanamente que se puede sacar un elefante de un sombrero de copa.

4

Pasamos juntos el día de Acción de Gracias, el jueves siguiente. Compramos un pavo en un pequeño restaurante de comida casera de Irving Street e invitamos a un par de compañeros de la facultad, amigos de Laura. Mi hermano Eddie estaba enfermo –tenía un resfriado y mi madre se había llevado un buen susto al encontrárselo una mañana ardiendo de fiebre–, y me pasé más de una hora hablando con ellos por teléfono, y les di la noticia de que había encontrado un trabajo de media jornada. Ni Laura ni yo mencionamos a Timothy Sanders o a Wieder. Nos quedamos despiertos casi hasta la mañana siguiente, divirtiéndonos, y luego nos fuimos a Nueva York, donde pasamos el fin de semana en una pensión de Brooklyn Heights.

La semana siguiente fui dos veces a casa de Wieder, con las llaves de Laura, mientras él estaba en la universidad.

Me gustaba aquel sitio tranquilo y espacioso, que resultaba casi mágico para alguien como yo, que se había pasado la vida en cuchitriles oscuros y ruidosos. El silencio que reinaba en la casa parecía antinatural, y las ventanas del salón daban al lago. Podía quedarme horas allí de pie, contemplando los contornos de los sauces inclinados sobre el agua, como un cuadro puntillista.

Efectué un discreto reconocimiento de lo que me rodeaba.

En la planta baja había un salón, una cocina, un baño y una despensa. En el primer piso estaban la biblioteca, dos dormitorios, otro baño y un vestidor lo suficientemente grande como para servir de dormitorio adicional si era necesario. En el sótano había una pequeña bodega y un gimnasio, con pesas y mancuernas tiradas por el suelo. Del techo colgaba un pesado saco rojo Everlast y había un par de guantes de boxeo sujetos a la pared con un clavo. El gimnasio apestaba a sudor y a desodorante para hombre.

Siempre me han gustado los libros, por lo que organizar la biblioteca de Wieder era más un privilegio que un trabajo. Los estantes rebosaban de ediciones preciosas y títulos de los que nunca había oído hablar. Más o menos la mitad eran manuales de medicina, psicología o psiquiatría, pero el resto era literatura, arte e historia. Me organicé de modo que me quedase la mitad del tiempo para leer, ya que dudaba que el profesor estuviese dispuesto a prestarme algunos de sus libros más preciados.

Estaba allí por segunda vez esa semana, en el descanso para almorzar. Me estaba comiendo un bocadillo que había llevado y mirando el lago por la ventana abierta cuando advertí que la casa ejercía un extraño efecto en mí, al igual que su propietario. Ambos me atraían y me repelían al mismo tiempo.

Me atraía porque era el tipo de casa en la que me habría gustado vivir si fuese un escritor de éxito y si tal éxito me hubiese llenado los bolsillos de oro. Dado que mi época en Princeton tocaba a su fin, y como empezaba a preguntarme en serio lo que iba a hacer después, cada vez estaba más preocupado de que las cosas quizá no saliesen como yo quería. Me habían rechazado el puñado de relatos que hasta entonces había enviado a revistas literarias, aunque algunos de ellos volvieron acompañados de unas palabras de ánimo de los editores. Yo estaba trabajando en una novela, pero no tenía nada claro si de veras merecía la pena perseverar en ella.

La alternativa sería la aburrida vida en una ciudad pequeña de un profesor de lengua misántropo y muerto de hambre rodeado de adolescentes burlones. Acabaría vistiendo chaquetas de tweed con coderas y cargando el proyecto de un libro que nunca terminaría siempre metido en la cartera, como una piedra al cuello.

Aquella casa era un símbolo universalmente reconocido de éxito, y durante un par de minutos me imaginé que era mía y que vivía allí con la mujer que amaba, que ya era mi esposa. Me estaba tomando un descanso de escribir el siguiente best seller, mientras esperaba, lleno de calma y serenidad, a que Laura llegase para salir e ir al Tavern on the Green o al Four Seasons, donde la gente nos reconocería y nos observaría con curiosidad y admiración.

Pero la imagen comenzó a desvanecerse muy pronto, como si hubiese entrado en contacto con una sustancia química destructiva, cuando recordé el hecho de que aquella casa pertenecía a un hombre que no me merecía plena confianza. Pese a que me inclinaba a pensar que Laura me decía la verdad y que su relación era estrictamente profesional, cada vez que estaba en la casa mi imaginación se desbordaba. Era como si pudiese verlos copulando allí mismo, en el sofá del salón, o subiendo las escaleras hacia el dormitorio, ya desnudos, retozando antes siquiera de tocar las sábanas. Me imaginaba todos los juegos perversos a los que se sometería Laura para excitar al viejo, arrastrándose bajo su escritorio con una sonrisa obscena en la cara mientras él se desabrochaba los pantalones y le hacía proposiciones libidinosas.

Aun cuando no estaba allí, Wieder conseguía marcar el territorio, como si todos los objetos formaran parte de su santuario.

Esa mañana había acordado con Laura quedar a las tres de la tarde junto al monumento a la Batalla de Princeton, en el parque, para que nos diese tiempo de tomar el tren a Nueva York. A las dos cerré la puerta de la biblioteca y bajé para recoger mis cosas y marcharme. Casi me desmayo al ver a un tío alto plantado en medio del estudio. Sostenía un objeto que al instante siguiente identifiqué como un martillo.

No era un barrio peligroso, pero en aquella época los periódicos siempre estaban llenos de historias de robos e incluso asesinatos.

El tipo, que llevaba una parka, una sudadera de algodón y unos vaqueros, se detuvo y me miró. Yo tenía la garganta seca, y cuando intenté hablar apenas reconocí mi voz.

—¿Y tú quién coño eres?

El tío se quedó helado unos instantes, como si no supiese qué decir. Tenía un rostro ancho y redondo, de una palidez antinatural, el pelo desgreñado y barba de dos días.

–Soy Derek –dijo finalmente, como si yo tuviese que haber oído hablar de él–. Joe… quiero decir, el profesor Wieder, me pidió que reparase el bastidor de esa cortina.

Apuntó con el martillo hacia una de las ventanas y vi una caja de herramientas en el suelo.

–¿Cómo has entrado? –pregunté.

–Tengo llaves –respondió señalando a la mesita de café que había junto al sofá, sobre la que se encontraba el llavero–. Tú eres el de la biblioteca, ¿no?

Por lo lacónico de sus explicaciones, deduje que se trataba del expaciente que, según había mencionado Laura, se ocupaba de las reparaciones en casa de Wieder.

Tenía prisa, así que no me quedé a hacerle más preguntas y tampoco llamé a Wieder para comprobar las afirmaciones de Derek. Cuando me encontré con Laura una hora después, le mencioné el encuentro y que casi me había dado un ataque al corazón.

Se llama Derek Simmons –me dijo–. Lleva unos cuantos años con el profesor. En efecto, Wieder se ocupa de él.

De camino a Princeton Junction, donde tomaríamos el tren a Nueva York, Laura me contó la historia de Derek.

Cuatro años atrás lo habían acusado de asesinar a su mujer. Vivían en Princeton, llevaban cinco años casados y no tenían hijos. Derek trabajaba como técnico de mantenimiento y su mujer, Anne, era camarera en una cafetería de Nassau Street. Según declararían más tarde vecinos y amigos de la familia, nunca discutían y parecían disfrutar de un matrimonio feliz.

Una mañana temprano, Derek llamó a una ambulancia tras decirle al operador que su mujer estaba muy grave. Los auxiliares sanitarios la encontraron en el vestíbulo, sin vida, tumbada en un charco de sangre, tras haber recibido repetidas puñaladas en el cuello y el pecho. Un forense certificó su muerte en la escena del crimen y se llamó a la policía científica.

La versión que dio Derek de la tragedia fue la siguiente:

Volvió a casa alrededor de las siete de la tarde, tras haber hecho la compra en una tienda cerca de donde vivían. Comió, vio la tele y luego se fue a la cama, ya que Anne tenía turno de noche y no llegaría hasta tarde.

Se despertó a las seis de la mañana, como de costumbre, y vio que su mujer no estaba en la cama. Al salir del dormitorio se la encontró tirada en el vestíbulo, cubierta de sangre. No sabía si estaba viva o muerta, así que llamó a una ambulancia.

Al principio los investigadores pensaron que era posible que el hombre estuviese diciendo la verdad. La puerta no estaba cerrada con llave y no parecía que la hubiesen forzado, así que lo más probable era que alguien la hubiese seguido y la hubiese atacado en el momento en que entraba en el apartamento. Quizá después el autor del crimen se diese cuenta de que había alguien más en la casa y se marchase sin robar nada. (Junto al cuerpo se encontró el bolso de la víctima con dinero en metálico.) El forense determinó que había muerto alrededor de las tres de la madrugada. Simmons carecía de móvil para matar a su mujer y parecía destrozado por su pérdida. No tenía deudas, no tenía aventuras, y en el trabajo se ocupaba de sus propios asuntos. Lo consideraban trabajador y callado.

Laura conocía hasta el menor detalle gracias a Wieder, que había sido uno de los tres peritos a los que llamaron para determinar el estado mental de Derek después de que lo acusaran del asesinato de su mujer; su abogado solicitaba que se le declarase no culpable por enajenación. Por alguna razón, Wieder le había concedido al caso la máxima importancia.

La policía descubrió posteriormente una serie de elementos que dejaban a Derek en una situación muy difícil.

En primer lugar, Anne Simmons había empezado a tener una aventura unos meses antes de ser asesinada. Nunca se descubrió la identidad de su amante —o al menos nunca se hizo pública—, pero según parecía la relación iba en serio y los dos estaban planeando casarse en cuanto Anne consiguiese el divorcio. La noche del crimen Anne terminó el turno y cerró el café alrededor de las diez de la noche. Después los amantes fueron a un apartamento barato de una habitación situado en la misma calle del café y que Anne había alquilado dos meses antes, donde se quedaron hasta algo después de medianoche, tras lo cual ella se fue a casa en taxi. Según el taxista y la información registrada por el taxímetro, Anne Simmons había bajado frente a su casa a la 1.12.

Derek declaró que no tenía ni idea de que su mujer tuviese una aventura, pero los investigadores pensaron que tal cosa era muy poco probable. Así pues, ya tenían el móvil, los celos, y el asesinato podía ser fácilmente un crimen pasional.

En segundo lugar, la mujer presentaba heridas en los brazos a las que los investigadores llamaron «heridas defensivas». En otras palabras, había levantado los brazos intentando defenderse del asesino, que seguramente había usado un cuchillo grande. Aunque Derek hubiese estado dormido en la planta de arriba mientras su esposa luchaba por su vida, era poco probable que no hubiese oído nada. Seguro que Anne había gritado pidiendo auxilio. (Más tarde, dos vecinos declararon haberla oído gritar, pero no habían llamado a la policía porque los gritos se habían acallado antes de que les diese tiempo a espabilarse del todo.)

En tercer lugar, una amiga de la víctima confirmó que faltaba un cuchillo de la cocina de los Simmons, un cuchillo que recordaba porque hacía solo unas semanas que había estado ayudando a Anne a preparar la comida para su fiesta de cumpleaños. Cuando le preguntaron por el cuchillo en cuestión, cuya descripción encajaba con el arma del crimen, Derek se limitó a encogerse de hombros. Sí, el cuchillo había existido, pero él no sabía dónde había ido a parar porque era su mujer la que se encargaba de la cocina.

Por último, la policía también descubrió que, hacía muchos años, Derek, que entonces era adolescente, había sufrido una grave crisis nerviosa. Había estado ingresado en el Hospital Psiquiátrico de Marlboro durante dos meses, y se había perdido el último año de instituto. Le diagnosticaron una esquizofrenia y estaba en tratamiento desde que salió. Aunque hasta entonces había sido muy buen estudiante, después abandonó la idea de ir a la universidad y en lugar de eso se formó como electricista; consiguió un trabajo poco cualificado en Siemens.

En consecuencia, la policía fraguó una teoría acusatoria y concluyó que la secuencia de hechos había sido la siguiente:

Anne llegó a casa a la 1.12, y estalló una pelea. Su marido la acusó de tener una aventura y ella seguramente lo informaría de su intención de pedir el divorcio. Dos horas más tarde Derek cogió un cuchillo de la cocina y la mató. A continuación se deshizo del arma del crimen, y después llamó a una ambulancia, como si acabase de descubrir el cuerpo de su esposa. Quizá estuviese sufriendo una crisis nerviosa o un episodio esquizofrénico, pero solo los médicos podrían llegar a una conclusión al respecto.

Cuando arrestaron a Simmons por asesinato, su abogado se aferró a la teoría de la crisis nerviosa y solicitó que su cliente fuese declarado no culpable por enajenación. Mientras tanto, el acusado había seguido defendiendo tenazmente su inocencia, y se negaba a aceptar ningún tipo de acuerdo.

Tras examinarlo en contadas ocasiones, Joseph Wieder llegó a la conclusión de que Derek Simmons sufría de una rara forma de psicosis y de que el diagnóstico de esquizofrenia emitido en su juventud era incorrecto. La psicosis en cuestión daba lugar de forma periódica a los llamados «estados de fuga», durante los cuales el paciente perdía por completo la conciencia de sí mismo, los recuerdos y el sentido de la identidad. En casos extremos, cabía la posibilidad de que esas personas desapareciesen de su casa y de que los hallasen muchos años después, en otra ciudad o estado, viviendo bajo una identidad enteramente nueva, sin recordar nada de su vida pasada. Algunos volvían a su identidad anterior, olvidándose por completo de las otras que habían construido entretanto; otros quedaban atrapados en su nueva vida.

Si el diagnóstico de Wieder era correcto, era posible que Simmons no recordase nada de lo que había hecho aquella noche en la que, debido al estrés y la modificación en su conciencia inducida por la brusca transición del sueño a la vigilia, reaccionó como si fuese una persona completamente diferente.

Wieder convenció a sus compañeros del diagnóstico, y el juez falló que Simmons debía ser internado en el Hospital Psiquiátrico de Trenton, en Nueva Jersey, junto con otros pacientes potencialmente peligrosos. Con el consentimiento de la institución y el abogado del paciente, Wieder había seguido tratando a Simmons, usando la hipnosis y una terapia revolucionaria que incluía una mezcla de medicamentos anticonvulsivos.

Por desgracia, tras unos cuantos meses en el hospital, otro paciente atacó a Simmons, que sufrió graves heridas en la cabeza, lo cual empeoró considerablemente su estado. Derek Simmons perdió del todo la memoria y nunca la recuperó. Su cerebro podía formar y almacenar nuevos recuerdos, pero era imposible recuperar los antiguos. Laura me explicó que ese tipo de trauma se llamaba amnesia retrógrada.

Un año más tarde, ante la insistencia de Wieder, internaron a Derek en el Hospital Psiquiátrico de Marlboro, donde el régimen era menos estricto. Allí el profesor lo ayudó a reconstruir su personalidad. En realidad, según decía Laura, aquello era verdad solo a medias: el paciente volvió a convertirse en Derek Simmons solo en el sentido de que tenía el mismo nombre y la misma apariencia física. Sabía escribir, pero no tenía ni idea de dónde había aprendido a hacerlo, dado que no recordaba haber ido nunca a la escuela. Aún podía desempeñar el trabajo de electricista, pero pasaba lo mismo: no tenía ni idea de dónde había aprendido el oficio. Todos los recuerdos anteriores al momento en que lo habían atacado en el hospital estaban encerrados en algún lugar de sus sinapsis cerebrales.

En primavera de 1985, un juez accedió a la petición de su abogado de que el hospital psiquiátrico le diese el alta a Simmons, dada la complejidad del caso y la absoluta falta de impulsos violentos del paciente. Pero, según dijo Laura, estaba claro que Derek Simmons no podría apañárselas por sí mismo. No tenía perspectivas de encontrar trabajo, y antes o después habría acabado en otra institución psiquiátrica. Era hijo único, y su madre había muerto de cáncer cuando él era pequeño. Su padre, con quien Derek no mantenía una relación muy estrecha, se mudó a otra ciudad tras la tragedia, sin dejar dirección de contacto, y no se interesó demasiado por la suerte de su hijo.

Así las cosas, Wieder le alquiló un apartamento de una habitación no muy lejos de su casa, y le pagaba un sueldo mensual por ocuparse del mantenimiento de su vivienda. Derek vivía completamente solo, ya que sus vecinos lo consideraban un monstruo. De vez en cuando se encerraba y se pasaba días o semanas sin aparecer. En esas etapas era Wieder quien le llevaba comida y se aseguraba de que tomase la medicación.

La historia de Derek Simmons me conmovió, al igual que la actitud de Wieder hacia él. Gracias a la ayuda de Wieder, aquel tipo, asesino o no, podía llevar una vida decente. Y estaba en libertad, aunque tal libertad estuviese restringida por su enfermedad. Sin Wieder, habría acabado siendo un desecho indeseable en un psiquiátrico, rodeado por guardias brutales y pacientes peligrosos. Laura me contó que había visitado el hospital de Trenton con el profesor unas cuantas veces, para hacer trabajo de campo; en su opinión los hospitales psiquiátricos eran quizá los lugares más siniestros sobre la faz de la tierra.

A la semana siguiente, cuando empezaron a caer las primeras nieves, visité la casa de Wieder en tres ocasiones y siempre me encontré a Derek allí, reparando alguna cosa. Charlamos y fumamos juntos, mirando al lago, que parecía aplastado por el peso de aquel cielo grisáceo. Si no hubiese sabido su historia, habría pensado que era una persona normal, a pesar de su timidez, su reserva y su falta de inteligencia. En cualquier caso, parecía un hombre amable e incapaz de hacerle daño a nadie. Hablaba de Wieder con veneración y se daba cuenta de cuánto le debía. Me contó que acababa de adoptar un cachorro de la perrera. Le había puesto de nombre Jack y lo sacaba a pasear al parque de al lado casi todas las tardes.

Menciono a Derek y su historia porque desempeñó un papel importante en la tragedia que siguió.

5

A principios de diciembre recibí una de las noticias más importantes de mi vida hasta la fecha.

Una de las bibliotecarias de la Firestone, una amiga mía llamada Lisa Wheeler, me contó que un editor de *Signature*, una revista literaria de Nueva York, iba a dar una conferencia en la sala Nassau. La revista, que ya no existe, gozaba de bastante consideración en aquel momento pese a su tirada limitada. Como sabía que yo quería publicar, Lisa me consiguió una invitación y me aconsejó que hablase con el editor tras la conferencia para pedirle que leyese mis relatos. No era tímido, pero tampoco lo que se dice muy lanzado, así que los tres días siguientes estuve intranquilo, dándole vueltas a qué hacer. Al final, sobre todo gracias a la insistencia de Laura, escogí tres relatos, los metí en un sobre junto mi currículum, y me presenté en la conferencia con el paquete debajo del brazo.

Llegué demasiado pronto, así que me quedé esperando delante del edificio, fumándome un cigarrillo. A la puerta del auditorio, los cuervos que anidaban en los árboles cercanos llenaban con sus graznidos el aire plomizo.

Había estado nevando y los dos tigres de bronce que vigilaban la entrada parecían figurillas de mazapán cubiertos de azúcar glas en una jaula gigante. Se me acercó un hombre esbelto con una de esas chaquetas de pana con coderas de cuero para pedirme fuego. Se liaba los cigarrillos él mismo y los fumaba con una larga boquilla de hueso o de marfil que sujetaba entre el pulgar y el índice como un dandi eduardiano.

Empezamos a hablar y me preguntó qué pensaba del tema de la conferencia. Confesé que en realidad no sabía bien de qué iba, que yo había ido con la esperanza de entregarle algunos relatos al conferenciante, editor de la revista *Signature*.

—Magnífico —dijo exhalando una nube de humo azulado. Llevaba un bigote fino, a lápiz, de los de estilo ragtime—. ¿Y de qué tratan sus relatos?

Me encogí de hombros.

—Es difícil decirlo. Prefiero que los lean a tener que hablar de ellos.

—¿Sabe que William Faulkner decía lo mismo? Lo cual significa que un buen libro solo puede leerse, no ser tema de conversación. Bueno, pues démelos. Apuesto a que están en ese sobre.

Me quedé con la boca abierta.

—John M. Hartley —dijo el hombre, pasando la boquilla a la mano izquierda para tenderme la derecha.

Le estreché la mano, con la sensación de haber empezado mal. Él advirtió mi incomodidad y me dedicó una sonrisa de ánimo que dejó entrever dos filas de dientes amarillos por el tabaco. Le tendí el sobre con los relatos y el currículum. Lo cogió y lo metió en una cartera raída que estaba apoyada contra la base de metal del cenicero que había entre nosotros. Nos acabamos los cigarrillos y entramos en el auditorio sin decir ni una palabra más.

Al final de la conferencia, tras responder a todas las preguntas del público, me hizo un gesto discreto para que me acercase; cuando llegué me entregó una tarjeta y me dijo que me pusiera en contacto con él una semana más tarde.

Le conté a Laura lo que había ocurrido.

—Es una señal —me dijo, triunfante y plenamente convencida.

Estaba sentada desnuda, encaramada al escritorio que yo había improvisado en un rincón del estudio. Balanceaba las piernas hacia delante y hacia atrás para que se le secase el esmalte de las uñas de los pies, y al mismo tiempo limpiaba los cristales de las gafas con un trozo de gamuza.

Esto es lo que pasa cuando algo está escrito en las estrellas —añadió—. Todo se une y fluye de modo casi natural, como un buen fragmento de prosa. Bienvenido al mundo de los escritores, señor don Richard Flynn.

—Vamos a ver qué pasa —dije lleno de escepticismo—. Me pregunto si he escogido bien los relatos y si se dignará siquiera echarles un vistazo. A lo mejor ya están en la basura.

Laura era miope y cuando no llevaba gafas tenía que entornar los párpados para ver, lo que le daba aspecto enfadado. Me echó una mirada de esas con el ceño fruncido y me sacó la lengua.

—¡No seas pesimista recalcitrante! Me ponen de los nervios los pesimistas, y más si son jóvenes. De pequeña, cada vez que intentaba algo nuevo, mi padre no era capaz de callarse la cantidad de dificultades insuperables que se alzaban entre mi sueño y yo. Creo que por eso dejé de pintar a los quince años, aunque mi profesora decía que tenía mucho talento. Cuando fui a la primera competición internacional de matemáticas, que se celebraba en Francia, me advirtió de que el jurado favorecería a los concursantes franceses, así que no debía hacerme demasiadas ilusiones.

—¿Y tenía razón? ¿Favorecieron a los comequesos?

—Para nada. Yo quedé en primer lugar y un niño de Maryland fue segundo.

Dejó el trozo de gamuza sobre el escritorio, se plantó las gafas sobre la nariz y se abrazó las rodillas contra el pecho, apretándolas como si de repente tuviese frío.

—Tengo la sensación de que va a salir bien, Richard. Has nacido para ser escritor, yo lo sé y tú también lo sabes. Pero nada llega en bandeja de plata. Tras la muerte de mi padre, a los dieciséis, miré todas las cosas que guardaba bajo llave en los cajones de su despacho, el despacho en el que yo siempre había querido curiosear. Entre los papeles encontré una foto en blanco y negro de una chica de más o menos mi edad, con una diadema sobre el pelo peinado hacia atrás. No era muy guapa, más bien normalita, pero tenía unos ojos muy bonitos. Le enseñé la foto a mi madre y me dijo, cortante, que era la novia del instituto de mi padre. Por alguna razón había guardado la foto durante todos esos años. ¿Sabes a qué me refiero? Es como si no hubiese tenido el valor de estar con esa chica, Dios sabe por qué, y hubiese acumulado tanta infelicidad en su interior que la hubiera esparcido a su alrededor, como una sepia soltando tinta para esconderse. Venga, bájese los pantalones, capitán. ¿O es que no ve que hay una dama desnuda esperándolo?

Al final Laura tuvo razón.

Una semana más tarde estábamos comiendo una pizza en un restaurante de Nassau Street cuando de repente se me metió en la cabeza llamar a la oficina de *Signature* en ese mismo momento. Fui a la cabina de teléfono que había junto a la puerta de los servicios, metí un par de monedas en la ranura y marqué el número de la tarjeta que llevaba conmigo desde la conferencia. Me respondió una joven a la que le pregunté por el señor Hartley, y le expliqué el motivo de mi llamada. Unos segundos más tarde oí la voz del editor al otro lado de la línea.

Le recordé quién era y él fue directo al grano.

—Buenas noticias, Richard. Te voy a sacar en el próximo número, que es en enero. Va a ser un número fuerte. Después de las vacaciones siempre aumentan nuestros lectores. No he tocado ni una coma.

Estaba abrumado.

—¿Qué relato ha escogido?

—Son cortos, así que he decidido publicar los tres. Te voy a dar dos páginas. Por cierto, vamos a necesitar una foto tuya, en blanco y negro, tipo retrato. Y una breve biografía.

—Me parece increíble… —dije, y le di las gracias tartamudeando.

—Has escrito unos relatos muy buenos, y es natural que se lean. Me gustaría que nos viésemos después de las vacaciones para conocernos mejor. Si sigues así, tienes un gran futuro por delante, Richard. Que pases unas felices fiestas. Me alegro de haberte dado buenas noticias.

Le deseé también felices fiestas y colgué.

—Estás radiante —me dijo Laura cuando me senté a la mesa—. ¿Ha habido buenas noticias?

—Van a publicar los tres en enero —le contesté—. ¡Los tres! ¿Te das cuenta? ¡En *Signature*!

No lo celebramos con champán. Ni siquiera fuimos a cenar a un buen restaurante. Pasamos la noche en casa, los dos solos, haciendo planes para el futuro. Era como si las estrellas estuviesen lo bastante cerca para tocarlas si extendíamos la mano. Las palabras «revista *Signature*», «tres relatos», «foto en blanco y negro» y «escritor con obra publicada» me daban vueltas en la cabeza como un carrusel, formando un halo invisible de gloria e inmortalidad.

Hoy me doy cuenta de que aquel cambio tan brusco en mi vida me abrumó en aquel momento y de que exageraba completamente su importancia: *Signature* tampoco era el *New Yorker*, y a sus autores les pagaban más en ejemplares gratis que en cheques. Lo que no advertí entonces era que también Laura había cambiado en los últimos días. Al volver la vista atrás, recuerdo que parecía distante, estaba siempre preocupada por algo, y empezó a hablar cada vez menos conmigo. Dos o tres veces la pillé hablando por teléfono entre susurros, y cada vez que se daba cuenta de que yo estaba en la habitación colgaba.

Yo seguía yendo a casa de Wieder casi todos los días para trabajar tres o cuatro horas en la biblioteca, que poco a poco empezaba a parecer bastante organizada, y pasaba las tardes con Laura, renunciando a cualquier otra actividad. Pero la mayor parte del tiempo ella se traía trabajo a casa y se sentaba encorvada en el suelo, rodeada de libros, pilas de papeles y bolígrafos, como un chamán oficiando algún ritual secreto. Si no recuerdo mal, ya ni siquiera hacíamos el amor. Aunque me levantaba pronto por las mañanas, la mayoría de las veces resultaba que se había marchado sin despertarme.

Y entonces un día me encontré con el manuscrito en la biblioteca de Wieder.

En la parte trasera de los estantes, frente a la puerta, había un armarito; hasta entonces, no me había picado tanto la curiosidad como para abrirlo. Estaba buscando papel para escribir, porque quería hacer un esquema de cómo quedarían finalmente los estantes contiguos a la puerta, que era por donde había empezado a trabajar, así que decidí buscar en el armarito en vez de bajar de nuevo a coger papel del escritorio del profesor. Lo abrí y me encontré un paquete de folios, un par de revistas viejas y un manojo de lápices, bolígrafos y rotuladores.

Al sacar el papel del armarito se me cayó el paquete y las hojas se esparcieron por el suelo. Cuando me arrodillé para recogerlas, me di cuenta de que la punta de uno de los lápices que había en el armarito parecía encajada en la pared, justo donde dos de los laterales deberían haberse unido. Me acerqué para echar un vistazo, aparté el resto de los objetos y descubrí que el lateral izquierdo del armarito tenía una pared falsa que, al abrirse, reveló un espacio del tamaño de un listín telefónico. Y en la cavidad encontré un fajo de papeles dentro de una carpeta de cartón.

La saqué y vi que en la cubierta no había inscripción alguna que identificase el manuscrito. Al hojearlo, observé que era un trabajo de psiquiatría o de psicología, pero en ninguna página figuraba el título ni el autor.

Daba la impresión que aquello lo habían escrito al menos dos personas diferentes. Algunas páginas estaban escritas a máquina, otras cubiertas de una letra manuscrita muy pequeña, con tinta negra, y otras eran obra de una mano distinta: presentaban unas letras grandes casi ilegibles inclinadas a la izquierda, escritas en bolígrafo azul. Tanto las páginas escritas a máquina como las escritas a mano estaban plagadas de correcciones, y en determinados lugares había adiciones de uno o dos párrafos unidas a las páginas con cinta adhesiva.

Me pregunté si sería un borrador (o uno de los borradores) del famoso libro del profesor Wieder que Laura me había mencionado, o si sería el manuscrito de algún trabajo antiguo, ya publicado.

Leí a toda prisa las primeras dos páginas, abundantes en términos científicos que no me sonaban de nada, y luego devolví el manuscrito, con cuidado de colocar de nuevo los objetos más o menos como los había encontrado. No quería que Wieder se diese cuenta de que había descubierto su escondite o de que había estado hurgando en su casa.

Una tarde perdí la noción del tiempo y cuando bajé me encontré con el profesor, que estaba hablando con Derek. Este se marchó y Wieder me invitó a cenar. Estaba cansado y tenía un aspecto sombrío y preocupado. De pasada, me felicitó por que fuesen a publicar mis relatos, cosa que probablemente sabía por Laura, pero no me preguntó más detalles, que yo habría ofrecido encantado.

Había empezado a nevar copiosamente y pensé para mis adentros que era mejor que me marchase porque las carreteras podían quedar intransitables, pero no fui capaz de rechazar su invitación.

—¿Por qué no le dices a Laura que se venga? —sugirió—. Vamos, insisto. Si hubiese sabido que estabas aquí, la habría invitado yo mismo. Hemos estado trabajando juntos hoy.

Salí al vestíbulo y llamé a casa mientras él buscaba unos filetes en el frigorífico. Laura respondió casi de inmediato y le dije que estaba en casa de Wieder y que nos invitaba a los dos a cenar.

—¿Te ha propuesto él que me llamases? —preguntó en tono beligerante—. ¿Dónde está?

—Está en la cocina. ¿Por qué?

—No me encuentro bien, Richard. Hace mal tiempo y te aconsejaría que volvieses a casa lo más rápido posible.

No insistí. Antes de colgar le dije que regresaría en cuanto pudiese.

Cuando volví a entrar en la sala, Wieder me echó una mirada inquisitiva. Se había quitado la chaqueta y llevaba un delantal blanco bordado en rojo a la altura del pecho: NO SÉ LO QUE ESTOY HACIENDO. Me daba la impresión de que había perdido peso y tenía unas ojeras más oscuras que nunca. Bañada en la cruda luz del fluorescente de la cocina, su cara aparentaba diez años más, y el aire de seguridad que poseía la noche en que nos conocimos parecía haber dado paso a un aspecto casi atormentado.

—Bueno, ¿qué ha dicho?

—Que no le apetece salir con este tiempo. Y…

Me interrumpió con un gesto.

–Por lo menos podría haberse inventado una excusa mejor.

Cogió uno de los filetes y lo metió de nuevo en el frigorífico, dando un portazo.

–Las mujeres pueden decir que están «indispuestas», ¿no? Sin dar más detalles… Es uno de sus mayores privilegios en la vida. Ve a la bodega, ¿quieres? Y coge una botella de tinto, por favor. Estamos a punto de cenar como dos tristes y solitarios solterones. A ninguno de los dos nos gusta el fútbol, pero después podemos ver un partido, tomar una cerveza, eructar, hacer todas esas cosas que se supone que hacen los hombres satisfechos.

Cuando subí de la bodega con el vino, los filetes siseaban en una gran sartén, y estaba preparando un puré de patatas instantáneo. Una de las ventanas estaba abierta de par en par y el viento arrojaba al interior grandes copos de nieve que se derretían de inmediato al contacto con el aire cálido. Abrí la botella de vino y lo serví en una garrafa panzuda, siguiendo sus instrucciones.

–No te lo tomes a mal, pero si hace un año le hubiese pedido a Laura que viniese, habría venido como un rayo aunque estuviese lloviendo azufre –dijo tras tomar un buen trago de whisky–. Escucha el consejo de un viejo, Richard. Cuando una mujer se da cuenta de que sientes algo por ella, empieza a poner a prueba su poder sobre ti y a intentar dominarte.

–¿Qué quieres decir con «algo»? –pregunté.

No respondió; se limitó a echarme una larga mirada.

Comimos en silencio. Había cocinado los filetes a toda prisa, así que estaban casi crudos, y el puré estaba lleno de grumos. Se bebió casi toda la botella de vino él solo; cuando pasamos al café, se echó un lingotazo de bourbon y se lo bebió a grandes sorbos. Fuera, la tormenta se había convertido en tempestad y se arremolinaba contra las ventanas.

Después de la cena metió los platos en el lavavajillas y se encendió un puro que sacó de una caja de madera. Yo decliné el ofrecimiento y me encendí un Marlboro. Se quedó un rato fumando en silencio, como si hubiese olvidado que yo también estaba allí. Me estaba preparando para darle las gracias por la cena y decirle que me marchaba cuando empezó a hablar.

—¿Cuál es tu recuerdo más antiguo, Richard? Cronológicamente, quiero decir. Normalmente una persona comienza a almacenar recuerdos a la edad de dos años y medio o tres.

El fluorescente de neón de la cocina estaba encendido, pero la sala se mantenía en penumbra. Mientras hablaba gesticulaba con las manos, y la punta incandescente del puro trazaba complicados arabescos en la oscuridad. Su larga barba le daba el aspecto de un profeta bíblico al que sus visiones lo hubieran abandonado e intentara oír la voz del cielo una vez más. En el anular de la mano derecha llevaba un anillo con una piedra roja que resplandecía misteriosamente cuando le daba una calada al puro. La mesa, cubierta con un mantel blanco, se asemejaba a la superficie de un lago profundo y helado que nos separaba de modo más contundente que un muro.

Nunca había pensado en mi primer recuerdo «en orden cronológico», como había dicho él. Pero unos momentos más tarde, el recuerdo al que se refería comenzó a tomar forma en mi mente y lo compartí con él.

—Estaba en Filadelfia, en casa de mi tía Cornelia. Tienes razón: debía de tener tres años, o faltaría un mes más o menos para mi tercer cumpleaños, a principios del verano de 1969. Estaba en un balcón que me parecía muy grande, intentando quitar una tablilla de madera de un armarito verde. Llevaba pantalones cortos y sandalias blancas. Entonces llegó mi madre y me sacó de allí. No recuerdo el viaje en tren ni en coche, ni recuerdo el interior de la casa de mi tía ni qué aspecto tenían ella y su marido. Solo me acuerdo de la tablilla, el armarito, y el suelo del balcón, que estaba cubierto de azulejos de un tono cremoso, además de un fuerte olor a comida que debía de venir de la cocina, cerca del balcón.

—Así que tenías unos tres años cuando Armstrong pisó la luna —concluyó—. ¿Teníais tele en color en casa entonces? Porque ocurrió en el verano del que estás hablando.

—Claro. Era una tele en color pequeña colocada en un mueble de la salita, junto a la ventana. Luego nos hicimos con una más grande, una Sony.

—Es más que posible que tus padres viesen el alunizaje, uno de los momentos más importantes de la historia desde el principio de la humanidad. ¿Tú recuerdas algo de eso?

—Sé que vieron las imágenes por televisión porque después se pasaron años hablando de ello. Aquel día mi padre había ido al dentista y mi madre le preparó manzanilla para hacer gárgaras. Él se las apañó para quemarse la boca. He oído la historia docenas de veces. Pero no me acuerdo de Neil Armstrong diciendo las famosas palabras ni de verlo balanceándose como una muñeca blanca gigante en la superficie de la luna. Esa escena la vi más tarde, por supuesto.

—¿Ves? Para ti, a esa edad, el alunizaje no significaba nada en absoluto. Un trocito de madera era más importante, por la razón que fuera. Pero ¿qué pasaría si te enterases de que nunca fuiste a Filadelfia y de que todo era una imagen inventada por tu mente, en lugar de un recuerdo real?

—Ya he tenido esa conversación con Laura. Quizá algunos recuerdos sean relativos, quizá nuestra memoria haga resaltar las cosas o incluso las altere, pero creo que nuestros recuerdos solo pueden ser relativos hasta cierto punto.

—No son relativos solo hasta cierto punto —afirmó categóricamente—. Deja que te dé un ejemplo. Cuando eras pequeño, ¿te perdiste alguna vez en un centro comercial mientras tus padres estaban comprando?

—No recuerdo nada por el estilo.

—Bueno, pues en los cincuenta y en los sesenta, cuando los centros comerciales empezaron a proliferar como setas y a sustituir a las tiendas de barrio, uno de los miedos constantes de las madres en general era perder a sus hijos entre la multitud. Los niños de esa generación, especialmente los nacidos en grandes ciudades, crecieron a la sombra de aquel fantasma, y siempre les decían que se quedaran cerca de sus madres cuando estaban comprando. El miedo a perderse en un centro comercial o a que los raptasen está inscrito en su memoria más profunda, aunque ya no puedan recordarlo de modo consciente.

Se levantó y sirvió dos vasos de bourbon, uno de los cuales me plantó delante antes de sentarse. Le dio una calada al puro, bebió un sorbito de whisky, invitándome con la mirada a imitarlo, y después prosiguió.

—Hace unos cuantos años llevé a cabo un experimento. Cogí una muestra representativa de estudiantes nacidos en esa época, de ciudades cuya población superase los trescientos mil habitantes. Ninguno de ellos recordaba haberse perdido en un centro comercial cuando era pequeño. Entonces, bajo hipnosis, les sugerí que en realidad sí que se habían perdido. ¿Qué crees que pasó? Posteriormente, tres de cada cuatro declararon que recordaban haberse perdido en un centro comercial e incluso describieron la experiencia: lo asustados que estaban, que los encontraron unos empleados que los condujeron de vuelta con sus mamás, que anunciaron por los altavoces que habían encontrado a Tommy o a Harry en la cafetería. La mayoría de ellos se negó a creer que era solo una cuestión de sugestión hipnótica combinada con sus antiguos miedos infantiles. «Recordaban» el suceso con demasiada exactitud como para creer que nunca había tenido lugar. Si le hubiese sugerido a alguien nacido y criado en Nueva York que cuando era pequeño le había atacado un caimán, por ejemplo, seguramente no se habría producido ningún resultado, porque no albergaban ningún recuerdo de miedo a los caimanes en la infancia.

—¿Adónde quieres ir a parar? —pregunté.

Ya no me apetecía beber más y el mero olor del alcohol bastaba para darme náuseas después de la cena que yo mismo me había obligado a comer. Estaba cansado y no dejaba de preguntarme si seguiría habiendo autobuses.

—¿Ir a parar? Bueno, pues quiero ir a parar a que cuando te he preguntado por un recuerdo de infancia, me has hablado de algo seguro y corriente: un niño jugando con un trozo de madera en un balcón. Pero nuestro cerebro nunca funciona así. Debe de haber una razón de peso por la que recuerdas eso y no otra cosa, eso suponiendo que el suceso fuera verdad. A lo mejor la tabilla tenía un clavo y te hiciste daño, aunque ya no recuerdes esa parte. A lo mejor el balcón estaba en un piso alto y había riesgo de que te cayeses, y tu madre gritó al encontrarte allí. Cuando empecé a ocuparme de…

Hizo una pausa, como si se estuviese preguntando si debía continuar. Probablemente decidió que sí, porque prosiguió.

—Algunas personas experimentan episodios muy traumáticos que con el tiempo se convierten en verdaderos bloqueos. Se trata del llamado «síndrome del boxeador»: después de pasarte la vida recibiendo golpes en el cuadrilátero, es casi imposible que tengas motivación suficiente para convertirte en campeón. Tu instinto de supervivencia resulta un fuerte inhibidor. Así que, si se puede convencer a un puñado de estudiantes de que una vez se perdieron en un centro comercial, ¿por qué no se podría convencer a alguien que experimentó de veras algo así de que en realidad el suceso traumático nunca tuvo lugar y de que lo único que pasó aquel día fue que su madre le compró un juguete nuevo? No estás suprimiendo los efectos del trauma, sino el trauma mismo.

—En otras palabras, estás haciendo una carnicería en la memoria de alguien —dije, pero de inmediato me arrepentí de haberlo expresado con tanta crudeza.

—Si hay un montón de gente que se entrega al bisturí del cirujano para tener unos pechos, una nariz o un culo más atractivos, ¿qué hay de malo entonces en la cirugía cosmética de la memoria? Especialmente si hablamos de personas reducidas a juguetes rotos, incapaces de trabajar o de funcionar como es debido.

—Pero eso de lo que hablas, ¿no se llama lavado de cerebro? ¿Y qué pasa si los recuerdos salen a la superficie de nuevo en un mal momento? ¿Qué pasa si a un escalador le vuelve el bloqueo de repente, justo cuando está colgando de una cuerda a mil metros de altitud?

Me miró, presa del asombro y de una ligera alarma. Hasta entonces su tono había sido levemente condescendiente, pero en ese momento detecté una nota de temor mezclado con sorpresa.

—Esa es una buenísima pregunta. Veo que eres más listo de lo que pensaba... no te lo tomes a mal. Pues sí, ¿qué pasa en una situación así? Alguna gente le echará la culpa a la persona que hizo la «carnicería», por usar tus propias palabras.

Justo entonces sonó el teléfono, pero no contestó, y me pregunté si sería Laura. Entonces, de repente, cambió de tema, usando su familiar táctica. Probablemente pensó que ya había hablado demasiado de sus experimentos.

—Siento que Laura no haya podido venir. Habríamos mantenido una conversación más alegre. Bueno, estoy al corriente de vuestra relación, así que no hace falta que me cuentes más mentiras al respecto. Laura y yo no tenemos secretos el uno para el otro. Te contó lo de Timothy, ¿no?

Sabía que no se estaba marcando un farol, así que le dije que era verdad. Me avergoncé de que me hubiese pillado in fraganti y me dije que Laura y él tenían una conexión más profunda de la que yo suponía; compartían un espacio secreto donde yo no podía entrar ni como invitado, a pesar de mis ilusiones.

—Cuando te pregunté por la naturaleza de vuestra relación ya sabía que estabais juntos —dijo—. Era solo una prueba.

—Que no pasé.

—Digamos más bien que preferiste ser discreto y que mi pregunta estaba fuera de lugar —me tranquilizó—. ¿Hasta qué punto es importante Laura para ti? O, mejor dicho, ¿hasta qué punto crees que es importante?

—Mucho.

—No has vacilado —observó—. Pues esperemos que todo os vaya bien. ¿Te ha preguntado alguien por tus visitas a esta casa?

—No.

—Si alguien lo hace, dímelo inmediatamente, sea quien sea el que pregunte, ¿de acuerdo?

—Claro.

—Vale, gracias.

Decidí usar su táctica, así que en esa ocasión fui yo quien cambió de tema.

—¿Has estado casado alguna vez?

—Mi biografía es pública, Richard. Me sorprende que nunca la hayan leído. No, no me he casado nunca. ¿Por qué? Pues porque cuando era joven solo me interesaba el estudio y labrarme una carrera, algo que ocurrió mucho más tarde. Si dos personas se conocen cuando son jóvenes y crecen juntos, les resulta fácil soportar las manías y costumbres del otro. Si eres mayor es casi imposible. O quizá es que nunca conocí a la persona adecuada. Una vez estuve muy colgado de una guapa jovencita, pero la cosa acabó bastante mal.

—¿Por qué?

—No querrás también que te diga cuál es la combinación de la caja fuerte, ¿verdad? Ya basta por esta noche. ¿Quieres saber cuál es mi primer recuerdo?

—Tengo el presentimiento de que voy a enterarme.

—Tu presentimiento es acertado, amigo. Tienes madera de médium. Bueno, pues no estaba en un balcón intentando romper una tablilla de madera. Me hallaba en un gran patio lleno de rosas, era una preciosa tarde de verano y lucía el sol. Yo estaba cerca de unos rosales llenos de capullos grandes y rojos, y tenía a los pies un gato atigrado. Un hombre alto y guapo (aunque todos los adultos te parecen muy altos cuando eres un niño) se inclinaba hacia mí para decirme algo. Llevaba un uniforme oscuro y tenía un montón de medallas prendidas en el pecho, una de las cuales atrajo mi atención más que las otras, probablemente porque brillaba mucho. Creo que era de plata y tenía forma de cruz. Aquel hombre de pelo rubio rapado me prestaba atención y yo me sentía muy orgulloso de ello.

»Ese es mi recuerdo, aún puedo contemplarlo vívidamente ante mis ojos. Yo nací en Alemania, por si no lo sabías, y soy judío. Vine a Estados Unidos con mi madre y mi hermana cuando tenía cuatro años. Mi hermana Inge era solo un bebé. Tiempo después mi madre me contó que aquel día nos "visitaron" unos nazis y le dieron una brutal paliza a mi padre: murió en el hospital unos días más tarde. Pero ese recuerdo, que enmascaraba un suceso tan doloroso, se me ha quedado grabado. Prefiero conservar mis recuerdos, por muy dolorosos que sean. A veces los uso como los católicos el cilicio, ese mortificador artilugio que se ciñen en la cintura o en el muslo. Me ayuda a no olvidar nunca lo que son capaces de hacer seres humanos de aspecto normal, y que detrás de las apariencias a veces acechan monstruos.

Se puso en pie y encendió la luz, que me deslumbró y me hizo guiñar los ojos. Se dirigió a la ventana y descorrió la cortina.

—Ahí fuera se ha desatado el infierno —dijo—. Y es casi medianoche. ¿Estás seguro de que no quieres pasar la noche aquí?

—Laura se preocuparía —contesté.

—Puedes llamarla —propuso, haciendo un gesto hacia el vestíbulo—. Seguro que lo entiende.

—No, no hay problema, me las apañaré.

—Entonces te llamaré a un taxi. Lo pago yo. Es culpa mía que te hayas quedado hasta estas horas.

—Ha sido una conversación interesante —dije.

—Como te he dicho antes, no hay razón para mentir —atajó, y fue hacia el vestíbulo para llamar un taxi.

En realidad yo no había mentido. Era posiblemente el adulto más intrigante que había conocido hasta la fecha, no solo debido a su reputación y a su fama, sino también por su innegable carisma personal. Pero al mismo tiempo siempre parecía confinado en una especie de cubículo de cristal, encerrado allí por culpa de su incapacidad de aceptar que los demás no eran solo marionetas para sus perversos juegos mentales.

Me acerqué a la ventana. Al resplandor de la luz del balcón, la nieve formaba remolinos que parecían grupos de fantasmas. Entonces, de repente, me pareció ver una figura en la oscuridad, a unos tres metros de la ventana, una figura que se escabulló hacia la izquierda, tras los altos magnolios de ramas cubiertas de nieve. Estaba casi seguro de que no lo había soñado, aunque la visibilidad era escasa a causa de la nieve, pero decidí no mencionárselo a Wieder: daba la impresión de estar ya bastante estresado.

Tras varios intentos consiguió encontrar un taxi, y tardé más de una hora en llegar a casa. El taxi me escupió en la nieve, cerca del monumento; desde allí continué a pie, hundiéndome hasta las rodillas, mientras el viento helado me azotaba el rostro.

Veinte minutos más tarde estaba sentado en el sofá con Laura, envuelto en una manta y con una taza de té caliente en la mano.

—Timothy ha venido hace tres horas —dijo de repente.

Nunca usaba el diminutivo (Tim o Timmy), al igual que a mí nunca me llamaba Dick ni Richie.

—Creo que tiene pensado seguir acosándome. No sé qué hacer.

—Hablaré con él. O a lo mejor deberíamos llamar a la policía, como ya te dije una vez.

—No creo que sirva de nada —afirmó con rapidez, sin especificar a qué opción se refería—. Es una pena que no estuvieses en casa. Podríamos haberlo solucionado en el momento.

—Wieder insistió en que me quedase a cenar.

—Y tú tuviste que hacerle caso, ¿no? ¿De qué habéis hablado?

—De la memoria y esas cosas. ¿Y qué tal si me explicas por qué últimamente te has vuelto contra él? Si no hubiese sido por ti, nunca lo habría conocido. Me ofreció trabajo. Es un profesor respetable y yo solo intentaba ser amable, eso es todo, entre otras cosas porque sé que tú valoras tu relación con él. Fuiste tú quien insistió en que lo conociese, ¿recuerdas?

Estaba sentada en la alfombrita de delante del sofá, con las piernas cruzadas, como si fuese a ponerse a meditar. Llevaba una camiseta mía, la del logo de los

Giants, y por primera vez advertí que había adelgazado.

Se disculpó por el tono, y luego me dijo que su madre se había descubierto un bulto en el pecho izquierdo. Había ido al médico y ahora estaba esperando los resultados de la mamografía. Me había contado muy poco de su familia, nada más allá de apuntes y fragmentos de recuerdos, y nunca había sido capaz de formarme una imagen coherente a partir del rompecabezas que me ofrecía, aunque yo se lo había contado todo sobre mis padres. Estaba pensando en pasar las vacaciones con mi madre y mi hermano, las primeras navidades sin mi padre. Había invitado a Laura, pero ella me había dicho que prefería ir a Evanston. Quedaban solo unos cuantos días y ya sentía el regusto metálico de estar alejados uno del otro; iba a ser nuestra separación más larga desde que nos habíamos conocido.

Al día siguiente me hice las fotos para *Signature* en un pequeño estudio del centro. Unas horas más tarde las recogí; mandé dos a la dirección de la revista y me guardé las otras dos: una para Laura y otra para mi madre. Pero se me olvidó sacarlas de la mochila antes de irme de vacaciones, así que nunca pude darle a Laura la foto que le guardé. Más tarde, en Ithaca, cuando me acordé de las fotos, descubrí que habían desaparecido.

Para cuando salió la revista, a finales de enero, ya me estaban acosando la policía y los periodistas, así que cambié de dirección y nunca llegué a recibir los ejemplares de la revista que me habían enviado por correo. No vi el número de *Signature* hasta quince años después, cuando un amigo mío me regaló un ejemplar. Dio con él en una librería de segunda mano de Myrtle Avenue, en Brooklyn. Nunca volví a hablar con el editor. No fue hasta comienzos del año 2000 cuando me enteré por casualidad de que había muerto en un accidente de tráfico en la Costa Oeste en el verano de 1990.

Como habría dicho Laura, quizá el modo en que la revista y mi carrera literaria se me escurrieron entre los dedos era una señal. Después de esa época ya no volví a publicar nada, aunque durante un tiempo seguí escribiendo.

El profesor Joseph Wieder fue asesinado en su casa un par de días después de la noche de nuestra cena juntos, la del 21 al 22 de diciembre de 1987. La policía nunca encontró al asesino, a pesar de lo minucioso de la investigación, pero, por las razones que descubrirán más adelante, yo era uno de los sospechosos.

6

Alguien dijo una vez que el principio y el fin de una historia no existen en realidad. Son solo momentos elegidos subjetivamente por el narrador para permitir al lector que atisbe un hecho que empezó previamente y que terminará después.

Veintiséis años más tarde, mi punto de vista cambió. Iba a descubrir la verdad sobre lo sucedido en aquellos meses; no iba buscando esa revisión, sino que más bien ella dio conmigo, como una bala perdida.

Después, durante un tiempo, me pregunté cuándo exactamente se había ido al garete mi relación con Laura, y quizá, junto con ella, mi vida entera, o al menos el modo en que había soñado vivirla hasta entonces. En cierta manera, fue cuando desapareció de casa sin despedirse el día después de que Wieder fuese asesinado; nunca más volví a verla.

Pero, bueno, las cosas empezaron a ir cuesta abajo inmediatamente después de aquella noche en que cené en casa del profesor.

Como pasa en una montaña cubierta de nieve, en la que un mero sonido o una piedra que cae puede desencadenar una enorme avalancha que destruye todo lo que encuentra a su paso, un episodio aparentemente banal iba a acabar con todo lo que yo creía saber sobre Laura y, en última instancia, sobre mí mismo.

Ese fin de semana había decidido ir a Nueva York con un conocido, Benny Thorn, que me había pedido ayuda para trasladar unas cosas, y me quedaría a dormir en su casa. Se mudaba a un apartamento amueblado de una habitación y tenía que deshacerse de algunas pertenencias superfluas que no había conseguido vender. Laura me dijo que no quería pasar la noche sola, así que iba a quedarse en casa de una amiga para trabajar en la tesis. La amiga en cuestión se llamaba Sarah Harper y vivía en Rocky Hill. Yo había avanzado más rápido de lo que creía con la biblioteca de Wieder, así que pensé que podía permitirme no ir el fin de semana antes de Navidad.

Pero resultó que una hora antes de venir a buscarme, mientras cargaba las cosas en una furgoneta alquilada, Benny resbaló en el hielo, se cayó y se rompió una pierna. Así que no apareció, claro, y no respondió al teléfono cuando lo llamé. Le dejé un mensaje y volví a casa a esperar a que me llamase. Una hora más tarde, cuando le hubieron escayolado la pierna, me llamó desde el hospital para decirme que tendríamos que posponer la partida y recurrir al plan B, que consistía en alquilar un almacén cerca del aeropuerto y llevar allí sus cosas.

Llamé a la empresa que alquilaba almacenes y me dijeron que se podía arrendar uno por cincuenta pavos al mes, así que me pasé casi el resto del día cargando cajas en la furgoneta y llevándolas al almacén; luego devolví la furgoneta a la empresa de alquiler. Mientras tanto, Benny había vuelto en taxi a casa; le aseguré que todo estaba en orden. Prometí llevarle algo de comida por la noche.

Laura no había dejado el número de teléfono de su amiga, así que no pude decirle que había pospuesto la partida a Nueva York. La busqué en la universidad, pero ya se había marchado. Lo único que podía hacer era volver a casa. En cuanto estuve allí decidí dejarle una nota por si acaso volvía a casa y marcharme a casa de Wieder. Guardábamos las llaves de la casa del profesor en una jarra vacía del aparador, con algunas monedas sueltas, y ya estaba casi listo para irme cuando alguien llamó al timbre.

Cuando abrí la puerta vi a un chico más o menos de mi edad, alto, delgado y demacrado. Aunque hacía mucho frío y estaba nevando, llevaba solo una chaqueta de tweed y una bufanda roja larga que le daba aspecto de pintor francés. Parecía sorprendido de que abriese yo, y durante un momento no dijo nada; se limitó a mirarme con las manos embutidas en los bolsillos de sus pantalones de pana.

—¿Puedo ayudarte? —le pregunté, seguro de que se había equivocado de dirección.

Suspiró y me dirigió una mirada triste.

—No lo creo…

—Solo hay una manera de saberlo.

—Soy Timothy Sanders —dijo—. Estoy buscando a Laura.

Ahora me tocaba a mí no saber qué hacer. Se me pasaron por la cabeza varias opciones. La primera era cerrarle la puerta en las narices; la segunda, cantarle las cuarenta antes de cerrarle la puerta en las narices; la última, invitarlo a pasar, mantenerlo ocupado, llamar en secreto a la poli y después acusarlo de acoso cuando llegase el coche patrulla.

Pero, para mi propio asombro, me limité a decir:

—Laura no está en casa, pero si quieres puedes pasar. Soy Richard, su novio.

—Creo que… —comenzó.

Suspiró de nuevo, echó una mirada a su alrededor (ya estaba oscureciendo) y luego entró, tras sacudirse la nieve de las botas en el felpudo.

Se detuvo en mitad del estudio.

—Bonita casa —dijo.

—¿Café?

—No, estoy bien. ¿Puedo fumar?

—No fumamos dentro, pero puedes salir al patio. A mí tampoco me importaría echar un cigarrito.

Abrí la puerta de la cristalera y me siguió al exterior, hurgando en los bolsillos en busca de un cigarrillo. Al final pescó un paquete arrugado de Lucky Strike, sacó uno y se encorvó para encenderlo.

—Tío —dije—, Laura me ha hablado de ti.

Me miró con aire de resignación.

—Lo suponía.

—Me habló de vuestra relación y se quejó de que la estabas acosando. Sé que viniste hace unos días, cuando yo no estaba en casa.

—Eso no es verdad —afirmó con voz cautelosa.

Le daba unas caladas tan profundas al cigarrillo que casi lo terminó en cuatro o cinco chupadas. Tenía unas manos de un blanco antinatural, con unos dedos largos y delicados, como si fuesen de cera.

—Y sé que habéis estado juntos en Nueva York —añadí, pero sacudió la cabeza.

—Creo que debe de haber un error, porque nunca hemos ido juntos a Nueva York. Para ser sinceros, llevo fuera desde el verano pasado. Me he peleado con mis padres y ahora tengo que apañármelas solo. He pasado dos meses en Europa.

Me miraba a los ojos mientras hablaba. Su voz mantenía el mismo tono neutro, como si estuviese afirmando algo que era evidente para cualquiera, del mismo modo que es evidente que la Tierra no es plana.

De repente tuve la absoluta certeza de que estaba diciéndome la verdad y de que Laura me había mentido. Me entraron náuseas y aplasté el cigarrillo.

—Creo que será mejor que me marche —dijo él, mirando hacia la cocina.

—Sí, quizá sería mejor —respondí al darme cuenta de que no me apetecía humillarme intentando sonsacarle información, aunque me tentaba.

Lo acompañé hasta la puerta de la entrada. En el umbral se dio la vuelta y me dijo:

—Lo siento de veras. Creo que he metido la pata. Seguro que todo es un malentendido que puede aclararse.

Le mentí diciéndole que yo también lo pensaba. Nos despedimos y cerré la puerta tras él.

Me volví derecho al patio, donde empalmé un par de cigarrillos sin notar el frío y sin poder pensar en nada que no fuese la cara de Laura al contarme todas aquellas mentiras. No sé por qué, pero recordaba una de las primeras noches que habíamos pasado como amantes, cuando estábamos sentados en el sofá y le peiné el pelo con los dedos, asombrado de lo suave que era. Hervía de indignación, pensando en cómo averiguar dónde vivía la tal Sarah.

Entonces, de repente, me dije que en realidad Laura se había ido a la casa de Wieder, y que la historia esa de que iba a dormir con una amiga no era más que otra mentira.

Sin embargo, Laura no había cogido las llaves de la casa del profesor. Yo las había encontrado en la jarra y me las había metido en el bolsillo antes de que Timothy Sanders llamase a la puerta. No sé por qué, pero en esos instantes estaba firmemente convencido de que estaba con Wieder, de que si iba a su casa los encontraría juntos. De que todo, absolutamente todo, había sido una mentira tremenda y de que me habían usado para algún fin que no era capaz de adivinar; quizá solo fuese la víctima de algún experimento perverso y odioso que había maquinado con su profesor.

Quizá habían estado riéndose de mí todo aquel tiempo mientras me analizaban como a una cobaya con cerebro de mosquito. Quizá lo de la biblioteca no había sido más que otra falsedad, un pretexto para mantenerme allí por alguna retorcida razón. De repente contemplé toda la historia bajo una luz muy diferente. Debía de haber estado ciego para no ver que todo lo que me había contado eran mentiras, y que ni siquiera se había esforzado demasiado para que parecieran reales.

Volví adentro y llamé a un taxi. Me dirigí a la casa del profesor en medio de la nevada, que empezaba a arreciar con fuerza.

Ahí era donde terminaba el fragmento de manuscrito. Reuní las páginas y las coloqué sobre la mesita de café. El reloj de la pared marcaba la 1.46. Había estado leyendo sin parar más de dos horas.

¿Qué pretendía ser el libro de Richard Flynn?

¿Era una confesión tardía? ¿Iba a enterarme de que había sido él el asesino de Wieder, y de que en su momento había conseguido eludir las sospechas de la policía pero que ahora había decidido confesar? En el formulario adjunto a la carta decía que el manuscrito completo constaba de setenta y ocho mil palabras. Luego algo importante debía de haber ocurrido tras el crimen, porque el asesinato no era el final del libro, sino que más bien constituía los capítulos iniciales.

Yo había perdido el hilo de la secuencia de los acontecimientos hasta cierto punto, pero parecía que el fragmento, deliberadamente o no, terminaba en el punto en el que Richard ponía rumbo a casa del profesor, convencido de que Laura no le había dicho más que mentiras, incluso sobre la naturaleza de la relación que los unía, en la misma noche en que asesinaron al profesor. Aunque no fuese Flynn quien lo hizo, había estado en casa de Wieder la noche del crimen. ¿Los había pillado juntos? ¿Había sido un crimen pasional?

A lo mejor no lo había matado, pero sí había conseguido desvelar el misterio muchos años después, y el manuscrito albergaba la intención de desenmascarar al verdadero culpable, fuera quien fuese. ¿Laura Baines?

Me dije que no tenía sentido dejarse llevar así, dado que pronto averiguaría de qué iba todo, y de la mano del autor, nada menos. Me acabé el café y me fui a la cama, decidido a pedirle a Flynn que me mandase el manuscrito completo. Los libros que trataban sobre asesinatos reales tenían éxito, especialmente si estaban bien escritos y aludían a casos misteriosos y poco comunes. Wieder había sido una celebridad en su época, aún constituía un personaje importante en la historia de la psicología estadounidense, según me informaba Google, y Flynn tenía un estilo fluido que enganchaba. Así pues, estaba casi convencido de que se trataba de una buena adquisición, por la cual un editor estaría dispuesto a firmar un cheque sustancioso.

Pero por desgracia las cosas no salieron como yo deseaba.

A la mañana siguiente, camino del trabajo, le envié a Flynn un correo electrónico desde mi dirección personal. No se puso en contacto conmigo aquel día, pero supuse que habría aprovechado el puente para irse de vacaciones y que no había revisado el correo.

Tras dos o tres días sin obtener respuesta, llamé al número de móvil que ponía en la carta. Me salió el contestador, pero no pude dejarle un mensaje porque estaba lleno.

Transcurrió otro par de días sin obtener respuesta, y tras unos cuantos intentos más de hablar con él por el móvil (que para entonces estaba apagado) decidí ir a la dirección que indicaba en la carta, cerca de la Penn Station. Era una situación inusual (me refiero a lo de perseguir a un escritor), pero a veces, si la montaña no viene a ti, tienes que ir tú a la montaña.

Era un apartamento en el segundo piso de un edificio de la calle Treinta y tres Este. Llamé al interfono y al cabo de un rato respondió una voz de mujer. Le dije que me llamaba Peter Katz y que estaba buscando a Richard Flynn. Me informó con brusquedad de que el señor Flynn no podía ponerse. Le expliqué que era agente literario y le conté brevemente por qué estaba allí.

Vaciló un momento y luego oí que me abría la puerta. Tomé el ascensor hasta el segundo piso. Ella estaba de pie en el umbral del apartamento y se presentó como Danna Olsen.

La señora Olsen estaba en la cuarentena y poseía uno de esos rostros que normalmente olvidas tras verlo por primera vez. Llevaba una bata azul y el pelo negro, seguramente teñido, cepillado hacia atrás y con una diadema. Dejé el abrigo en el perchero del vestíbulo y entré en el salón, pequeño pero muy ordenado. Me senté en un sofá tapizado de cuero. Por los colores de las alfombras y las cortinas, y por las baratijas esparcidas por todos lados, el apartamento tenía más pinta de pertenecer a una mujer soltera que a una pareja.

Después de contarle una vez más mi historia, inspiró profundamente y habló con rapidez.

—A Richard lo internaron en el Hospital All Saints hace cinco días. El año pasado le diagnosticaron cáncer de pulmón, cuando la enfermedad se encontraba ya en fase tres, así que no podían operar, pero tuvo que empezar con quimioterapia. Durante un tiempo respondió bien al tratamiento, pero hace dos semanas contrajo neumonía y su estado empeoró bruscamente. Los médicos no tienen muchas esperanzas.

Masculllé las banalidades sin sentido que uno se cree obligado a expresar en tales situaciones. Me dijo que ella no tenía familia en la ciudad. Era de algún lugar de Alabama y había conocido a Richard un par de años antes, en un taller de mercadotecnia. Habían mantenido correspondencia durante un tiempo, habían viajado al Gran Cañón y después él había insistido en que se fuesen a vivir juntos, así que ella se había venido a Nueva York. Me confesó que no le gustaba la ciudad y que el trabajo que había encontrado en una agencia de publicidad estaba por debajo de su nivel. Lo había aceptado solo por Richard. Si perdía a su pareja tenía la intención de volver a casa.

Durante unos minutos lloró suavemente, sin sollozos, enjugándose ojos y nariz con pañuelos de papel sacados de la cajita que había sobre la mesa de café. Después de tranquilizarse insistió en prepararme una taza de té y me pidió que le hablase del manuscrito. Daba la impresión de ignorar que su pareja estaba escribiendo un libro sobre su pasado. Se metió en la cocina, preparó el té y lo trajo en una bandeja, junto con las tazas y el azucarero.

Le conté de qué trataba el manuscrito que había recibido por correo electrónico. Llevaba una copia de la carta, que le enseñé, y ella la leyó con detenimiento. Parecía cada vez más sorprendida.

—Richard no me contó nada —dijo con amargura—. Posiblemente estuviese esperando primero su respuesta.

—No sé si fui el único al que escribió —apunté—. ¿No se han puesto en contacto con usted otros agentes o editores?

—No. El primer día que internaron a Richard en el hospital le pasé las llamadas a mi móvil, después lo dejé. Eddie, su hermano de Pennsylvania, y la gente de la empresa conocen su estado, pero tienen mi número. No tengo la contraseña de su correo electrónico, así que no he podido leer los mensajes.

—Entonces ¿no sabe dónde está el resto del manuscrito? —pregunté, y me confirmó que así era.

De todos modos se ofreció a mirar en el portátil que Richard había dejado en casa. Sacó un pequeño Lenovo de un cajón, lo enchufó y lo encendió.

—Si le mandó esa carta a usted es que tenía muchas esperanzas puestas en esto —señaló mientras esperaba que el portátil mostrase los iconos del escritorio—. Obviamente, aunque encuentre el manuscrito, entenderá usted que tenga que hablar con él antes de dárselo, ¿no?

—Por supuesto.

—¿Qué significaría todo esto en términos económicos? —preguntó, y le expliqué que un agente era solo un intermediario y que un editor sería el que decidiese cuestiones como el adelanto y los derechos.

Se puso unas gafas y empezó a buscar en el ordenador. Me di cuenta de que estaba a punto de no poder acudir a otra cita, así que llamé al sujeto en cuestión, me excusé y le pedí que la cambiásemos.

La señora Olsen me informó de que no encontraba el manuscrito ni en el escritorio ni en los documentos: había comprobado todos los archivos, con todos los nombres. No había documentos protegidos. Era posible, dijo ella, que el archivo se encontrase en la oficina o en un lápiz USB. Había varios en el mismo cajón donde había encontrado el ordenador. En ese momento se disponía a ir a visitar a

Richard al hospital, así que me prometió preguntarle dónde tenía el manuscrito. Guardó mi número en su móvil y dijo que me llamaría en cuanto supiese algo.

Me terminé el té y le di las gracias de nuevo. Estaba preparándome para irme cuando dijo:

—Hasta hace tres meses Richard no me había contado nada de nada, de lo de Laura Baines, quiero decir. Pero una noche lo llamaron al móvil y lo oí discutir. Se metió en la cocina para que no pudiese escuchar la conversación, pero me sorprendió su tono de voz, porque normalmente nunca pierde los estribos. Estaba furioso; nunca lo había visto así. Al volver al salón, le temblaban las manos. Le pregunté con quién había hablado y me contestó que era una antigua conocida de cuando estaba en Princeton, alguien llamado Laura… Que le había arruinado la vida y que iba a hacerle pagar por ello.

Cinco días después de mi visita, Danna Olsen me llamó para informarme de que Richard había muerto. Me dio la dirección del tanatorio, por si quería ir a presentar mis respetos. Cuando ella llegó al hospital el día de mi visita, su compañero ya estaba inconsciente por los sedantes y poco después había entrado en coma, así que no pudo preguntarle por el manuscrito. También había mirado en los lápices USB y en los discos que había visto por la casa, pero no pudo encontrar nada que contuviese el manuscrito. La empresa para la que trabajaba iba a mandar sus objetos personales de la oficina en los días siguientes, así que los revisaría también.

Fui al funeral, que se celebró un viernes por la tarde. La nieve había sepultado la ciudad, como aquel día de finales de diciembre en que el profesor Wieder había encontrado su final.

Había unos cuantos dolientes sentados en una fila de sillas delante de las andas, sobre las que yacía el cuerpo del difunto Richard Flynn dentro de un ataúd cerrado. Al lado habían puesto una foto enmarcada. Mostraba a un hombre en la cuarentena que sonreía tristemente a la cámara. Tenía un rostro alargado de nariz prominente y ojos amables, y pelo ligeramente ondulado que comenzaba a escasear por encima de la frente.

La señora Olsen me dio las gracias por ir y me dijo que aquella era la foto favorita de Richard. No sabía quién la había tomado ni cuándo. La tenía guardada en el último cajón de su escritorio, que en broma llamaba «la guarida del lobo». También me dijo que sentía muchísimo no haber podido encontrar el resto del manuscrito, que debía de ser muy importante para Richard, ya que había pasado sus últimos meses trabajando en él. Entonces señaló a un hombre sombrío y me lo presentó: Eddie Flynn. Iba acompañado de una mujer menuda y vivaz con un sombrerito ridículo enganchado en el pelo color fuego. Me estrechó la mano y se presentó como Susanna Flynn, la mujer de Eddie. Hablamos los tres durante unos minutos, a solo unos pasos del ataúd, y me dio la extraña sensación de que ya nos conocíamos de antes, y de que aquel día me los encontraba tras una larga ausencia.

Cuando me marché, pensé que nunca conocería el desenlace de aquella vieja historia. Independientemente de lo que Richard tuviera intención de revelar, parecía que, al final, se había llevado el secreto con él.

SEGUNDA PARTE

JOHN KELLER

De jóvenes, nos inventamos distintos futuros para nosotros; de viejos, nos inventamos distintos pasados para los demás.

JULIAN BARNES,
El sentido de un final

1

Empecé a hablar con los muertos por culpa de una silla rota.

Como habría dicho Kurt Vonnegut, Jr., corría el año 2007 y John Keller estaba finalmente sin blanca. Ese soy yo: encantado de conocerlos. Había acabado un curso de escritura creativa en la Universidad de Nueva York y, para ser sinceros, no hacía más que darles vueltas a mis ilusiones como una polilla atraída por el peligroso resplandor de una lámpara. Compartía una buhardilla cerca del ferrocarril con un aspirante a fotógrafo, Neil Bowman, mientras mandaba largas e inútiles cartas de presentación a revistas literarias con la esperanza de que alguno de los editores acabase por ofrecerme un trabajo. Pero se ve que ninguno de ellos estaba preparado para percatarse de mi talento.

El tío Frank, el hermano mayor de mi madre, se había hecho de oro a mediados de los ochenta invirtiendo en la industria informática, que por aquel entonces estaba empezando a inyectarse esteroides. Tenía cincuenta y pocos años y vivía en un apartamento de lujo del Upper East Side. Por aquella época no daba la impresión de tener más ocupaciones que las de comprar antigüedades y alternar con chicas guapas. Era guapo, lucía bronceado de rayos UVA y ropa elegante. De vez en cuando me invitaba a cenar a su casa o a un restaurante, y me hacía regalos caros que luego yo vendía a mitad de precio a un tío llamado Max, que estaba compinchado con los propietarios de una tienda de dudosa legalidad de la calle Catorce Oeste.

Había comprado los muebles de su salón en una tienda de antigüedades de Italia hacía muchos años. Las sillas eran de madera tallada y estaban tapizadas de cuero marrón, y el paso del tiempo les prestaba el aspecto de mejillas arrugadas. El respaldo de una infortunada silla se había caído o algo así; no recuerdo bien los detalles.

Así pues, mi tío llamó a un conocido restaurador del Bronx que tenía una lista de espera de meses. Cuando oyó que Frank le pagaría el doble de la tarifa normal si le daba prioridad, cogió la caja de herramientas y vino pitando a casa de mi tío. Por suerte, yo también estaba allí aquel día.

El restaurador, un tío de mediana edad de cabeza rapada, hombros anchos y ojos inquisitivos, vestido de negro como un asesino a sueldo, masculló algo y luego se instaló en la terraza. Hacía un día bonito, brillaba el sol y los edificios de las calles Setenta Este eran como bloques gigantes de cuarzo bañados en la neblina matinal. Mientras el restaurador hacía gala de sus habilidades, yo me tomaba un café con el tío Frank, charlando sobre chicas.

Frank observó que el restaurador se había traído una revista y la había dejado sobre la mesa. Se llamaba *Ampersand*, tenía cuarenta y ocho páginas satinadas y en la tercera de ellas, en la lista de colaboradores, revelaba que la editaba una empresa dirigida por John L. Friedman.

Mi tío me dijo que él había ido a la Universidad de Rutgers con Friedman. Eran colegas, pero se habían perdido de vista hacía un par de años. ¿Y si lo llamaba y le pedía una entrevista de trabajo para mí? Yo ya sabía que los contactos son lo que hace girar al mundo, además del dinero, pero era lo bastante joven como para pensar que podía abrirme camino yo solo, así que decliné su ofrecimiento. Y además, le dije mientras hojeaba prudentemente la revista, aquello iba de ocultismo, cosas paranormales y esos rollos de moda, de los que yo no tenía ni idea y que no me interesaban lo más mínimo.

Frank me pidió que no fuese tan cabezota. Él tenía confianza en las habilidades económicas de su viejo amigo (hasta en la universidad era capaz de sacar pasta de un pedrusco), y un buen periodista debía ser capaz de escribir sobre cualquier tema. Al fin y al cabo, concluyó, era más interesante escribir sobre la Gran Pirámide que sobre un partido de rugby o un vulgar asesinato, y, en cualquier caso, los lectores de nuestra época eran todos unos capullos.

El restaurador se unió a la conversación en un momento dado, después de que lo invitásemos a tomar café con nosotros. Nos dijo en voz queda que él estaba convencido de que los muebles conservaban en su interior la energía positiva o negativa de quien los había poseído durante años, y que a veces podía sentir la energía cuando tocaba un objeto: le hormigueaban los dedos. Me largué cuando Frank cogió una botella de bourbon del bar y el restaurador empezó a contarle la historia de un aparador que atrajo la desgracia sobre sus propietarios.

Dos días después, Frank me llamó al móvil para contarme que Friedman me esperaba en su oficina al día siguiente. Solo necesitaba a alguien que se supiese el abecedario: el redactor jefe, un tío un poco perturbado, le había llenado la oficina de gente rara que en realidad no sabía escribir. La revista había salido hacía un par de meses y aún pugnaba por despegar.

Pero no tiene sentido que prolongue la historia.

No quería pelearme con el tío Frank, así que visité a Friedman. Resultó que me cayó bien, y el sentimiento fue mutuo. Le traían al pairo las cosas sobrenaturales y no creía en los fantasmas, pero había un nicho de mercado para ese tipo de revistas, especialmente entre los miembros de la generación del baby boom.

Me ofreció un sueldo mucho mayor de lo que me esperaba, así que acepté la oferta allí mismo. El primer reportaje que publiqué trataba del restaurador, porque sentía que en cierto modo le debía mi entrada en la prensa ocultista. Trabajé en *Ampersand* casi dos años, y durante aquel tiempo conocí a la mitad de los bichos raros de la ciudad. Asistí a sesiones de vudú en Inwood y visité casas encantadas en el este de Harlem. Recibí cartas de lectores más chalados que Hannibal Lecter y de curas avisándome de que iba de cabeza al infierno.

Entonces Friedman decidió cerrar la revista y me ayudó a conseguir un empleo de periodista en el *New York Post*, donde trabajé cuatro años, hasta que un amigo me convenció de que me uniese a una nueva revista impulsada por unos inversores europeos. Dos años más tarde, cuando la prensa digital remató lo poco que quedaba de los diarios impresos de pequeña tirada, y las cabeceras desaparecían una tras otra, me encontré buscando trabajo. Empecé un blog, y luego un portal de noticias que me procuró unos ingresos casi nulos, e intenté salir adelante con todo tipo de trabajos como colaborador externo, pensando con nostalgia en los buenos tiempos y asombrado de sentirme ya como un dinosaurio a pesar de estar al principio de la treintena.

Fue por aquel entonces cuando un amigo mío, Peter Katz, agente literario de Bronson & Matters, me habló del manuscrito de Richard Flynn.

Nos conocimos cuando yo estaba estudiando en la Universidad de Nueva York y nos hicimos amigos. Era bastante tímido y retraído (el típico tío que en una fiesta confundes con un ficus), pero muy culto, y se podía aprender mucho de él. Había eludido hábilmente todas las astutas trampas que su madre había urdido con la complicidad de las familias de algunas chicas casaderas, y se había obstinado en seguir soltero. Lo que es más, había decidido hacerse agente literario, pese a provenir de una larga estirpe de abogados, y eso lo convertía un poco en la oveja negra de su familia.

Peter me invitó a comer y fuimos a un sitio en la calle Treinta y dos Este llamado Candice's. Llevaba días nevando con intensidad, y el tráfico era un infierno. El cielo lucía con el color del plomo fundido, listo para derramarse sobre la ciudad. Peter llevaba un abrigo tan largo que no dejaba de tropezarse con el bajo, como uno de los siete enanitos de *Blancanieves*. Llevaba una vieja cartera de piel que se balanceaba en su mano derecha mientras intentaba esquivar los charcos de la acera.

Me contó la historia del manuscrito mientras comíamos la ensalada. Richard Flynn había muerto el mes anterior, y su pareja, una mujer llamada Danna Olsen, afirmaba no haber encontrado ni rastro del libro.

Cuando nos llegaron los filetes de ternera, Peter ya había lanzado su desafío. Sabía que yo tenía suficiente experiencia como reportero para enlazar las piezas dispares de información. Peter había hablado con sus jefes, que pensaron que, tal como estaba el mercado, ese asunto tenía un gran potencial comercial. Pero un fragmento de manuscrito de un millón de dólares, por sí solo, no valía ni un penique.

—Estoy dispuesto a hablar con la señora Olsen para llegar a un acuerdo —me dijo, clavándome aquellos ojos miopes que tenía—. Da la impresión de ser una mujer práctica, y estoy seguro de que las negociaciones serán difíciles, pero no creo que rechace una buena oferta. En el testamento, Flynn le dejó todas sus propiedades y pertenencias, exceptuando unas cuantas cosas que le legó a su hermano Eddie. Desde un punto de vista legal, un acuerdo con la señora Olsen sería suficiente para nosotros, ¿comprendes?

—¿Y cómo te imaginas que podré localizar el manuscrito? —pregunté—. ¿O crees que voy a descubrir algún mapa secreto en el reverso de una servilleta? ¿O que voy a volar a una isla del Pacífico para cavar entre dos palmeras que crecen mirando al noroeste?

—Venga, no seas así —me reconvino—. En el fragmento, Flynn nos ofrecía un montón de pistas. Conocemos los personajes implicados, el escenario y el marco temporal. Si no encuentras el manuscrito, puedes reconstruir el resto del puzzle, y el fragmento se incorporará a otro libro que sacarás tú, o un negro. Al fin y al cabo, lo que les interesa a los lectores es la historia del crimen de Wieder, y no necesariamente un tío desconocido llamado Richard Flynn. La cosa es reconstruir lo que ocurrió en el curso de los últimos días de Wieder, ¿comprendes?

Aquella coletilla (la repetición constante del «¿comprendes?») me daba la desagradable sensación de que dudaba de mi inteligencia.

—Lo comprendo, cómo no —le aseguré—. Pero podría ser todo una pérdida de tiempo. Seguramente Flynn sabía lo que quería contarle al gran público cuando se puso a escribir el libro, pero nosotros no tenemos ni idea de qué estamos buscando. ¡Estaremos intentando resolver un asesinato cometido hace más de veinte años!

—Laura Baines, otro personaje principal, seguramente sigue viva. Encuéntrala. Y el caso estará en los archivos policiales, de eso estoy seguro. Es un caso sin resolver, como dicen los policías, pero seguro que lo tienen en el registro.

Entonces me hizo un guiño misterioso y bajó la voz como si temiese que alguien pudiese estar oyendo la conversación.

—Por lo visto, el profesor Wieder estaba a cargo de unos experimentos psicológicos secretos. ¡Imagínate lo que podrías sacar de ahí!

Soltó la última frase en el tono de voz propio de una madre prometiéndole a un niño terco un viaje a Disneylandia si hacía los deberes de matemáticas.

Yo estaba intrigado, pero indeciso.

—Pete, ¿se te ha pasado por la cabeza que el tío ese, Flynn, podría simplemente habérselo imaginado todo? No quiero hablar mal de los muertos, pero igual se inventó un cuento sobre la muerte de alguien famoso para vender su historia antes de morir. Solo que no le dio tiempo a terminarlo.

—Ya, ya he barajado esa posibilidad. Pero ¿cómo podemos estar seguros si no llevamos a cabo una investigación? Por lo que he deducido hasta ahora, Richard Flynn no era un mentiroso patológico. No hay duda de que conoció a Wieder y trabajó para él, de que tenía las llaves de la casa, y durante un tiempo se le consideró sospechoso, por lo que he leído en internet. Pero necesito que alguien de tus cualidades desentierre el resto de la historia.

Casi me había convencido, pero lo dejé que sufriera un rato. De postre pedí un café, y él tomó un tiramisú.

Me terminé el café y lo liberé de su sufrimiento. Le dije que aceptaba la misión, firmé el contrato con cláusula de confidencialidad que había traído, y luego él sacó una pila de papeles de su cartera. Me los tendió al tiempo que me explicaba que se trataba de una copia del primer fragmento del manuscrito de Richard Flynn, más las notas que él había acumulado en el ínterin y que me darían un punto de partida para la investigación. Metí los papeles, junto con la copia del contrato, en la bolsa que siempre llevo conmigo desde mis días de periodista y que estaba provista de todo tipo de compartimentos y de bolsillos.

Lo acompañé al metro, me fui a casa, y me pasé toda la tarde leyendo el manuscrito de Richard Flynn.

2

La noche siguiente quedé para cenar con mi novia, Sam.
Tenía cinco años más que yo y una licenciatura en lengua
inglesa por la Universidad de California en Los Ángeles; se
había mudado a Nueva York después de trabajar en varios
canales de televisión de la Costa Oeste. Era productora del
informativo matinal del canal NY1, así que empezaba el
día a las cinco de la mañana y normalmente lo terminaba
a las ocho de la tarde, que era cuando caía rendida en la
cama, independientemente de que yo anduviese por allí o
no. Apenas podíamos hablar más de cinco minutos segui-
dos sin que me informase de que tenía que hacer una llamada importante y se pusiese el auricular de diadema.

Había estado casada tres años con un tío que se llamaba Jim Salvo, presentador de informativos en un pequeño canal de California, el típico mujeriego al que al llegar a los cuarenta solo le quedan los malos hábitos y un
hígado flotando en tejido adiposo. Por eso Sam me dijo
desde el principio que no tenía intención alguna de volver a casarse antes de los cuarenta y que, hasta entonces,
lo único que quería era no tener ataduras.

Entre llamadas de teléfono, amonestaciones a la camarera por no habernos atendido antes y comentarios sobre

una pelea que había tenido con los editores, Sam escuchó la historia sobre el manuscrito de Richard Flynn y pareció que el asunto la entusiasmaba.

—John, eso podría ser la bomba —dijo—. Parece sacado de Truman Capote, ¿no? A los lectores les encanta tragarse todos esos rollos.

Era el mejor veredicto que Sam podía pronunciar sobre cualquier tema. Para ella, no tenía sentido nada que no pudiese «ser la bomba», ya fuese el informativo, una propuesta editorial o hacer el amor.

—Sí, claro, si encuentro el manuscrito o algún tipo de explicación para el asesinato.

—Si no, pues escribes un libro basado en el fragmento que ya tienes. ¿No es eso lo que has acordado con Peter?

—Sí, sí, pero no soy ningún experto en esas cosas.

—Los tiempos cambian y la gente tiene que cambiar con ellos —dijo sentenciosa—. ¿O te crees que la televisión de hoy se parece en algo a la de hace quince años, cuando puse por primera vez el pie en un estudio? Todos acabamos teniendo que hacer cosas que no hemos hecho nunca. Si te soy sincera, lo que a mí me gustaría sería que no encontrases el manuscrito y ver dentro de un año tu nombre en la cubierta de un libro en el escaparate de la librería Rizzoli.

Cuando nos marchamos del restaurante me fui a casa y me puse a trabajar. Mis padres se habían mudado a Florida dos años atrás, y mi hermana mayor, Kathy, se había casado con un tío de Springfield, Illinois, y se había mudado allí al terminar la universidad. Yo seguía viviendo en el barrio de Hell's Kitchen, o Clinton, como habían pasado a llamarlo los agentes inmobiliarios, en el apartamento de tres habitaciones donde crecí. El edificio era viejo y los cuartos eran pequeños y oscuros, pero era mío y por lo menos no tenía que preocuparme por el alquiler.

Empecé leyendo de nuevo el fragmento del manuscrito, subrayando los trozos que me parecían importantes con rotuladores de diferentes colores: azul para Richard Flynn, verde para Joseph Wieder y amarillo para Laura Baines. Luego subrayé con boli azul el nombre de Derek Simmons, porque hacia el final Richard afirmaba que había desempeñado un papel importante en todo el asunto. Hice una lista aparte con los demás nombres que se mencionaban en el manuscrito y que, con un poco de suerte, podrían transformarse en fuentes de información. Como periodista, había aprendido que a la mayoría de la gente le encanta hablar del pasado, aunque tiende a idealizarlo.

Establecí tres direcciones principales para la investigación.

La primera y más simple era salir de pesca por el profundo lago de internet, a ver qué sacaba sobre el asesinato y los implicados.

La segunda era localizar a las personas mencionadas en el manuscrito, especialmente a Laura Baines, y convencerlas de que me contasen lo que supieran del caso. Peter mencionaba en sus notas que la pareja de Richard Flynn le había contado que este, antes de morir, había mantenido una tensa conversación con una mujer llamada Laura, que según dijo «le había arruinado la vida» y a la que «iba a hacerle pagar por ello». ¿Sería la Laura del manuscrito?

Y la tercera era acudir a los archivos de West Windsor, en el condado de Mercer, e intentar buscar las declaraciones, los informes y las notas de los interrogatorios que la policía recogió entonces. Wieder era una víctima conocida y seguramente la investigación había sido minuciosa aunque no se hubiesen sacado conclusiones. Mi estatus de colaborador externo no iba a ayudarme, pero si me atascaba, tenía la intención de pedirle a Sam que llamase a la caballería, o sea, la sombra poderosa de la NY1.

Así pues, comencé con Richard Flynn.

Toda la información que ya tenía sobre él concordaba con lo que encontraba en internet. Había sido empleado de Wolfson & Associates, una pequeña agencia de publicidad, y en la página web de la empresa encontré una breve biografía que confirmaba algunos de los detalles del manuscrito. Se especializó en lengua inglesa en Princeton, se graduó en 1988 e hizo un máster en Cornell dos años más tarde. Tras un par de empleos como ayudante había conseguido llegar a los puestos intermedios. En otros sitios descubrí que Flynn había hecho donaciones al Comité Democrático Nacional en tres ocasiones, que había sido miembro de un club de tiro deportivo y que en 2007 se había mostrado muy insatisfecho con los servicios de un hotel de Chicago.

Cuando Papá Google acabó de repartir sus regalos relacionados con Flynn, me puse a buscar a Laura Baines y me sorprendí al no encontrar nada en absoluto… o casi nada. Había varias personas con el mismo nombre, pero ninguna de aquellas sobre las que encontraba información parecía coincidir con la mujer que buscaba. La encontré en la lista de los graduados en matemáticas de la Universidad de Chicago en 1985 y entre los estudiantes de posgrado de psicología en Princeton en 1988. Pero aparte de eso no había ninguna pista de dónde vivía o en qué trabajaba. Era como si se hubiese desvanecido. Pensé que lo más probable es que se hubiese casado y cambiado de apellido, así que tendría que encontrar otra forma de localizarla, suponiendo que siguiese viva.

Tal como me esperaba, la fuente de información más rica era el profesor Joseph Wieder. En Wikipedia había una página detallada sobre él, y su biografía ocupaba un lugar de honor entre los personajes sobresalientes que habían enseñado en Princeton a lo largo de los años. Descubrí que en Google Scholar aparecían más de veinte mil referencias a sus libros y trabajos. Algunos de los libros aún estaban en circulación y podían comprarse en librerías online.

Gracias a mis lecturas descubrí que Joseph Wieder había nacido en Berlín en 1931, en una familia de clase media de judíos alemanes. En varias entrevistas relataba que en la primavera de 1934 unos soldados nazis habían apaleado a su padre, médico, delante de su madre embarazada, y que el hombre había muerto poco después.

Un año más tarde, tras el nacimiento de su hermana, los tres se habían mudado a Estados Unidos, donde tenían familia. Al principio vivieron en Boston, y luego en Nueva York. Su madre se volvió a casar, con un arquitecto llamado Harry Schoenberg, catorce años mayor que ella, que adoptó a los niños; pero ellos mantuvieron el apellido de su padre biológico en señal de respeto a su memoria.

Por desgracia, Joseph y su hermana, Inge, se quedaron huérfanos justo diez años después, tras la Segunda Guerra Mundial, cuando Harry y Miriam Schoenberg perecieron durante un viaje a Cuba. Harry era un entusiasta de la vela, y el yate en el que iban, junto con otra pareja de Nueva York, se extravió durante una tormenta. Nunca encontraron los cuerpos.

Tras heredar una gran fortuna, los dos huérfanos se fueron a vivir a la casa de su tío, al norte del estado de Nueva York, y llevaron vidas muy diferentes. Joseph era estudioso; ingresó primero en Cornell, después en Cambridge y luego en la Sorbona. Inge se hizo modelo y alcanzó cierta fama a finales de los cincuenta antes de casarse con un rico empresario italiano y marcharse a Roma, donde se estableció.

A lo largo de su carrera, Joseph Wieder había publicado once libros, uno de los cuales presentaba un fuerte contenido autobiográfico. Se titulaba *Recordando el futuro: diez ensayos sobre un viaje hacia mí mismo*, y lo había publicado Princeton University Press en 1984.

También hallé gran cantidad de informes sobre el asesinato.

El cuerpo de Wieder lo había descubierto Derek Simmons, al que se mencionaba en la historia como el técnico de mantenimiento que trabajaba en casa de la víctima y como potencial sospechoso. A las 6.44 del 22 de diciembre de 1987 llamó al servicio de emergencias desde la casa del profesor y le dijo al operador que lo había encontrado en medio de un charco de sangre en el salón. Los técnicos sanitarios que llegaron a la escena del crimen no pudieron hacer nada, y un ayudante de forense certificó de inmediato que el profesor estaba muerto.

El forense descubrió en la autopsia que Wieder había muerto alrededor de las dos de la madrugada, y confirmó que la causa de la muerte era la hemorragia interna y externa resultado de los golpes con un objeto pesado, seguramente un bate de béisbol, que le había propinado una sola persona alrededor de medianoche. El primer golpe, dedujo el forense, se produjo mientras la víctima estaba sentada en el sofá del salón; el asesino se deslizó tras él después de entrar por la puerta principal. El profesor, que estaba en buena forma física, se las apañó para levantarse del sofá e intentó huir hacia la ventana que daba al lago al tiempo que se defendía de los golpes, que le causaron fracturas en los dos antebrazos. Después se giró en medio de la sala para plantar cara; durante la pelea con su atacante, la tele se había caído al suelo. Allí fue donde recibió el golpe letal, en la zona de la sien izquierda. (Gracias a este dato los investigadores concluyeron que seguramente el asesino era diestro.) Wieder murió dos horas después, como resultado de un paro cardiaco y del grave daño cerebral provocado por el golpe final.

Derek declaró que, cuando él llegó a casa del profesor a la mañana siguiente, la puerta principal estaba cerrada, así como las ventanas, y que no presentaban señales de que las hubiesen forzado. Dadas las circunstancias, se supuso que el asesino tenía llaves de la casa, y que las había usado para entrar, sorprender a Wieder y más tarde cerrar la puerta tras él después de cometer el crimen. Antes de marcharse había estado hurgando en el salón. Sin embargo, era imposible que el móvil fuera el robo. El profesor llevaba un Rolex en la muñeca izquierda y una piedra preciosa en el anular de la mano derecha. La policía encontró en un cajón sin cerradura cien dólares en efectivo. No habían robado ninguna de las valiosas antigüedades de la casa.

En el salón los investigadores descubrieron dos vasos usados poco tiempo antes, que sugerían que la víctima se había tomado una copa con otra persona aquella noche. El forense reveló que el profesor había consumido una cantidad de alcohol importante antes del asesinato (el nivel de alcohol en sangre era de 0,11), pero no encontraron ni rastro de narcóticos ni de medicación en su organismo. Joseph Wieder no mantenía ninguna relación conocida con nadie. No tenía pareja ni amante, no salía con nadie, y ninguno de sus amigos ni de sus compañeros de trabajo recordaba que hubiese mantenido alguna relación en los últimos tiempos. Por lo tanto, era poco probable que se tratase de un crimen pasional, concluyó la policía.

Basándome en los informes publicados en la prensa, reconstruí a grandes rasgos lo que ocurrió en el periodo que siguió al asesinato.

No se mencionaba el nombre de Laura Baines, ni una sola vez, en los periódicos, aunque el de Richard Flynn apareció en varias ocasiones. Según sabía por el manuscrito, Flynn fue considerado sospechoso durante un tiempo, después de que Derek Simmons hubiese sido descartado de la investigación por poseer «una sólida coartada». Nada se decía respecto a que Wieder estuviese implicado en experimentos psicológicos clandestinos. Sin embargo, se subrayaba constantemente que Wieder era una figura conocida para la policía de Nueva Jersey y de Nueva York, ya que había efectuado exámenes periciales a fin de establecer el estado mental de muchos acusados de delitos graves.

En cuanto a su condición de perito en juicios penales, la policía lo contempló como posible pista desde el principio. Revisaron los casos en los que Wieder había testificado, especialmente aquellos que habían tenido un desenlace desfavorable para los acusados. Pero pronto se demostró que aquello no llevaba a ningún sitio. Ninguno

de los que había cumplido condena a causa del testimonio de Wieder había sido excarcelado en aquella época,
a excepción de un hombre llamado Gerard Panko, que
había salido de la prisión estatal de Bayside tres meses antes del crimen. Pero Panko había sufrido un ataque al corazón casi inmediatamente después de ser puesto en libertad. Le habían dado el alta hospitalaria una semana antes
de que asesinaran al profesor, de tal modo que, según
concluyeron los médicos, no habría podido efectuar ningún ataque que supusiese esfuerzo físico, así que se descartó la hipótesis.

A Richard Flynn lo interrogaron en repetidas ocasiones, pero nunca fue oficialmente declarado sospechoso
ni se le acusó de nada. Contrató a un abogado llamado
George Hawkins, que demandó a los policías por acoso
y sugirió que estaban intentando hacer de Flynn el chivo
expiatorio para ocultar su propia incompetencia.

¿Cuál era la versión de los hechos de Flynn? ¿Qué
había declarado exactamente a policías y periodistas? Según los artículos que encontró, parecía que lo que había
dicho entonces era distinto de lo que escribió en su manuscrito.

Para empezar, no había contado que Laura Baines le
había presentado a Wieder. Solo había dicho que «un
conocido común» le presentó al profesor porque Wieder
estaba buscando a alguien que pudiese trabajar a tiempo
parcial en su biblioteca. Flynn había trabajado en la biblioteca Firestone, en el campus, y Wieder necesitaba a
alguien capaz de organizar sus libros usando un sistema
informático. Wieder le dio un juego de llaves por si quería trabajar cuando él no estuviese en casa, ya que se
ausentaba de la ciudad con frecuencia. Flynn había usado

las llaves un par de veces para entrar en casa del profesor mientras este estaba ausente. En dos o tres ocasiones, el profesor lo había invitado a cenar, siempre los dos solos. Un viernes había jugado al póquer con el profesor y dos de sus colegas. (Ese episodio no aparecía en el manuscrito.) Conocía a Derek y había sido el propio Wieder quien le había contado su historia.

No había tenido ningún tipo de conflicto con el profesor, y la relación que mantenían podía considerarse como «buena y amistosa». El profesor nunca le había mencionado que se sintiese amenazado por nada ni por nadie. Por regla general, Wieder se mostraba de buen humor y apreciaba las bromas. Le encantaba hablar de su nuevo libro, que debía publicarse al año siguiente, y que él creía que sería un gran éxito tanto en el plano académico como en el comercial.

Por desgracia para él, Flynn no tenía coartada para la noche del asesinato. Al final del manuscrito decía que se dirigió a casa del profesor unos veinte minutos después de la visita de Timothy Sanders, lo cual vendría a ser alrededor de las seis de la tarde. Me puse a hacer cálculos: le habría llevado otros veinte minutos llegar hasta allí, quizá más, con el tiempo que hacía, y aproximadamente lo mismo para volver. No obstante, le había dicho a los investigadores que se fue a casa de Wieder alrededor de las nueve, porque quería hablar con el profesor de algo relacionado con la biblioteca antes de marcharse de vacaciones de Navidad. También les dijo que había vuelto a las diez, después de mantener una charla con el profesor, y que poco después se había ido a la cama. ¿Mintió durante la investigación o mentía en el manuscrito? ¿O le fallaba la memoria?

En aquella época, según confirmaba el propio Flynn en el manuscrito, la tasa de delincuencia era bastante alta en Nueva Jersey, especialmente tras la súbita llegada de la metanfetamina y el crack a los barrios periféricos. Un par de días después de la muerte de Wieder, entre Navidad y Año Nuevo, se había producido un doble homicidio a apenas dos calles de su casa. Habían matado a una pareja de ancianos, el señor y la señora Easton, de setenta y ocho y setenta y dos años respectivamente, en su casa. La policía estableció que el autor del crimen entró alrededor de las tres, asesinó a la pareja y después desvalijó la casa. Las armas del crimen fueron un cuchillo de carnicero y un martillo. Dado que el asesino se había llevado el efectivo y las joyas que había encontrado en la casa, el móvil era sin duda el robo, y en realidad el crimen no presentaba demasiadas similitudes con el caso Wieder.

Pero aquello no detuvo a la policía, que sacó provecho del arresto de un sospechoso una semana después, mientras intentaba vender las joyas de los ancianos en una tienda de empeños de Princeton. Así pues, Martin Luther Kennet, de veintitrés años, afroamericano con antecedentes y conocido drogadicto, se convirtió en el principal sospechoso en la investigación del asesinato de Joseph Wieder.

A partir de entonces (esto sucedió a principios de enero de 1988), en los artículos de prensa sobre el asesinato solo se mencionaba a Richard Flynn de pasada. La hermana de Wieder, Inge Rossi, heredó todas sus propiedades, salvo una pequeña suma de dinero que el difunto le legaba a Simmons en el testamento. CASA ENCANTADA EN VENTA era el titular de un reportaje publicado el 20 de abril de 1988 en la *Princeton Gazette*, en el que se hablaba de la casa del difunto profesor Wieder. El periodista afirmaba que la casa había adquirido una siniestra fama tras la tragedia, y que un par de vecinos juraban haber visto luces extrañas y sombras moviéndose en su interior, así que los agentes inmobiliarios se las verían y desearían para venderla.

Martin Luther Kennet rechazó el acuerdo que le propuso la oficina del fiscal del condado de Mercer (librarse de la pena de muerte si se declaraba culpable) y defendió su inocencia hasta el final.

Admitió que traficaba con pequeñas cantidades de droga en el campus de la universidad y en Nassau Street, y que uno de sus clientes ocasionales, cuyo nombre desconocía, le había dejado las joyas robadas de los Easton como garantía a cambio de cierta cantidad de maría. No tenía coartada para la noche del asesinato de la pareja porque la había pasado solo en casa, viendo unas pelis que había alquilado el día anterior. Cuando el hombre que le dejó las joyas no volvió a reclamarlas, él (sin saber que eran robadas) las llevó a la tienda de empeños. Si hubiese conocido su procedencia, ¿por qué iba a ser tan imbécil como para intentar venderlas a plena luz del día en una tienda famosa por chivarse a los polis? En cuanto a Wieder, nunca había oído hablar de él. Si recordaba bien, la noche en que asesinaron al profesor estaba en un salón recreativo y se marchó al amanecer del día siguiente.

No obstante, Kennet contaba con un abogado de oficio, que le asignó el tribunal, con un nombre muy apropiado para alguien que combatía con valentía la injusticia: Hank Pelican. Todo el mundo quería quitarse de en medio el asunto lo más rápido posible para no malgastar los impuestos públicos, así que solo un par de semanas después el jurado sentenció «Culpable» y el juez añadió «Perpetua». La pena de muerte aún existía en el estado de Nueva Jersey en aquella época (la abolirían en 2007), pero los periodistas dijeron que el juez tuvo en cuenta la edad de Kennet y no aceptó la condena a muerte que exigía el fiscal. Me dije que las pruebas que la fiscalía le presentó al juez Ralph M. Jackson, un viejo pistolero con mucha experiencia, posiblemente no le resultaron nada convincentes. Por desgracia, sí fueron más que suficientes para los miembros del jurado.

En cualquier caso, la fiscalía decidió no acusar a Kennet del asesinato de Wieder. No dieron con ninguna otra pista. Y llegaron otras historias a ocupar los titulares, así que poco a poco la cosa fue cogiendo polvo. El caso del asesinato de West Windsor quedó sin resolver.

Vi las noticias de las once de la noche de NY1, costumbre adquirida en mis días de periodista, luego me preparé una taza de café y me la bebí junto a la ventana, intentando relacionar la información del manuscrito de Flynn con lo que había encontrado en la red.

La relación entre el profesor Wieder y su protegida Laura Baines, que quizá había sido algo más que profesional, debía de ser conocida entre los profesores del departamento de psicología, así que me preguntaba por qué la policía no la había interrogado. Podría haber hecho otra copia de las llaves en cualquier momento, aunque las que le había dado el profesor las tuviese Richard Flynn aquella noche. Pero nadie parecía haber llamado la atención de los polis y la prensa sobre ella: ni Flynn, ni los compañeros de trabajo del profesor, ni sus compañeros de universidad, ni Derek Simmons, al que habían interrogado un par de veces. Era como si la relación que existía entre los dos debiese ocultarse del conocimiento público a toda costa.

El profesor era un tío fuerte, en forma, que había boxeado de joven. Había sobrevivido al primer golpe e incluso había intentado luchar con su agresor, aun después de que se le fracturaran los antebrazos. Si hubiera sido una mujer, debería haber poseído una fuerza excepcional para resistir el contraataque de un hombre así, especialmente en el momento en que luchaba por su vida. Aún más: la brutalidad misma del crimen parecía apuntar a que el asesino era un hombre. Cabían pocas posibilidades de que Laura Baines (a la que Flynn describía como bastante delgada y no demasiado atlética en aquel entonces) fuese culpable. Y lo más importante: ¿cuál sería el móvil? ¿Por qué querría Laura Baines matar al hombre que la había ayudado y del que, seguramente, aún dependía su carrera?

No obstante, Flynn le había dicho a su pareja que Laura le «había arruinado la vida» y que «iba a hacerle pagar por ello». ¿Sospecharía de ella, o le guardaba rencor por haberlo abandonado y dejado solo ante el peligro? De todos modos, yo no veía mucha lógica en sus acciones. Si Laura lo había dejado en la estacada, ¿por qué no se había vengado durante la investigación? ¿Por qué no la había expuesto a la prensa o al menos había intentado echarle parte de la culpa? ¿Por qué la había protegido entonces, solo para cambiar de opinión casi tres décadas después? ¿Por qué pensaba que Laura le había destrozado la vida? Al final él había escapado de las garras del fiscal. ¿Habría ocurrido algo después de eso?

Me quedé dormido, aún dándole vueltas a todo, casi seguro de que bajo la superficie de aquel caso se ocultaba algo mucho más oscuro y misterioso de lo que Flynn revelaba en el manuscrito parcial o de lo que la policía había descubierto en aquel entonces. Le estaba agradecido a Peter por haberme confiado la investigación.

Y había un detalle más que me llamaba vagamente la atención: una fecha, un nombre, algo que no cuadraba. Pero estaba agotado y muerto de sueño, y no acababa de identificarlo. Era como cuando ves algo con el rabillo del ojo durante una fracción de segundo y luego ya no estás seguro de si lo has visto de verdad o no.

3

A la mañana siguiente confeccioné una lista de la gente a la que tenía que localizar y, si era posible, convencer de que hablasen conmigo. La encabezaba Laura Baines, pero no tenía ni idea de cómo dar con ella. Mientras tanto me puse a hojear mis viejas agendas en busca de algún contacto en el Departamento de Policía de West Windsor que continuase aún allí desde la época del suceso, a finales de los ochenta.

Unos años antes, durante una investigación que estaba realizando para el *Post*, había conocido a un tío llamado Harry Miller. Era un detective privado de Brooklyn especializado en investigaciones de desaparecidos. Era bajo y obeso; llevaba un traje arrugado, una corbata tan fina que apenas se veía y un cigarrillo detrás de la oreja; una especie de personaje sacado de una película policíaca de los cuarenta. Vivía en el barrio de Flatbush y siempre andaba a la busca y captura de clientes solventes, dado que estaba sin blanca permanentemente. Jugaba; apostaba con frecuencia dinero en el hipódromo y normalmente lo perdía. Lo llamé al móvil y me respondió desde una ruidosa bodega hispana en la que los clientes tenían que alzar la voz para ser oídos por encima de alguna vieja melodía.

—Hola, Harry, ¿qué tal? —pregunté.

—¿Keller? Cuánto tiempo. Aquí, un día más en el planeta de los simios —respondió con voz hosca—. Intentando fingir que no soy humano para no acabar en una jaula. Haz como yo. Y ahora cuéntame qué hay, chico.

Le informé a grandes rasgos de qué iba el caso, le pedí que anotase dos nombres (Derek Simmons y Sarah Harper) y le dije lo que sabía de ellos. Mientras tomaba notas oí el repiqueteo de un plato al colocarlo en la mesa y que le daba las gracias a alguien llamada Grace.

—¿Para quién trabajas ahora? —preguntó con suspicacia.

—Para una agencia literaria —contesté.

—¿Y desde cuándo se meten las agencias literarias en este tipo de investigación? Tiene que haber en juego un poquito de pasta, ¿no?

—Pues claro, por eso no te preocupes. Te puedo mandar ahora mismo un poco. Tengo más nombres, pero quiero que empieces con esos dos.

Pareció aliviado.

—Veré lo que puedo hacer. Derek parece fácil, pero lo único que me dices de la mujer, Sarah Harper, es que terminó un máster en psicología en Princeton, probablemente en 1998. No es mucho, tío. Te llamo en un par de días —me aseguró, y colgó tras darme sus datos de PayPal.

Abrí el ordenador, le mandé algo de dinero y me senté a pensar de nuevo en Laura Baines.

Seis o siete meses atrás, antes de que Flynn empezase a trabajar en el manuscrito, debía de haber ocurrido algo que le empujase a hacerlo, algo fuera de lo común y con la suficiente importancia para cambiar del todo su visión de los acontecimientos que habían tenido lugar en 1987, como dejaba entrever en la carta de presentación. Cuando conoció a Peter, la turbación de Danna Olsen a causa de la enfermedad de Flynn podría haberla llevado a pasar por alto algún detalle que revistiese una importancia vital para mi investigación. Decidí que lo mejor sería tener una charla con ella y la llamé al número que Peter me había dado. No respondió, así que le dejé un mensaje en el contestador, explicándole quién era y que volvería a llamar. No tuve la oportunidad de hacerlo, porque ella me llamó solo un par de minutos más tarde.

Me presenté y me enteré de que Peter ya había hablado con ella por teléfono para decirle que yo estaba recabando información sobre la muerte de Joseph Wieder para escribir un libro sobre el asesinato.

Aún estaba en Nueva York, pero tenía pensado marcharse una o dos semanas después. Había decidido no vender el apartamento, así que se había puesto en contacto con una inmobiliaria para que lo alquilase. Sin embargo, le había pedido a los agentes que lo sacasen al mercado solo después de su partida; no soportaba la idea de que la gente anduviese metiendo la nariz en el apartamento mientras ella estaba allí. Había donado algunas cosas a organizaciones filantrópicas y había empezado a empaquetar lo que pensaba llevarse. Un primo suyo de Alabama, que tenía una camioneta, iba a venir a ayudarla a hacer la mudanza. Me contó todo aquello como si estuviese charlando con un amigo, aunque hablaba con voz monótona y robótica, y hacía largas pausas entre las palabras.

La invité a comer fuera, pero me dijo que prefería recibirme en su casa, así que fui caminando en dirección a la estación Penn y veinte minutos más tarde estaba llamando al interfono de su edificio.

El apartamento estaba patas arriba, como cualquier casa en vísperas de una mudanza. El vestíbulo estaba lleno de cajas de cartón selladas con cinta de embalar. Cada una de ellas llevaba escrito por fuera con rotulador negro lo que contenía, así que pude ver que la mayoría estaba llena de libros.

Me hizo pasar al salón y preparó té. Nos lo bebimos mientras charlábamos un poco. Me contó lo desconcertada que se había quedado cuando, durante el huracán Sandy, una chica se había enzarzado con ella mientras hacían cola en una gasolinera. En su Alabama natal le habían hablado sobre antiguas inundaciones y huracanes, pero eran historias épicas de vecinos que arriesgaban su vida para salvar a otros, polis y bomberos heroicos que rescataban a gente en silla de ruedas en medio del cataclismo. En una gran ciudad, me dijo, uno se preguntaba qué había que temer más en esos casos: la furia de la naturaleza o la reacción de la gente.

Llevaba un corte de pelo muy arreglado y lucía una piel sana que su vestido negro liso resaltaba aún más. Me pregunté cuántos años tendría (daba la impresión de no haber alcanzado los cuarenta y ocho de su difunto compañero). Tenía un aire de ciudad pequeña, en el buen sentido. Tanto su manera de hablar como sus gestos delataban una educación de la época en que la gente le preguntaba a otra cómo estaba porque les interesaba de verdad.

Desde el principio me pidió que la llamase Danna, y así lo hice.

—Danna, tú conocías al señor Flynn mucho mejor que yo, que solo he leído el manuscrito. ¿Te habló alguna vez del profesor Wieder o de Laura Baines, o de la época de Princeton, cuando los tres se conocieron?

—Richard nunca fue una persona muy abierta. Siempre fue solitario y hosco, normalmente guardaba las distancias con la gente, así que tenía muy pocos conocidos y ni una sola amistad íntima. A su hermano lo veía muy poco. Perdió a su padre cuando estaba en la universidad, y su madre murió de cáncer a finales de los noventa. En los cinco años que estuvimos juntos nunca nos visitó nadie y nosotros tampoco íbamos a ver a nadie. Sus relaciones en el trabajo se limitaban a lo profesional, y había perdido el contacto con la gente con la que estuvo en la universidad.

Hizo una pausa y sirvió más té.

—Una vez recibió una invitación para el Club de Princeton, que está en la calle Cuarenta y tres Oeste. Era una especie de reunión, y los organizadores encontraron su dirección. Intenté convencerlo de que fuésemos juntos, pero se negó. Me soltó bruscamente que no guardaba recuerdos agradables de su época de estudiante. Decía la verdad. Lo sé, he leído el manuscrito, Peter me dio una copia. Aunque quizá lo que pasó es que, después del episodio con esa mujer, Laura Baines, suprimió todos sus recuerdos, que es lo que suele pasar, y se quedó con una visión oscura de aquella época. No guardaba ningún recuerdo, ni fotos ni baratijas que le trajeran a la memoria esa época. Nada más que un ejemplar de la revista que menciona en el manuscrito, *Signature*, donde publicó algunos relatos, y que le regaló un conocido porque se la encontró en una librería. Ya la he metido en las cajas, pero si quiere puedo sacarla. No pretendo dármelas de experta en literatura, pero sus relatos me sorprendieron por su brillantez.

»En cualquier caso, también entiendo que la gente mantuviese las distancias con Richard. Lo más seguro es que la mayoría lo viese como un misántropo, y quizá lo era, hasta cierto punto. Pero cuando llegabas a conocerlo de verdad, te dabas cuenta de que debajo de aquella superficie pétrea que se había construido con los años era muy buena persona. Era culto y se podía hablar de casi todo con él. Era en esencia honesto y siempre estaba listo para ayudar a quien se lo pidiese. Por eso me enamoré de él y me mudé aquí. No es que estuviese con él para no estar sola o porque quisiese salir de una ciudad pequeña de Alabama, sino porque estaba verdaderamente enamorada de él.

»Siento no poder ser de más ayuda —concluyó—. Te he contado muchas cosas de Richard, pero a ti lo que te interesa es el profesor Wieder, ¿no?

—Dices que has leído el manuscrito…

—Sí, lo he leído. Intenté encontrar el resto, sobre todo porque tenía mucha curiosidad por saber lo que pasaría después. Pero, por desgracia, no pude encontrarlo. La única explicación es que Richard cambió de opinión en algún momento y lo borró del ordenador.

—¿Crees que la mujer que lo llamó aquella noche era Laura Baines? ¿La mujer que después te dijo que le había «arruinado la vida»?

Durante un momento no respondió a mi pregunta. Estaba perdida en sus pensamientos, como si se le hubiese olvidado que yo estaba allí. Recorrió la habitación con los ojos, como si estuviese buscando algo, y luego, sin decir una palabra, se levantó para dirigirse al cuarto contiguo y dejó la puerta abierta. Regresó un par de minutos más tarde y se sentó en el sillón que acababa de abandonar.

—Quizá pueda ayudarte —dijo con un tono de voz casi solemne que no había usado hasta entonces—. Pero quiero que me prometas una cosa: que en lo que escribas, cuando lo escribas, no ensuciarás en absoluto la memoria de Richard, independientemente de los resultados de tu investigación. Por lo que sé, te interesa Wieder, así que el carácter de Richard no es necesariamente relevante para ti. Puedes omitir ciertos detalles que son única y exclusivamente de su incumbencia. ¿Lo prometes?

No tengo madera de santo y, en cuanto periodista, en alguna ocasión había soltado un buen rollo intentando sonsacar la información necesaria para alguna historia. Pero me dije que aquella mujer se merecía que fuese honesto con ella.

—Danna, como periodista, me es casi imposible prometerte algo así. Si averiguo algo importante sobre la vida o la carrera de Wieder que esté directamente relacionado con Richard, entonces no habrá modo de omitirlo. Pero no olvides que él escribió sobre los hechos, por tanto deseaba hacerlos públicos. Dices que cambió de opinión y pulsó el botón de eliminar. Yo no lo creo. Supongo que es más probable que escondiese el manuscrito en algún sitio. Era una persona práctica. No creo que se dedicase a escribir un manuscrito durante semanas y semanas, tiempo en que debió de pensar sobre todos los aspectos que implicaba aquella decisión, para luego borrarlo de un plumazo. Estoy casi seguro de que el manuscrito aún existe en algún sitio, y de que Richard quiso hasta el último momento verlo publicado.

—Quizá tengas razón, pero, en cualquier caso, a mí no me dijo nada de su proyecto. ¿Podrías al menos tenerme informada de lo que encuentres? No me gusta molestar, y además me habré marchado de la ciudad, pero podemos hablar por teléfono.

Le prometí ponerme en contacto con ella si descubría algo importante sobre Flynn; sacó un papel arrugado de una agenda, lo alisó, lo puso sobre la mesa entre las tazas y lo señaló.

Lo cogí y vi que tenía escritos un nombre y un número de móvil.

—La noche en que Richard recibió la llamada de la que te hablé, esperé a que estuviese dormido y luego comprobé el registro de llamadas de su móvil. Anoté el número que concordaba con la hora de la llamada. Me daba vergüenza actuar como una persona celosa, pero me quedé muy preocupada al ver el estado en que se encontraba.

»Al día siguiente llamé al número y contestó una mujer. Le dije que era la pareja de Richard Flynn y que tenía algo importante que darle de su parte, algo de lo que era mejor no hablar por teléfono. Vaciló, pero al final aceptó mi propuesta y nos vimos no muy lejos de aquí, en un restaurante, donde comimos. Se presentó como Laura Westlake. Me disculpé por haberme puesto en contacto con ella y le expliqué que el comportamiento de Richard tras su conversación me había dejado preocupada.

»Me dijo que no me preocupase: Richard y ella eran viejos conocidos de Princeton y había habido un malentendido sin importancia sobre algunos acontecimientos pasados. Me dijo que habían compartido casa durante unos meses, pero que no habían sido más que amigos. No tuve valor para contarle lo que Richard había dicho de ella tras su charla, pero le aseguré que según él habían sido amantes. Su respuesta fue que seguramente Richard tenía una imaginación demasiado activa, o que quizá su memoria le estuviese jugando alguna mala pasada, y enfatizó de nuevo que su relación era enteramente platónica.

—¿Te dijo dónde trabajaba?

—Enseña psicología en Columbia. Salimos del restaurante, cada una se fue por su lado y eso fue todo. Si Richard volvió a hablar con ella después, lo hizo sin que yo me enterase. A lo mejor aún sigue teniendo este mismo número de teléfono.

Le di las gracias y me marché tras prometerle de nuevo mantenerla al corriente sobre el papel de Richard en todo aquello.

Almorcé en un café de Tribeca y conecté el portátil al router inalámbrico. Esta vez Google fue mucho más generoso.

Laura Westlake era profesora en el Centro Médico de la Universidad de Columbia y llevaba un programa de investigación conjunto con Cornell. Había terminado un máster en Princeton en 1988, y un doctorado en Columbia cuatro años más tarde. A mediados de los noventa había enseñado en Zurich, antes de regresar a Columbia. Su biografía contenía un montón de detalles técnicos sobre formación de especialistas y programas de investigación que había llevado a cabo a lo largo de los años, así como la concesión de un importante premio que había recibido en 2006. En otras palabras, se había convertido en una figura eminente en el campo de la psicología.

En cuanto salí de la cafetería, probé suerte y llamé a su oficina. Respondió una ayudante llamada Brandi, que me dijo que la doctora Westlake no podía ponerse, pero anotó mi nombre y mi número. Le pedí que le dijera a la doctora Westlake que llamaba en relación con el señor Richard Flynn.

Pasé la noche en casa con Sam, haciendo el amor y hablándole de la investigación. Después se puso de un humor nostálgico; quería que le prestara más atención de la habitual y tuvo la paciencia de escuchar todo lo que yo tenía que contar. Hasta puso el móvil en silencio, lo cual no pasaba casi nunca, y lo metió en el bolso, que estaba tirado en el suelo, junto a la cama.

—A lo mejor la historia de Richard es solo una farsa —dijo—. ¿Y si tomó hechos reales y convirtió en ficción los acontecimientos que los rodeaban, como hizo Tarantino en *Malditos bastardos*, te acuerdas?

—Es posible, pero un periodista trabaja con hechos —aduje—. De momento, he supuesto que todo lo que escribe es real.

—Seamos realistas —dijo—. Los «hechos» son lo que los editores y productores eligen poner en los periódicos, en la radio y en la tele. Sin nosotros, a nadie le importaría un carajo que la gente se estuviese masacrando en Siria, que un senador tuviese una amante o que se hubiese cometido un asesinato en Arkansas. No tendrían ni idea de que esas cosas están ocurriendo. A la gente nunca le ha interesado la realidad tal cual, sino las historias, John. A lo mejor lo que quería Flynn era escribir una historia, eso es todo.

—Bueno, solo hay una manera de averiguarlo, ¿no?

—Exactamente.

Se me subió encima.

—¿Sabes? Una compañera me ha contado hoy que acaba de enterarse de que está embarazada. ¡Estaba tan feliz! Me metí en el lavabo y me pasé diez minutos llorando;

no podía parar. Me imaginé vieja y sola, malgastando mi vida en cosas que dentro de veinte años no valdrán para nada, mientras todo lo que es realmente importante se aleja de mí.

Apoyó la cabeza en mi pecho y yo le acaricié el pelo con ternura. Me di cuenta de que estaba sollozando suavemente. Su cambio de actitud me había cogido por sorpresa y no sabía cómo reaccionar.

—Ahora quizá deberías decirme que no estoy sola y que me quieres, al menos un poquito —dijo—. Eso es lo que ocurriría en una novela rosa.

—Claro. No estás sola y te quiero un poquito, cariño.

Levantó la cabeza de mi pecho y me miró a los ojos. Sentía su aliento cálido en la barbilla.

—John Keller, menuda trola. En los viejos tiempos te habrían colgado del árbol más cercano por algo así.

—Eran tiempos difíciles, señora.

—Vale, ya me he recompuesto, lo siento. Parece que esta historia te tiene cautivado.

—Una razón más para colgarme, ¿no? ¿No dijiste que era una historia interesante?

—Sí, pero corres el riesgo de acabar dentro de un par de meses en algún viejo caserón abandonado de la calle de Nadie, sin poder encontrarle a esto ni pies ni cabeza. ¿Lo has pensado?

—Es solo un trabajo temporal que estoy haciendo porque me lo pidió un amigo. A lo mejor no encuentro nada espectacular, nada que sea la bomba, como tú dices. Un hombre se enamora de una mujer, pero por varias razones la cosa sale mal y se pasa el resto de su vida con el corazón roto. A otro hombre lo asesinan y ni siquiera sé si ambas historias están relacionadas. Pero como periodista he aprendido a dejarme llevar por el olfato y la intuición, y cuando no lo he hecho siempre la he cagado. Quizá esta historia sea como esas muñecas rusas, que cada una esconde una diferente dentro. Bueno, todo esto es un poco absurdo, ¿no?

—Todas las historias interesantes son un poquito absurdas. A tu edad, ya deberías saberlo.

Nos quedamos allí tumbados, abrazados, un buen rato, sin hacer el amor, sin hablar siquiera, cada uno enfrascado en sus propios pensamientos, hasta que el apartamento quedó completamente a oscuras y el ruido del tráfico nocturno pareció llegar de otro planeta.

Laura Baines me llamó a la mañana siguiente, mientras yo estaba en el coche. Tenía una voz agradable y ligeramente ronca de la que podías enamorarte antes de siquiera poner los ojos en su dueña. Sabía que tenía más de cincuenta, pero la voz sonaba mucho más joven. Me dijo que había recibido mi mensaje; me preguntó quién era yo y cuál era mi relación con Richard Flynn. Sabía que había muerto hacía poco.

Me presenté; le expliqué que los asuntos que deseaba abordar eran demasiado íntimos para hablarlos por teléfono y le propuse un encuentro.

—Lo siento, señor Keller, pero no acostumbro a verme con desconocidos —repuso—. No tengo ni idea de quién es usted ni de lo que desea. Si quiere que nos encontremos tendrá que darme más detalles.

Decidí contarle la verdad.

—Doctora Westlake, antes de morir el señor Flynn escribió un libro sobre la época que pasó en Princeton y lo acontecido en otoño e invierno de 1987. Creo que sabe a qué me refiero. Usted y el profesor Wieder son los personajes principales de la historia. A petición del editor de la obra, estoy investigando la veracidad de lo que se afirma en el manuscrito.

—¿Debo entender que una editorial ha comprado ya el libro?

—Aún no, pero una agencia literaria se ha hecho cargo y…

—Y usted, señor Keller, ¿es un detective privado o algo por el estilo?

—No, soy periodista.

—¿En qué periódico escribe?

—Llevo dos años por mi cuenta, pero antes trabajaba para el *Post*.

—¿Y cree que mencionar el nombre de ese periodicucho es una buena recomendación?

Su tono era tranquilo y comedido, casi desprovisto de inflexión alguna. El acento del Medio Oeste que Flynn mencionaba había desaparecido por completo. La imaginé en el aula de la facultad hablando ante los alumnos, con las mismas gafas de pasta gruesa que llevaba de joven, el pelo rubio recogido en un moño, pedante y segura. Era una imagen atractiva.

No sabía muy bien qué responder a su pregunta, así que ella prosiguió:

—¿Usa Richard nombres reales en su libro o simplemente ha deducido usted que se refiere a Joseph Wieder y a mí?

—Usa nombres reales. Claro que usted aparece con su nombre de soltera, Laura Baines.

—Me produce una sensación extraña oír ese nombre, señor Keller. Hace muchos años que nadie me llama así.

El agente literario, el que lo ha contratado a usted, ¿es consciente de que podría interponerse una demanda judicial que detuviese la publicación del manuscrito de Richard si su contenido pudiera suponerme cualquier tipo de perjuicio material o moral?

—¿Por qué cree usted que el manuscrito del señor Flynn podría perjudicarla, doctora Westlake?

—No se haga el listo conmigo, señor Keller. La única razón por la que estoy hablando con usted es porque tengo curiosidad por saber qué escribió Richard en el libro. Recuerdo que en aquella época soñaba con convertirse en escritor. De acuerdo, entonces, le propongo un trato: me entrega una copia del manuscrito y accedo a quedar para hablar con usted un par de minutos.

Si hacía lo que pedía, estaría violando la cláusula de confidencialidad del contrato que había firmado con la agencia. Si me negaba, estaba seguro de que me colgaría el teléfono. Elegí la opción que parecía menos desfavorable en aquel momento.

—De acuerdo —dije—. Pero debería saber que la agencia solo me ha dado una copia impresa de un fragmento del manuscrito de Richard, los primeros capítulos. La historia comienza cuando se conocen ustedes. Hay como setenta páginas o así.

Sopesó la información durante unos momentos.

—Muy bien —dijo finalmente—. Estoy en el Centro Médico de Columbia. ¿Qué le parece si nos encontramos aquí dentro de una hora, a las diez y media? ¿Podría traer el texto?

—Claro, allí estaré.

—Vaya al pabellón McKeen y pregunte por mí en recepción. Adiós, señor Keller.

—Adiós y…

Colgó antes de que pudiese darle las gracias.

Regresé a casa a toda prisa, maldiciendo a Peter en mi fuero interno por no haberme pasado el manuscrito en formato electrónico. Cogí la carpeta y salí a buscar un lugar donde hacer fotocopias; al final encontré uno tres calles más allá.

Mientras un tío amodorrado con un aro de plata en la nariz y unos antebrazos llenos de tatuajes fotocopiaba las páginas en una vieja Xerox, me pregunté cómo debía abordar a Laura. Daba la impresión de ser fría y pragmática, y me recordé que ni por un segundo debía olvidar que su trabajo consistía en hurgar en la mente de los demás, como ella misma había advertido a Richard en relación con el profesor Wieder muchos años atrás.

4

El Centro Médico de la Universidad de Columbia estaba en el barrio de Washington Heights, así que bordeé el parque hasta la Duodécima Avenida y giré por la nacional NY-9A para tomar luego la calle Ciento sesenta y ocho. Media hora más tarde estaba ante un par de altos edificios unidos por corredores de cristal.

El pabellón McKeen estaba en el noveno piso del Hospital Milstein. Tras subir, di mi nombre en recepción, dije que me estaba esperando la doctora Westlake, y la secretaria la llamó por la línea interna.

Laura Baines se presentó unos minutos más tarde. Era alta y guapa. No llevaba el pelo recogido en un moño, como me la había imaginado, sino un peinado bastante simple, con el pelo ondulado suelto sobre los hombros. Era atractiva, no cabía duda, pero no era el tipo de mujer que te hacía girar la cabeza por la calle. No llevaba gafas y me pregunté si se habría pasado a las lentillas en los años que habían transcurrido.

Yo era la única persona en la recepción, así que vino directa hacia mí y me tendió la mano.

—Soy Laura Westlake —dijo—. ¿El señor Keller?

–Encantado de conocerla; gracias por acceder a encontrarse conmigo.

–¿Quiere tomar un café o un té? Hay una cafetería en el segundo piso. ¿Vamos?

Bajamos siete pisos en ascensor y recorrimos un par de pasillos antes de llegar a una cafetería con una de sus paredes totalmente acristaladas y que ofrecía una magnífica vista del río Hudson. Laura tenía un paso decidido, caminaba con la espalda erguida, y durante todo el trayecto había estado sumida en sus pensamientos. No intercambiamos ni una palabra. Por lo que veía, no se maquillaba, pero llevaba un discreto perfume. Tenía un rostro suave, sin apenas una arruga, y ligeramente bronceado, con rasgos bien definidos. Yo pedí un cappuccino y ella optó por un té. No había casi nadie, y el estilo art nouveau del interior mitigaba la impresión de estar en un hospital.

Antes de que yo pudiese abrir la boca, ella volvió a hablar.

–El manuscrito, señor Keller –dijo, quitándole el sello de aluminio a una cápsula de leche para vaciar el contenido en su taza de té–, como me prometió.

Cogí las páginas de la bolsa y se las tendí. Las hojeó durante unos segundos, y luego, con cuidado, las colocó sobre la mesa a la derecha, tras meterlas de nuevo en la carpeta. Saqué una pequeña grabadora y la encendí, pero ella sacudió la cabeza en señal de reprobación.

–Apáguela, señor Keller. Esto no es una entrevista. Simplemente he accedido a hablar con usted unos minutos, eso es todo.

–¿De forma confidencial?

–Por supuesto.

Apagué la grabadora y la metí en la bolsa.

–Doctora Westlake, ¿puedo preguntarle cuándo y cómo conoció a Richard Flynn?

–Bueno, ocurrió hace tanto tiempo… Si no recuerdo mal, fue en otoño de 1987. Los dos estudiábamos en Princeton y compartíamos una casita de dos habitaciones durante un tiempo, cerca del monumento a la Batalla de Princeton. Yo me mudé a otro sitio antes de Navidad, así que vivimos juntos solo tres meses más o menos.

–¿Le presentó usted al profesor Wieder?

–Sí. Le dije que conocía bien a Wieder, así que insistió en que se lo presentase, porque el profesor era una figura pública de mucha fama en aquel entonces. En una conversación con Richard, el profesor Wieder mencionó la biblioteca. Quería organizarla mediante un registro electrónico, si no recuerdo mal. Flynn necesitaba el dinero, así que se ofreció a hacer el trabajo, y el profesor aceptó. Por desgracia, tengo entendido que después tuvo muchos problemas y que incluso lo consideraron sospechoso. El profesor fue brutalmente asesinado. Eso sí lo sabe, ¿no?

–Sí, lo sé, y en realidad por eso la agencia para la que trabajo está tan interesada en el caso. ¿Fueron Flynn y usted algo más que compañeros de piso en algún momento? No querría plantearle una pregunta demasiado impertinente, pero en su libro Richard deja muy claro que mantenían relaciones sexuales y que estaban enamorados.

Apareció una arruga entre sus cejas.

–Me parece un poco ridículo hablar de esas cosas, señor Keller, pero sí, recuerdo que Richard estaba enamorado de mí, o más bien obsesionado conmigo. Sin embargo, nunca mantuvimos una relación amorosa. Yo tenía novio por aquel entonces…

–¿Timothy Sanders?

Pareció sorprendida.

—Timothy Sanders, sí. ¿Sabe el nombre por el manuscrito? Eso quiere decir que Richard debe de tener una memoria fantástica, o que quizá guardase notas o un diario de aquella época. No creía que se acordase de esos detalles después de tantos años, pero de algún modo no me sorprende. En fin, yo estaba enamorada de mi novio, vivíamos juntos, pero después tuvo que marcharse a Europa un par de meses como parte de un programa de investigación y yo no podía pagar sola el alquiler de nuestro apartamento, así que me busqué otro sitio. Mientras Timothy estaba fuera, compartí casa con Richard. Cuando volvió nos fuimos a vivir juntos, justo antes de Navidad.

—Nunca usa usted diminutivos para los nombres de las personas, ni siquiera cuando habla de gente tan cercana —advertí, recordando lo que decía Flynn en el manuscrito.

—Así es. Opino que los diminutivos son pueriles.

—Richard escribió que estaba algo celoso del profesor Wieder y que durante un tiempo sospechó que usted tenía una aventura con él.

Se estremeció y las comisuras de su boca se torcieron ligeramente hacia abajo. Por un instante tuve la sensación de que se le caía la máscara, pero enseguida volvió a adoptar la cara de póquer.

—Era una de las obsesiones de Richard, señor Keller —dijo—. El profesor Wieder no estaba casado ni tenía pareja, por lo tanto algunos suponían que debía de tener una aventura y que la mantenía en secreto. Era un hombre muy carismático, aunque no muy guapo, y hacía gala de una actitud muy protectora hacia mí. En última instancia, no creo que le interesasen mucho las relaciones románticas, se dedicaba en cuerpo y alma a su trabajo.

Para serle sincera, sé que Richard tenía sus sospechas, pero no había nada de eso entre Joseph Wieder y yo, además de una relación profesor-alumna de lo más normal. Era una de sus alumnas preferidas, eso estaba claro, pero nada más. También contribuí de manera importante al proyecto en que estaba trabajando entonces.

Me pregunté hasta dónde podía llegar sin arriesgarme a que pusiese fin a nuestra conversación, y luego me lancé de cabeza.

—Richard también dice que el profesor le dio las llaves de su casa y que iba usted con frecuencia.

Sacudió la cabeza.

—No creo que me diese nunca las llaves de su casa, no que yo recuerde. Pero creo que a Richard sí le dio un juego, para que pudiese trabajar en la biblioteca cuando el profesor no estaba en casa. Por eso tuvo luego problemas con la policía.

—¿Cree usted que Richard habría podido asesinar a Wieder? Fue sospechoso durante un tiempo.

—En mi profesión, una aprende, entre otras cosas, hasta qué punto pueden engañar las apariencias, señor Keller. Richard no dejó de acosarme cuando me marché de aquella casa. Me esperaba después de clase, me escribía un montón de cartas, me llamaba un montón de veces al día. Tras la muerte del profesor, Timothy habló con él un par de veces para pedirle que se ocupase de sus asuntos y que nos dejase en paz, pero fue en vano. No lo denuncié a la policía porque ya tenía bastantes problemas él solito, y al fin y al cabo me daba más lástima que miedo. En algún momento las cosas empeoraron… Pero en fin, no se debe hablar mal de los muertos. No, no creo que fuese capaz de asesinar.

—Acaba de decirme que en algún momento las cosas empeoraron. ¿A qué se refiere? Por el manuscrito sé que estaba celoso. Los celos son un móvil muy común en este tipo de casos, ¿no?

—Señor Keller, no tenía ninguna razón para estar celoso. Lo único que hicimos fue compartir casa, ya se lo he dicho. Pero estaba obsesionado conmigo. Aunque al año siguiente me vine a la Universidad de Columbia, averiguó mi dirección y siguió escribiéndome y llamándome. Una vez hasta se plantó en la ciudad. Luego me marché a Europa un tiempo y así conseguí librarme de él.

Lo que oía no podía sorprenderme más.

—En el manuscrito, Richard Flynn decía algo completamente distinto. Afirmaba que era Timothy Sanders el que estaba obsesionado con usted y no la dejaba en paz.

—Voy a leer el manuscrito, por eso se lo he pedido. Señor Keller, para una persona como Richard Flynn los límites entre ficción y realidad no existen, o bien son muy frágiles. En aquella época hubo momentos en los que me causó verdadero sufrimiento.

—La noche que asesinaron al profesor, ¿fue usted a la casa?

—Visité al profesor en su casa tres o cuatro veces en total ese año. Princeton es una ciudad pequeña y a ambos nos habría complicado la vida que empezaran a cotillear sobre nosotros. Así que no, no estuve allí esa noche.

—¿La interrogó la policía tras el asesinato? No he visto su nombre en los periódicos, pero el de Flynn estaba por todos lados.

—Sí, a mí me interrogaron solo una vez, creo, y les expliqué que había estado toda la noche con una amiga.

Miró el reloj que llevaba en la muñeca izquierda.

—Por desgracia, tengo que marcharme. Ha sido muy agradable charlar con usted. Quizá podamos hablar de nuevo cuando lea el manuscrito y me refresque la memoria.

—¿Por qué se cambió el apellido? ¿Se casó? —le pregunté mientras nos levantábamos de la mesa.

—No, nunca he tenido tiempo para esas cosas. Si quiere que le diga la verdad, me cambié el nombre para escapar de Richard Flynn y todos esos recuerdos. Le tenía mucho cariño al profesor Wieder y me quedé destrozada por lo que le pasó. Flynn nunca había sido violento, solo un pelma, pero estaba cansada, harta, de que me acosara, y daba la impresión de que no lo dejaría nunca. En 1992, antes de marcharme a Europa, me convertí en Laura Westlake. Es el nombre de soltera de mi madre, en realidad.

Le di las gracias; luego cogió la copia del manuscrito y nos marchamos de la cafetería, justo cuando empezaba a llenarse.

Llegamos al ascensor, entramos, y mientras nos dirigíamos a la novena planta le pregunté:

—La pareja de Richard, Danna Olsen, me contó que una noche lo pilló hablando con usted por teléfono. Se puso en contacto con usted y se encontraron. ¿Puedo preguntarle de qué habló en su conversación telefónica con él? ¿Había conseguido encontrarla de nuevo?

—Llevaba más de veinte años sin saber de Richard hasta que, el otoño pasado, apareció de repente en la puerta de mi casa. No soy de esas personas que pierden el control fácilmente, pero me quedé muy desconcertada, especialmente cuando empezó a balbucear un montón de cosas absurdas; era evidente que estaba muy alterado, lo cual me hizo preguntarme si padecería algún trastorno mental. Me amenazó con revelar no sé qué, algo que no dejó claro pero que tenía que ver con el profesor Wieder. La verdad es que había conseguido prácticamente olvidarme de que una vez conocí a un joven llamado Richard Flynn. Al final le pedí que se marchase. Me llamó dos o tres veces después de aquello, pero me negué a verme con él, y luego dejé de responder al teléfono. No sabía que estaba gravemente enfermo, no me dijo nada al respecto. Luego me enteré de que había muerto. Quizá cuando vino a mi apartamento estaba alterado a causa de su enfermedad y no podía razonar. El cáncer de pulmón presenta normalmente complicaciones y metástasis en el cerebro. No sé si fue eso lo que ocurrió en el caso de Richard, pero es bastante probable.

Al salir del ascensor, le pregunté:

—Richard también afirmaba en su manuscrito que el profesor Wieder llevaba a cabo investigaciones secretas. ¿Tiene alguna idea de qué se trataba?

—Si era secreto, entonces se supone que nosotros no teníamos que saber nada, ¿no? Cuanto más me cuenta de ese manuscrito, más convencida estoy de que se trata de pura ficción. En las universidades más destacadas siempre hay muchos departamentos que llevan a cabo proyectos de investigación, algunos para agencias federales y otros para empresas privadas. La mayoría de esos proyectos son confidenciales, porque la gente que los financia quiere recoger los frutos de su inversión, ¿entiende? El profesor Wieder estaba trabajando en algo así, supongo. Yo solo lo ayudé con el libro que estaba escribiendo entonces y nunca estuve al tanto de nada más de lo que hacía. Adiós, señor Keller, de veras tengo que irme. Que tenga un buen día.

Le di las gracias de nuevo por reunirse conmigo y tomé el ascensor hacia la planta baja.

Mientras me encaminaba hacia el aparcamiento, me pregunté cuánto de lo que decía era verdad y cuánto mentira, y si sería verdad que Flynn se había inventado su supuesta relación. Tras su aparente calma, Laura Baines me daba la impresión de tener miedo de lo que Flynn podía revelar acerca de su pasado. Era más una sensación que algo presente en su lenguaje corporal o su expresión: como un olor inconfundible que no pudiese ocultar con el perfume.

Sus respuestas habían sido precisas, tal vez demasiado, aunque repitiese un par de veces que no recordaba todos los detalles. ¿Y cómo podía haber olvidado, aunque hubiesen pasado tantos años, a un tío con el que había compartido casa, que la había acosado durante meses y que había sido acusado de matar a su amigo y mentor?

5

Harry Miller me llamó un par de horas más tarde, justo después de ver a una de mis antiguas fuentes, un policía de homicidios jubilado que me había prometido intentar ponerse en contacto con alguien del Departamento de Policía de West Windsor, en Nueva Jersey. Lo había invitado a comer en Orso, en la calle Cuarenta y seis Oeste, y me dirigía de nuevo al coche, que tenía aparcado dos calles más allá. Estaba lloviendo y el cielo tenía el color de la sopa de col. Respondí al teléfono y Harry me dijo que tenía noticias. Me cobijé bajo la marquesina de una bodega y le pregunté qué novedades tenía.

—Bingo —me dijo—. Sarah Harper se graduó en 1989 y no ha tenido mucha suerte. Después de la universidad encontró un trabajo en una escuela para niños con necesidades especiales en Queens y llevó una vida normal durante unos diez años. Luego se le ocurrió la gran idea de casarse con un cantante de jazz llamado Gerry Lowndes, que convirtió su vida en un infierno. Sarah se enganchó a las drogas y acabó un año a la sombra. En 2008 se divorció y ahora vive en el Bronx, en Castle Hill. Parece dispuesta a hablar de los viejos tiempos.

—Genial. ¿Me mandas por mensaje su dirección y su teléfono? ¿Qué has averiguado de Simmons?

—Derek Simmons sigue viviendo en Jersey, con una mujer llamada Leonora Phillis. De hecho, hablé con ella, porque él no estaba en casa. En cierto modo, ella cuida de él; viven básicamente de los subsidios. Le expliqué que eres periodista y que quieres hablar con su marido sobre el caso del profesor Wieder. No sabe de qué va la cosa, pero espera tu llamada. Acuérdate de llevar efectivo cuando vayas. ¿Algo más?

—¿Tienes alguna fuente en Princeton?

—Tengo fuentes en todas partes. Soy un experto, hijo —presumió—. ¿Cómo crees que di con Sarah Harper? ¿Llamando al 911?

—En ese caso, intenta hacerte con unos cuantos nombres de la década de los ochenta; gente que trabajase en el departamento de psicología y tuviese relación con el profesor Joseph Wieder. Y no solo colegas de profesión. Me interesa gente que estuviese en su grupo, cualquiera que lo conociese bien.

Me dijo que intentaría averiguar lo que le pedía, y después hablamos de béisbol durante un par de minutos más.

Fui a buscar el coche y regresé a casa. Llamé a Sam, y cuando respondió su voz sonaba como si estuviese en el fondo de un pozo. Me dijo que tenía un catarro de cuidado y que después de arrastrarse hasta la oficina aquella mañana el jefe la había mandado directa a casa. Le prometí que me pasaría por la noche, pero me dijo que prefería irse pronto a la cama y que, en cualquier caso, no quería que la viese así. Cuando colgamos llamé a una floristería y pedí que le enviaran un ramo de tulipanes. Intentaba no colgarme demasiado de ella, como habíamos acordado, pero con el paso del tiempo descubría que la echaba cada vez más de menos cuando pasábamos uno o dos días sin vernos.

Llamé a Sarah Harper al número que Harry me había pasmado, pero no lo cogió, así que le dejé un mensaje en el contestador. Tuve más suerte con Derek Simmons. Su pareja, Leonora Phillis, respondió al teléfono. Tenía un fuerte acento cajún, como de personaje de *Amos del pantano*. Le recordé que la había telfoneado un tipo llamado Harry Miller para decirle que yo quería charlar con Derek Simmons.

—Su amigo me explicó que el periódico paga, ¿no?

—Sí, a lo mejor hay algo de dinero.

—Vale, señor…

—Keller. John Keller.

—Bueno, pues venga a visitarnos, y ya le diré yo a Dere de qué va la cosa. Es que él no es muy de hablar. ¿Cuándo puede venir?

—Pues ahora mismo, si no es muy tarde.

—¿Qué hora es ahora, guapo?

Le dije que eran las 15.12.

—¿A las cinco?

Le dije que perfecto, y me aseguré de nuevo de que convenciese a «Dere» de que hablase conmigo.

Un poco más tarde, mientras entraba en el túnel dándole vueltas a la charla con Laura Westlake, recordé de repente el detalle que se me había escapado la primera noche que empecé a investigar el caso Wieder: el libro en el que estaba trabajando el profesor por aquel entonces y que iban a publicar unos meses más tarde. Según decía Richard en el manuscrito, Laura Baines creía que revolucionaría el mundo científico. «La bomba», como habría dicho Sam.

Pero cuando lo busqué en Amazon y en otros sitios donde figuraban las obras del profesor, no hallé mención alguna de él. El último de Wieder era un estudio de ciento diez páginas sobre la inteligencia artificial publicado por Princeton University Press en 1986, más de un año antes de que lo asesinaran. Wieder le había dicho a Richard que había firmado el contrato de publicación del libro en el que estaba trabajando, lo que había levantado rumores entre sus compañeros. Así pues, Wieder ya había mandado el manuscrito o una propuesta de publicación al editor antes de su muerte, y seguramente habría recibido al menos un adelanto parcial. ¿Por qué entonces nunca se publicó el libro?

Me imaginé que había dos explicaciones posibles.

La primera era que el editor hubiese cambiado de opinión y decidido no publicar el manuscrito. Aquello era poco probable, dado que había un contrato, y además el misterio que rodeaba a la muerte violenta del profesor con toda seguridad habría disparado las ventas, por decirlo de un modo cínico. Solo algún tipo de intervención forzosa habría empujado a un editor a abandonar un proyecto así. ¿Una intervención por parte de quién? ¿Y qué contenía el manuscrito? ¿Estaría relacionado de algún modo con la investigación secreta en la que había estado trabajando Wieder? ¿Tenía quizá la intención de revelar ciertos detalles de dicha investigación en su nuevo libro?

Otra posibilidad era que el albacea testamentario de Wieder (por lo que decía en los periódicos deduje que había un testamento y que se lo había dejado todo a su hermana, Inge) se hubiese opuesto a la publicación del libro y hubiese sido capaz de presentar los argumentos legales necesarios para ello. Sabía que debía intentar hablar con su hermana, pese a que se había mudado a Italia hacía muchos años y posiblemente no supiese gran cosa sobre lo que había ocurrido en la época del asesinato.

Giré por Valley Road, bajé a la izquierda por Witherspoon Street y enseguida me encontré en Rockdale Lane, donde vivían Derek Simmons y su pareja, no muy lejos de la comisaría de policía de Princeton. Había llegado antes de lo esperado. Aparqué junto a una escuela y entré en una cafetería cercana, donde, mientras tomaba una taza de té, intenté poner en orden las nuevas pistas que habían surgido en la investigación. Cuanto más pensaba sobre el libro del profesor, más intrigado me tenía el hecho de que nunca se hubiese publicado.

Derek Simmons y Leonora Phillis vivían en una casita baja al final de la calle, junto a unas canchas infestadas de malas hierbas. Había un pequeño patio ante la casa, con rosales que estaban empezando a florecer. Un mugriento gnomo de jardín exhibía una sonrisa de escayola a la izquierda de la puerta principal.

Pulsé el timbre y lo oí sonar en algún lugar de la parte trasera de la casa.

Una mujer de pelo corto castaño y cara arrugada abrió la puerta con un cucharón en la mano y los ojos llenos de suspicacia. Cuando le dije que era John Keller, se le iluminó un poco el rostro y me invitó a pasar.

Accedimos a un vestíbulo oscuro y estrecho, y después a un salón atestado de muebles viejos. Me senté en el sofá y, bajo el peso de mi cuerpo, se alzó una nube visible de polvo. Oí a un bebé llorando en otra habitación.

Me pidió que la disculpase un momento y desapareció; se puso a emitir sonidos apaciguadores en la parte trasera de la casa.

Observé los objetos a mi alrededor. Todos eran viejos y desparejados, como si los hubiesen comprado al azar en un mercadillo de garaje o los hubiesen encontrado tirados en la calle. Los tablones del suelo se combaban en algunos puntos, y el papel de las paredes se estaba despegando en las puntas. Se oía el tictac asmático de un reloj de pared. Parecía que la pequeña suma de dinero mencionada en el testamento del profesor se había esfumado hacía tiempo.

Volvió con un niño en brazos que parecía rondar el año y medio y se chupaba el pulgar izquierdo. El crío me vio inmediatamente y me clavó una mirada pensativa y seria. Tenía unos rasgos extrañamente maduros y no me habría sorprendido que se hubiese puesto a hablar con voz de adulto para preguntarme en tono beligerante qué narices estaba haciendo yo allí.

Leonora Phillis se sentó ante mí en una desvencijada silla de bambú. Meció con suavidad al niño en sus brazos y me explicó que era su nieto, Tom. La madre del niño, la hija de la señora Phillis, llamada Tricia, se había largado a Rhode Island para encontrarse con un tío que había conocido por internet, tras pedirle que cuidase al niño hasta su regreso; eso había ocurrido hacía dos meses.

Me informó de que había convencido a Derek para que hablase conmigo, pero que sería preferible que antes abordáramos el tema del dinero. Explicó entre lamentos que a Derek y ella les costaba llegar a fin de mes. Hacía tres años se las habían apañado para conseguir un pequeño subsidio que constituía el grueso de sus ingresos, aparte de los pequeños trabajos que hacía Derek de vez en cuando. Además tenían que hacerse cargo del niño. La mujer me contó todo aquello llorando suavemente, y mientras tanto Tom no dejaba de echarme aquellas extrañas miradas de adulto.

Acordamos una cantidad y yo le tendí los billetes; ella los contó minuciosamente antes de metérselos en el bolsillo. Luego se puso en pie, sentó al niño en la silla y me pidió que la siguiese.

Bajamos por un pasillo hasta una especie de galería cubierta, cuyas sucísimas cristaleras filtraban la luz del anochecer como vidrieras. Un enorme banco de trabajo sobre el que se alineaban todo tipo de herramientas ocupaba casi por completo la superficie de la galería. Ante el banco de trabajo había un taburete, y sobre él, sentado, un hombre alto y fornido que llevaba unos vaqueros llenos de grasa y una sudadera. Se levantó al verme, me estrechó la mano y se presentó como Derek. Tenía los ojos verdes, casi fosforescentes con aquella luz tenue, y unas manos anchas y rudas. Aunque debía de rondar los sesenta años, se mantenía muy erguido y aparentaba estar sano. Tenía la cara surcada de arrugas tan profundas que parecían cicatrices, y había encanecido casi por completo.

La mujer regresó al interior de la casa y nos dejó solos. Él se sentó en el taburete y yo me apoyé en el banco de trabajo. En el patio trasero, tan pequeño como el delantero y cerrado con una valla carcomida por las malas hierbas, había un columpio pequeño; su armazón de metal oxidado se alzaba como un fantasma de la tierra yerma cubierta de trozos de césped y charcos.

—Leonora me ha dicho que quería hablar conmigo sobre Joseph Wieder —dijo sin mirarme. Extrajo un paquete de Camel del bolsillo y se encendió uno con un mechero amarillo de plástico—. Es usted la primera persona que me pregunta por él desde hace más de veinte años.

Daba la impresión de resignarse a representar un papel, como un viejo payaso cansado al que se le hubiesen agotado los trucos y chistes buenos y se viese obligado a brincar sobre el serrín de la pista de un circo mediocre para entretener a un grupo de niños indiferentes que no dejaban de mascar chicle y enredar con sus móviles.

Le conté brevemente lo que había averiguado sobre él y el profesor Wieder, sobre Laura Baines y Richard Flynn. Mientras yo hablaba, él fumaba mirando al infinito, hasta el punto de que me pregunté si realmente me estaría escuchando. Apagó el cigarrillo, se encendió otro y dijo:

—¿Y por qué le interesan cosas que pasaron hace tanto tiempo?

—Alguien me ha pedido que investigue y me paga por hacer lo que estoy haciendo. Estoy trabajando en un libro sobre casos de asesinatos misteriosos en los que nunca se pilló al culpable.

—Yo sé quién mató al profesor —dijo con voz monótona, como si estuviese hablando sobre el tiempo—. Lo sabía y ya lo conté entonces. Pero mi testimonio no valía una mierda. Ningún abogado lo habría incluido en un juicio, porque unos años antes me habían acusado de asesinato y encerrado en el manicomio, así que yo estaba como una cabra, ya me entiende. Tomaba un montón de pastillas. Habrían dicho que me lo estaba inventando o que había sido una alucinación. Pero yo sé lo que vi y no estaba loco.

Parecía estar muy convencido de lo que decía.

—Así pues, ¿sabe usted quién mató a Wieder?

—Se lo conté todo a ellos, señor. Y después no tenía ni idea de que alguien estuviese interesado en la historia. Nadie me preguntó nada más, así que me ocupé de mis asuntos.

—¿Quién lo mató, señor Simmons?

—Llámeme Derek. Fue el chico ese, Richard. Y esa mala pécora, Laura, fue testigo, si no cómplice. Deje que le cuente lo que pasó…

Durante la siguiente hora, mientras fumaba como un carretero y fuera avanzaba lentamente la oscuridad, Derek me contó lo que había visto y oído la noche del 21 de diciembre de 1987, dándome numerosos detalles; me sorprendía que pudiese recordarlos tan bien.

Aquella mañana había ido a casa del profesor a arreglarle la cisterna del baño de abajo. Wieder estaba en casa, haciendo el equipaje para irse de viaje al Medio Oeste, donde había pensado pasar las vacaciones con unos amigos. Invitó a Derek a quedarse a almorzar y pidió comida china. Parecía cansado y preocupado, y le contó a Derek que había descubierto unas huellas sospechosas en el patio de atrás; había estado nevando durante la noche y por la mañana las pisadas se veían con nitidez. Wieder le prometió seguir haciéndose cargo de él pese a su intención de marcharse del país por un tiempo, y le advirtió de que era importante que siguiese tomando su medicación. Alrededor de las dos de la tarde, Derek se fue de casa del profesor para dirigirse al campus, donde tenía que pintar un apartamento.

Esa noche, tras ponerse el sol, Derek regresó a su casa a cenar. Preocupado por el estado en que había dejado a Wieder, decidió ir a echarle una ojeada. Al llegar a la casa del profesor vio el coche de Laura Baines aparcado delante. Estaba a punto de llamar a la puerta cuando oyó voces de gente peleándose en el interior.

Se dirigió a la parte posterior de la casa, junto al lago. Serían alrededor de las nueve. Las luces del salón estaban encendidas y las cortinas descorridas, así que pudo ver lo que pasaba. Joseph Wieder, Laura Baines y Richard Flynn estaban allí. El profesor y Laura Baines estaban sentados a la mesa, mientras que Richard estaba de pie, gesticulando mientras hablaba. Era el que gritaba más alto, como haciendo reproches a los otros dos.

Unos minutos más tarde, Laura se puso en pie y se marchó. Ninguno de los hombres intentó detenerla. Richard y Wieder siguieron peleándose tras su salida. En un momento dado Richard pareció calmarse. Ambos fumaron, tomaron café y un par de copas, y el ambiente pareció relajarse. Derek se había quedado helado fuera y estaba a punto de marcharse cuando la discusión se avivó una vez más. Debían de ser poco más de las diez, según recordaba.

En un momento dado, Wieder, que hasta entonces había mantenido la calma, se enfadó mucho y levantó la voz.

Luego Richard se marchó y Derek dio rápidamente la vuelta a la casa para detenerlo y preguntarle qué pasaba. Aunque no le llevó más de veinte o treinta segundos llegar a la parte delantera, Richard no apareció por ningún sitio. Derek lo estuvo buscando en la calle un par de minutos, pero parecía que se lo había tragado la tierra.

Al final se dio por vencido y se dijo que seguramente Richard hubiese echado a correr al salir. Regresó a la parte trasera de la casa para comprobar que el profesor estaba bien. Seguía en el salón, y cuando se levantó para abrir la ventana y que entrase un poco de aire, Derek se marchó por miedo a que lo viese. Pero al irse advirtió que Laura había vuelto, porque el coche seguía aparcado más o menos en el mismo sitio. Derek pensó que había vuelto para pasar la noche con el profesor, por lo que sería mejor que él se quitase de en medio.

A la mañana siguiente se levantó muy temprano y decidió volver a casa del profesor para comprobar que estaba bien. Llamó a la puerta, pero no respondió nadie, así que usó las llaves y encontró el cuerpo del profesor en el salón.

—Estoy seguro de que el muchacho no se marchó aquella noche, sino que se escondió en los alrededores para regresar después y matarlo —dijo Derek—. Pero Laura también estaría en la casa en aquel momento. El profesor era un tío fuerte, no habría podido con él ella sola. Yo siempre he pensado que Richard fue quien lo mató y que ella fue o bien cómplice o bien testigo. Pero no le dije nada a la policía sobre ella; me daba miedo que los periódicos se aprovecharan y ensuciasen el nombre del profesor. Pero tenía que decirles algo, así que les dije que el chico estaba allí y que mantuvo una discusión con el profesor.

—¿Cree que Laura y el profesor eran amantes?

Se encogió de hombros.

—No lo sé seguro, no los vi echar un polvo, pero ella a veces se quedaba a pasar la noche, ya me entiende. El chico estaba loco por ella, de eso estoy seguro, porque además me lo dijo. Yo hablaba mucho con él en aquella época, cuando trabajaba en la biblioteca. Me contó muchas cosas de sí mismo.

—¿Y la policía no le creyó?

—Quizá me creyera, quizá no. Ya se lo he dicho, mi palabra no habría valido una mierda ante un jurado. El fiscal no quiso saber nada, así que los polis pasaron de la pista. Si quiere comprobarlo, verá que la declaración que hice entonces coincide plenamente con lo que le acabo de contar. Estoy seguro de haber guardado los papeles.

—Pero recuerda usted un montón de detalles —observé—. Pensé que había perdido la memoria.

—Mi trastorno afecta solo al pasado. Se llama amnesia retrógrada. Tras la putada del hospital, no podía recordar nada de lo que había pasado hasta entonces, pero nunca he tenido problemas con lo que ocurrió después del golpe en la cabeza. Tuve que aprenderme mi propio pasado, del mismo modo en que uno aprende cosas sobre otra persona: cuándo y dónde nací, quiénes eran mis padres, a qué colegio fui, y todos esos rollos. Era muy raro, pero me acostumbré. Al fin y al cabo, no había otra opción.

Se puso de pie y encendió la luz. Allí sentados en la galería, me dio la sensación de que éramos dos moscas atrapadas en un frasco. Me pregunté si debía creerle o no.

—Hay algo más que querría preguntarle.

—Adelante, por favor.

—El profesor tenía un gimnasio en el sótano. ¿Guardaba allí o en algún otro lugar de la casa un bate de béisbol? ¿Vio alguna vez algo parecido por allí?

—No. Pero sé que tenía un par de pesas y un saco de boxeo.

—La policía pensó que posiblemente lo matasen con un bate de béisbol, pero nunca se encontró el arma del crimen. Si el profesor no tenía el bate en casa, eso significa que lo llevó el asesino. Pero no es fácil esconder algo así debajo del abrigo. ¿Recuerda cómo iba vestido Flynn aquella noche, cuando lo vio por la ventana?

Reflexionó un momento y luego sacudió la cabeza.

—No estoy seguro... Sé que casi siempre llevaba una parka; a lo mejor la llevaba aquella noche, pero no pondría la mano en el fuego.

—Una última pregunta. Sé que era usted sospechoso al principio, pero después lo descartaron de la investigación porque tenía usted coartada para la hora del asesinato. Sin embargo, me acaba de decir que alrededor de las once estaba aún en el patio trasero de Wieder y que después se marchó a casa. ¿Puede contarme cuál era su coartada?

—Claro. Me detuve en un bar cerca de casa que abría hasta tarde. Estaba preocupado y no quería estar solo. El propietario era colega mío; a veces lo ayudaba con algún arreglo. Así que el tío le contó a la poli que yo había estado allí, lo cual era verdad. Los polis siguieron incordiándome todavía un poco, pero luego me dejaron en paz; además, yo era el último que querría que le pasase algo al profesor. ¿Qué móvil podría tener yo para matarlo?

—Ha dicho que estaba en el bar. ¿Se le permitía empinar el codo en esa época, tomando tantas pastillas?

—No bebía alcohol. Y sigo sin tocarlo. Cuando voy a un bar me tomo una Coca-Cola o un café. Fui allí para no estar solo.

Aplastó la colilla en el cenicero.

—¿Es zurdo, Derek? Ha fumado usando la mano izquierda.

—Sí.

Pasé unos cuantos minutos más hablando con él. Me dijo que su vida retomó su curso, y que al final se había ido a vivir con Leonora. No había vuelto a tener problemas con la ley, y desde hacía doce años ya no tenía que presentarse ante la comisión de evaluación psiquiátrica anual.

Nos despedimos y se quedó en el taller improvisado. Yo volví solo al salón, donde Leonora estaba en el sofá, viendo la tele con el niño dormido en brazos. Le di las gracias de nuevo, le deseé buenas noches y me marché.

6

Laura Baines llamó dos días más tarde, mientras esperaba en la cola de la oficina de la calle Cincuenta y seis Oeste para renovarme el carnet de conducir (había que actualizar la foto también) hojeando una revista que alguien había dejado en la silla contigua.

—Señor Keller, he leído el manuscrito que me pasó y se confirman mis sospechas. Richard Flynn se lo inventó todo, o al menos casi todo. Quizá estuviese intentando escribir una novela. Antaño los escritores afirmaban en ocasiones que la historia que estaban contando no era fruto de su imaginación, sino que habían desenterrado un manuscrito anónimo y que el narrador era una persona real que había muerto, o algo así, lo cual ayudaba a dar publicidad. O quizá después de tantos años hubiese llegado a creer que aquellas cosas pasaron. ¿Tiene el resto del manuscrito?

—Todavía no.

—Flynn nunca consiguió terminarlo, ¿verdad? Seguramente se dio cuenta de lo patético que era, y de que a lo mejor podría acarrearle alguna repercusión legal desagradable y por eso lo dejó.

La voz sonaba tranquila y con aire triunfal, lo cual me tocó las narices. Si lo que Derek me había contado era verdad, me había mentido en toda la cara sin pestañear siquiera.

—Con el debido respeto, doctora Westlake, el hecho de que apalearan hasta la muerte al profesor Wieder no es fruto de la imaginación del señor Flynn, y tampoco el hecho de que usted decidiese cambiarse el nombre después. Vale, no tengo todavía el manuscrito completo, pero tengo un montón de fuentes más, así que déjeme preguntarle algo: usted se encontró con Wieder la noche en que lo asesinaron, ¿verdad? Y luego apareció Flynn. Le había contado usted el rollo de que iba a dormir a casa de una amiga y él se puso hecho una furia. Todo eso lo sé seguro, así que, por favor, no se moleste en mentirme de nuevo. ¿Qué ocurrió después de eso?

Durante unos momentos no dijo nada, y me la imaginé como un boxeador derribado en el suelo del cuadrilátero, con el árbitro contando hasta diez. Probablemente nunca había imaginado que yo pudiese descubrir esos detalles sobre la noche en cuestión. El profesor había muerto, Flynn también, y estaba casi seguro de que ella no sabía que Derek Simmons se hallaba allí durante aquellas mismas horas. Me pregunté si lo negaría todo o se sacaría otro as de la manga.

—Es usted una persona ruin, ¿verdad? —dijo finalmente—. ¿Sabe de veras dónde quiere ir a parar con todo esto, o simplemente está jugando a los detectives? ¿Cómo espera que recuerde detalles así después de tantos años? ¿Tiene intención de chantajearme?

—¿Es que hay algo con lo que yo podría chantajearla?

—Conozco a mucha gente en esta ciudad, Keller.

—Lo que dice parece una amenaza de peli policíaca antigua. ¿Qué quiere que le diga yo ahora? ¿«Solo hago mi trabajo, señora»? ¿Y que luego le dedique una sonrisa triste mientras me cubro los ojos con el sombrero y me subo el cuello de la gabardina?

—¿Qué? ¿Qué tonterías dice? ¿Ha estado bebiendo?

—¿Acaso niega usted que estaba allí la noche del crimen, y que Richard Flynn mintió a la policía para encubrirla a usted?

Otra larga pausa, y luego me preguntó:

—¿Está grabando la conversación, Keller?

—No.

—A lo mejor se ha vuelto loco usted también, como Flynn. Supongo que su seguro médico, si es que lo tiene, le cubrirá un par de sesiones de terapia; igual ha llegado el momento de que las aproveche. Yo no maté a ese hombre, así que ¿a quién le importa dónde andaba yo aquella noche, después de más de veinte años?

—A mí, doctora Westlake.

—De acuerdo, adelante; haga lo que le dé la gana. Pero no intente ponerse en contacto conmigo nunca más, se lo advierto. He intentado ser educada y le he contado todo lo que tenía que contar, pero ya no tengo tiempo para usted. Si me vuelve a llamar o se acerca a mí, le denunciaré por acoso. Adiós.

Colgó y yo me guardé el móvil en el bolsillo. Estaba enfadado conmigo mismo porque había perdido una fuente de información tremendamente importante para la historia; estaba seguro de que cumpliría su amenaza y de que nunca volvería a hablar conmigo después de aquella conversación. ¿Por qué me había puesto así, y por qué había puesto todas las cartas sobre la mesa en una estúpida conversación telefónica? Derek Simmons me había dado un par de ases y yo los había dilapidado.

Un par de minutos más tarde me llamaron para hacerme la foto, y el tipo de detrás de la cámara me dijo:

–Intente relajarse un poco, hombre. No se lo tome a mal, pero se diría que lleva usted el peso del mundo entero sobre los hombros.

–Bueno, solo una parte –le dije–. Y ni siquiera me han pagado por ello todavía.

Durante las tres semanas siguientes, mientras la primavera se posaba lentamente sobre la ciudad, hablé con varias personas cercanas a Joseph Wieder cuyas direcciones de contacto me había ido dando Harry Miller con cuentagotas.

El catarro de Sam había degenerado en neumonía, así que se pasaba la mayor parte del tiempo postrada en la cama. Su hermana pequeña, Louise, que estudiaba bellas artes, había venido de California para cuidarla. Yo insistía en visitarla, pero siempre me decía que tuviese paciencia, porque no quería que la viesen así, con los ojos llorosos y la nariz hinchada y roja.

Peter estaba casi siempre fuera de la ciudad o liado con el trabajo, así que solo hablé con él por teléfono, para mantenerlo al corriente de la investigación. Me dijo que Danna Olsen aún no había encontrado ni rastro de los demás capítulos del manuscrito de Flynn.

Llamé unas cuantas veces a la excompañera de universidad de Laura Baines, Sarah Harper, pero no cogía el teléfono ni respondía a mis mensajes de voz. Tampoco pude dar con la hermana del profesor, Inge Rossi. Encontré su dirección y su número de teléfono, así que la llamé; hablé con un ama de llaves que apenas conseguía enlazar dos palabras de inglés. Acabé por entender que el signor y la signora Rossi estarían dos meses fuera en un largo viaje por Sudamérica.

Harry localizó a Timothy Sanders, pero no hubo buenas noticias: el exnovio de Laura Baines había fallecido en diciembre de 1998, en Washington D. C. Le descerrajaron un tiro delante de su casa y murió en el acto. La policía nunca consiguió encontrar al autor, pero concluyeron que había sido un robo a mano armada que acabó en asesinato. Enseñaba ciencias sociales en la School Without Walls y nunca se había casado.

Mi conversación telefónica con Eddie Flynn fue corta y desagradable. Le había molestado mucho la decisión de su difunto hermano de legar su apartamento a la señora Olsen y me dijo que no sabía nada de un profesor de universidad llamado Joseph Wieder. Me pidió que no volviese a ponerme en contacto con él y colgó.

Hablé con un par de antiguos compañeros de Wieder, tras inventarme la historia de que me estaba documentando para una editorial que iba a publicar una biografía del profesor y que estaba intentando enterarme de todos los detalles posibles a través de gente que hubiera tenido una estrecha relación con él.

Conocí a un profesor jubilado del mismo departamento de Princeton, un hombre de setenta y tres años llamado Dan T. Lindbeck. Vivía en el condado de Essex, en Nueva Jersey, en una mansión imponente en medio de un pequeño bosque. Me dijo que la casa estaba habitada por el espectro de una mujer llamada Mary que había muerto en 1863, durante la guerra de Secesión. Recordé los días en que escribía para *Ampersand* y le hablé del caso de la casa encantada que había visitado, mientras él anotaba los detalles en una libreta de espiral de las antiguas.

Lindbeck describía a Joseph Wieder como una persona atípica, un hombre tremendamente consciente de su propia importancia y completamente volcado en su trabajo, un intelectual deslumbrante, pero difícil y distante en lo tocante a relaciones personales.

Se acordaba vagamente de que Wieder estaba a punto de publicar un libro, pero no recordaba qué editor había comprado el manuscrito. Señaló que era difícil creer que pudiera haberse producido un conflicto entre Wieder y la junta de administración a causa de la publicación, dado que los profesores tenían libertad para publicar sus trabajos donde lo desearan y que cualquier éxito de ventas beneficiaría a la institución. No recordaba que el departamento estuviese implicado en ningún programa de investigación especial en la época de Wieder.

Otras dos personas me proporcionaron información interesante, si bien contradictoria.

El primero fue un tal profesor Monroe, que había sido uno de los ayudantes de Wieder. A finales de los ochenta estaba preparando su tesis doctoral. La otra fue una mujer de unos sesenta años, Susanne Johnson, ayudante de Wieder y buena amiga del profesor. Monroe todavía enseñaba en Princeton. Johnson se había jubilado en el 2006, y vivía en Astoria, en Queens, con su marido y su hija.

John L. Monroe era un hombre achaparrado y sombrío con una piel tan gris como el traje que llevaba al recibirme en su despacho, tras un largo y exhaustivo interrogatorio telefónico. No me ofreció ni té ni café, y durante nuestra conversación no dejó de lanzarme miradas suspicaces, arrugando la nariz cada vez que los rotos en las rodillas de mis vaqueros entraban en su campo de visión. Su voz era débil, como si tuviese problemas con las cuerdas vocales.

Al contrario que los demás, me describió a Wieder como un excéntrico desvergonzado que no dudaba en birlarle el trabajo a los demás para poder estar siempre en el candelero. Monroe afirmaba que sus teorías no tenían ni pies ni cabeza, que eran pura superstición para el público ignorante, las típicas revelaciones supuestamente chocantes que te sueltan en la radio y en las entrevistas de la tele, pero que la comunidad científica consideraba con prudencia incluso en aquel entonces. Los hallazgos de la neurociencia, la psiquiatría y la psicología en los años posteriores a la muerte de Wieder no habían hecho sino resaltar lo endeble de sus teorías, pero ahora ya nadie quería perder el tiempo demostrando un hecho tan obvio.

Las palabras de Monroe eran tan ponzoñosas que me hizo pensar que si se mordía la lengua se envenenaría. Estaba claro que no sentía ningún aprecio por Wieder, y seguramente estaba agradecido de que alguien estuviese dispuesto a oírlo vilipendiar la memoria del profesor.

Por otro lado, recordaba qué editorial tenía pensado publicar el libro de Wieder: una de Maryland llamada Allman & Limpkin. Confirmó que se habían producido discusiones al respecto en la junta. Se había acusado a Wieder de usar los recursos de la universidad para recabar datos que iba a publicar únicamente en su propio interés.

Monroe me contó que no tenía ni idea de por qué no había salido el libro. Quizá Wieder no lo hubiese terminado, o quizá el editor le hubiese pedido algunos cambios con los que no estaba conforme. Explicó que, en general, esos asuntos se contrataban por medio de lo que se llamaba una «propuesta», un documento en el que el autor proporcionaba al editor toda la información necesaria sobre el proyecto, que iba desde el contenido hasta el público objetivo. Un documento así no suele contener más de dos o tres capítulos del proyecto real; el resto del manuscrito se entrega en otra fecha que acuerdan ambas partes. El contrato final se firmaba solo después de que se entregase el manuscrito completo y de que fuese revisado de acuerdo con las sugerencias del editor.

No había oído hablar de Laura Baines, pero dijo que Wieder era un conocido mujeriego que tenía innumerables aventuras, incluyendo a algunas alumnas. La junta no tenía intención de renovarle el contrato al año siguiente. Todo el mundo sabía que Wieder iba a dejar Princeton en el verano de 1988, y el departamento de psicología ya había empezado a buscar a un profesor para sustituirlo.

Invité a Susanne Johnson a almorzar conmigo en un restaurante llamado Agnanti en Queens. Llegué antes de la hora acordada, me senté a la mesa y pedí un café. Cuando llegó la señora Johnson, diez minutos más tarde, me sorprendí al ver que iba en silla de ruedas. Según me explicó más tarde, estaba paralítica de cintura para abajo. Iba acompañada de una joven a quien presentó como Violet, su hija. Violet se marchó tras comprobar que todo iba bien, y nos dijo que volvería a recoger a su madre una hora más tarde.

La señora Johnson resultó ser una brisa de aire fresco, una mujer optimista pese a su estado. Me contó que hacía diez años, en un viaje a Normandía siguiendo el rastro de su padre, que había luchado el día D como marine, tuvo un terrible accidente con el coche que había alquilado en París. Por suerte su marido, Mike, que iba en el asiento del copiloto, había salido prácticamente ileso.

Me dijo que no solo había sido la ayudante de Wieder, sino también su confidente. El profesor, dijo la señora Johnson, era un verdadero genio. Eligió la psicología como campo de investigación, pero ella estaba convencida de que habría destacado en cualquier otro ámbito. Y como todos los genios de verdad, atraía como un imán el odio de los mediocres, incapaces de alcanzar el mismo nivel. Solo tenía unos cuantos amigos en la universidad, y había sido hostigado constantemente con diferentes pretextos. Esos mismos enemigos difundían todo tipo de rumores infundados, como que Wieder era un borracho o un mujeriego.

Susanne Johnson había conocido a Laura Baines; sabía que era la protegida del profesor, pero estaba segura de que no tenían ninguna aventura. Confirmó que el profesor acababa de terminar un libro en aquel periodo, algo relacionado con la memoria. Como había sido ella quien mecanografió el manuscrito, porque Wieder no usaba ni máquina de escribir ni procesador de textos, sabía con seguridad que tenía el manuscrito listo semanas antes de su muerte, y hasta ahora nunca se había preguntado si había sido entregado al editor antes del asesinato ni por qué el libro no se había publicado.

Durante el postre le pregunté si sabía algo de un proyecto secreto en el que se suponía que participaba Wieder. Vaciló un momento antes de contestar, pero al final acabó admitiendo que estaba al corriente.

—Sé que participaba en un proyecto relacionado con la terapia de soldados que sufrían estrés postraumático, pero es lo único que recuerdo. Yo estudié económicas, no psicología ni psiquiatría, así que transcribía los documentos de modo automático, sin pensar demasiado en su contenido. No le ocultaré mi creencia de que el estado mental del profesor Wieder era inestable hacia el final de los experimentos, fueran cuales fuesen.

—Entonces ¿cree que su muerte está relacionada con el proyecto en el que trabajaba?

—En aquel momento lo pensé, para ser sincera. Obviamente yo de esas cosas sé solo lo que he leído en las novelas de misterio o lo que he visto en las pelis, pero creo que si hubiesen planeado matarlo como consecuencia de su trabajo, habrían intentado borrar su rastro y hacerlo pasar por un robo o incluso un accidente. Creo que lo mató un aficionado que tuvo la suerte de salirse con la suya. Pero supongo que habría tensiones entre el profesor y los hombres para los que trabajaba. Durante el par de meses previos a su muerte no me dio más documentos para mecanografiar. Seguramente dejó de trabajar con esa gente.

Se quedó en silencio un momento y luego dijo:

—Yo estaba enamorada del profesor Wieder, señor Keller. Estaba casada y, aunque le pueda parecer paradójico, quería a mi marido y a mis hijos. Nunca se lo dije y no creo que él se diese cuenta. Para él seguramente yo no era más que una compañera simpática que estaba dispuesta a ayudarle incluso fuera del horario de trabajo. Tenía la esperanza de que un día me viese de modo diferente, pero eso no pasó nunca. Me quedé destrozada cuando murió, y durante mucho tiempo tuve la sensación de que mi mundo se había acabado. Seguramente fue el hombre más maravilloso que he conocido en mi vida.

Violet Johnson llegó exactamente en ese momento de la conversación, y aceptó mi invitación a quedarse unos minutos con nosotros. Se había licenciado en antropología, pero trabajaba de agente inmobiliaria y me contó que el mercado estaba empezando a recobrarse tras la crisis financiera de los últimos años. Tenía un asombroso parecido con su madre; al mirarlas, me daba la impresión de que estaba viendo a la misma persona en diferentes etapas de su vida. Las acompañé al aparcamiento, donde Violet había dejado el coche, y nos separamos después de que Susanne insistiese en abrazarme y desearme éxito.

A la mañana siguiente llamé a la centralita de Allman & Limpkin.

Me pusieron con el departamento de adquisiciones, con la editora encargada de los libros de psicología, una señora muy agradable que me escuchó con atención y después me dio el número del servicio de archivos. El profesor Wieder era una figura famosa en el mundo académico, me dijo, así que era posible que hubiesen conservado la propuesta del libro en el archivo, sobre todo porque en aquellos días no existía el correo electrónico y la correspondencia con los autores se llevaba a cabo por carta.

Pero no tuve suerte con el archivo. La persona con la que hablé me colgó el teléfono tras decirme que no tenía autorización para hablar con la prensa sin un permiso previo de sus superiores.

Llamé a la editora con la que había hablado anteriormente, le expliqué lo que había ocurrido, y enumeré una vez más las preguntas a las que estaba intentando encontrar respuestas: si existía realmente la propuesta de Wieder, si había entregado el manuscrito completo, y por qué el libro no había visto nunca la luz. Desplegué todo mi encanto personal, y parece que funcionó: me prometió averiguar las respuestas a mis preguntas.

Me dije que podía esperar sentado, pero dos días más tarde me llegó un correo de la editora en el que me informaba de lo que había averiguado.

Wieder le había enviado al editor la propuesta en julio de 1987, adjuntando el primer capítulo del libro. En la propuesta mencionaba que el manuscrito estaba completo y listo para entregar. El editor le mandó un contrato un mes más tarde, en agosto. En él se estipulaba, entre otras cosas, que Wieder tenía que empezar a trabajar en la revisión del texto junto al editor en noviembre. Pero en noviembre el profesor pidió unas cuantas semanas más, argumentando que quería pulir el manuscrito durante las vacaciones. Se accedió a su petición, pero luego se produjo la tragedia. El manuscrito completo nunca llegó al editor.

El correo adjuntaba una copia de la propuesta, un escáner del documento original, escrito a máquina. Eran casi cincuenta páginas. Procedí a imprimirlas y me quedé observando cómo la máquina las vomitaba una a una sobre la bandeja de plástico. Al final las hojeé antes de unirlas con un clip y dejarlas sobre el escritorio para leerlas más tarde.

Esa noche intenté hacer balance de mis logros hasta el momento en la investigación y las posibilidades que tenía de llegar a alguna conclusión.

Media hora más tarde, con el esquema que había hecho delante, llegué a la conclusión de que en realidad estaba perdido en una especie de laberinto. Andaba sobre la pista del libro de Richard Flynn, y no solo no lo había encontrado, sino que había acabado sepultado bajo una montaña de detalles sobre gente y acontecimientos que se negaban a fundirse en una imagen coherente. Me daba la sensación de andar a tientas en la oscuridad, en una buhardilla llena de viejos cachivaches, sin ser capaz de comprender el significado real de los objetos que había amontonado a lo largo de los años gente que yo no conocía y sobre la que no había conseguido averiguar nada de interés.

Muchos de los detalles que había descubierto eran contradictorios, una avalancha de información informe, como si los personajes y los acontecimientos de aquella época se negasen con obstinación a revelarme la verdad. Y lo que es más: al empezar la investigación el personaje central era Richard Flynn, el autor del manuscrito, pero a medida que avanzaba este había empezado a palidecer y a verse relegado al fondo, puesto que la figura patriarcal del profesor Joseph Wieder había dado un paso al frente, como la estrella que había sido a lo largo de su carrera, relegando al pobre Flynn a un rincón oscuro y reduciéndolo apenas a la dimensión de un personaje menor, secundario.

Intenté conectar el personaje de Laura Baines tal como aparecía en el manuscrito de Flynn con la mujer que había conocido en el Centro Médico de la Universidad de Columbia, pero no podía. Era como si fuesen dos imágenes diferentes, una real y otra imaginaria, y resultaba imposible superponerlas.

Intentaba comparar al Flynn que conocía indirectamente por el manuscrito —un joven estudiante de Princeton lleno de vida, que soñaba con convertirse en escritor y había publicado sus primeros relatos– con el hombre introvertido y solitario que compartía su aburrida vida con Danna Olsen en un apartamento modesto, un misántropo desprovisto de sueños. E intenté comprender por qué aquel hombre, que ya se estaba muriendo, había pasado los últimos meses de su vida escribiendo un manuscrito que al final se llevaría a la tumba.

Intenté imaginarme a Wieder, al que algunos describían como un genio y otros como un impostor, encerrado con sus propios fantasmas en aquella casa enorme y fría, como si lo persiguiese alguna culpa desconocida. Wieder había dejado tras de sí el misterio de un manuscrito desaparecido, y eso exactamente, ironías del destino, fue también lo que había ocurrido con Richard Flynn casi tres décadas después. Yo había emprendido la búsqueda del manuscrito sin encontrarlo, pero había acabado tropezando con el rastro de otro libro perdido.

Intentaba dar consistencia a los personajes que la investigación traía del pasado, pero solo eran sombras sin contorno definido pululando por una historia cuyo comienzo, desenlace y significado era incapaz de descubrir. Tenía ante mí un puzzle, pero ninguna de las piezas encajaba con las demás.

Paradójicamente, cuanto más escarbaba en el pasado, siguiendo el curso de la abundante aunque contradictoria información, más importancia cobraba para mí el presente. Era como si, al descender por un pozo, el decreciente círculo de luz encima de mi cabeza fuese el elemento vital que me recordase que tenía que regresar a la superficie, porque de allí procedía, y allí, tarde o temprano, debía regresar.

Casi todos los días hablaba con Sam por teléfono, y me comentaba que estaba mejor. Descubrí que la echaba de menos más de lo que habría pensado antes de comenzar la investigación y antes de que su enfermedad nos hubiese separado. Cuanto más engañosas resultaban las sombras que me rodeaban, más real se volvía nuestra relación; esta adquirió una consistencia de la que antes carecía o que quizá yo me había negado a aceptar.

Por eso lo que ocurrió después me dejó tan alucinado.

Estaba a punto de salir de casa para encontrarme con Roy Freeman, uno de los agentes de policía, ya jubilado, que había trabajado en el caso Wieder, cuando me sonó el teléfono. Era Sam, y sin ningún preámbulo me soltó que quería romper conmigo. Es más, aclaró que «romper conmigo» quizá no fuese el término adecuado, dado que nunca había pensado que tuviésemos una relación «seria», sino más bien una amistad sin ataduras.

Me dijo que quería casarse y tener hijos, y que un tío que conocía la llevaba persiguiendo bastante tiempo. Le parecía, me dijo, que sería un buen compañero para toda la vida.

Me contó todo esto en un tono de voz que sonaba a directora de casting informando a un candidato de que hay otro actor más adecuado para el papel.

Me pregunté si me habría engañado con aquel compañero suyo, pero luego me di cuenta de que era una pregunta fútil: Sam no era la clase de persona que no exploraba minuciosamente todas las opciones antes de tomar una decisión.

Y mientras me contaba que había pasado los días enferma en la cama pensando en lo que quería realmente, supe que lo más probable era que ya llevase un tiempo con el tipo ese.

—Pero si fuiste tú la que dijiste que querías una relación informal, sin ataduras —repliqué—. Que yo respetase tus deseos no significa que no quisiese algo más.

—Y entonces ¿por qué no me has dicho nada hasta ahora? ¿Qué te detenía?

—A lo mejor estaba a punto de hacerlo.

—John, nos conocemos demasiado bien. Tú eres como todos los tíos: solo te das cuenta de lo que significa una mujer para ti en el momento en que la pierdes. ¿Sabías que mientras estábamos juntos me temía que un día conocieses a una mujer más joven y te largases con ella? ¿Sabes cuánto me dolía que nunca me llevases a conocer a tus amigos o que nunca me presentases a tus padres, como si quisieras mantener nuestra relación en secreto? Me decía a mí misma que yo no era nada más que otra señora mayor con la que te gustaba acostarte ocasionalmente.

—Mis padres viven en Florida, Sam. Y en cuanto a mis amigos, no creo que te cayesen muy bien: un par de tíos del *Post*, y dos o tres colegas de la universidad que ahora tienen sobrepeso y que después de tomarse un par de chupitos me cuentan cómo engañan a sus mujeres.

—Solo he comentado eso en plan teórico.

—Pero yo te hablo de cómo son las cosas en realidad.

—No creo que echarnos la culpa mutuamente sea de ninguna utilidad. Esa es la parte más fea de terminar una relación: recordar todas tus frustraciones y empezar a sacar mierda.

—No te estaba echando la culpa de nada.

—Vale, lo siento. Es que…

La oí toser.

—¿Estás bien?

—Me han dicho que dentro de dos o tres semanas se me quitará la tos. Ahora tengo que colgar. A lo mejor podemos mantenernos en contacto. Por favor, cuídate.

Quería preguntarle si estaba segura de que no quería que nos viésemos en aquel mismo momento, para hablar cara a cara, pero no tuve ocasión. Colgó y después de quedarme mirando al teléfono un momento, como si no entendiese qué estaba haciendo en mi mano, hice lo mismo.

Mientras iba al encuentro de Roy Freeman, me di cuenta de que quería que la investigación terminase lo antes posible.

Sabía que si no me hubiese permitido meterme en aquello para jugar a los detectives habría estado más atento y a lo mejor habría visto las señales de la tormenta que se avecinaba en la relación con Sam. Su decisión de romper conmigo era la gota que colmaba el vaso, aunque no era capaz de explicar por qué.

No era supersticioso, pero tuve la clara sensación de que la historia de Richard Flynn ocultaba algún tipo de hechizo, algo como la maldición de la momia. Estaba dispuesto a llamar a Peter para decirle que lo dejaba, porque estaba claro que nunca iba a llegar hasta el fondo de lo que pasó aquella noche entre el profesor Joseph Wieder, Laura Baines y Richard Flynn.

Roy Freeman vivía en el condado de Bergen, al otro lado del puente, pero había dicho que tenía que hacer un recado en el centro, así que reservé en un restaurante de la calle Treinta y seis Oeste.

Era alto y flaco; tenía la mirada de un actor de reparto, de esos que interpretan al policía mayor que respalda sin pretensiones al héroe principal en su lucha contra los malos, y que te da la impresión —aun sin saber por qué, pues en la película no dice más que dos frases— de que se puede confiar en él.

Tenía el pelo casi completamente blanco, al igual que la barba cuidadosamente recortada que le cubría toda la parte inferior del rostro. Se presentó y empezamos a hablar. Me contó que había estado casi veinte años casado con una mujer llamada Diana. Tenían un hijo, Tony, a quien apenas veía. Su ex y su hijo se habían mudado a Seattle después del divorcio, a finales de los ochenta. Su hijo había terminado la universidad y trabajaba como locutor en una emisora de radio local.

Freeman no dudó en contarme que él era cien por cien responsable de la ruptura; su trabajo lo mantenía demasiado ocupado y además bebía en exceso. Fue uno de los primeros agentes de policía de Nueva Jersey que se unió al cuerpo nada más terminar la universidad, allá por 1969, y alguna gente del departamento le guardaba rencor por eso, especialmente porque era afroamericano. Y quien dijese que a mediados de los setenta el racismo estaba erradicado del cuerpo, especialmente en los departamentos de ciudades pequeñas, era un mentiroso, señaló. Por supuesto, ya habían empezado a hacer películas con actores negros interpretando a jueces, fiscales, profesores de universidad y jefes de policía, pero la realidad era algo diferente. En fin, el sueldo era bueno (un agente de patrulla sacaba casi veinte mil dólares al año entonces) y había soñado con ser policía desde niño.

Según me dijo, el Departamento de Policía de West Windsor contaba con unos quince agentes a principios de los ochenta y la mayoría de ellos rondaban la cuarentena. Solo había una mujer en el cuerpo, una incorporación reciente, y a excepción de un hispano, José Mendez, todos los demás eran blancos. Fue un periodo sombrío para Nueva Jersey y Nueva York: empezó la epidemia del crack, y el hecho de que Princeton no estuviese en la cresta de esa ola no quería decir que los polis hubiesen tenido una vida fácil allí. Freeman trabajó en el Departamento de Policía de Princeton una década, y en 1979 lo trasladaron a West Windsor, en el condado de Mercer, a una delegación que se había abierto un par de años antes.

Estaba contento de hablar conmigo y confesó que desde su jubilación llevaba una vida más bien apartada y que era común que los expolicías no tuviesen demasiados confidentes.

—¿Por qué le interesa este caso, John? —preguntó.

Propuso que nos llamásemos por nuestros nombres de pila. Aunque había algo en su tono y en su apariencia que me intimidaba un poco, sin que pudiera explicar por qué, accedí a contarle toda la verdad. Estaba cansado de inventarme historias sobre biografías y asesinatos sin resolver, y estaba seguro de que el hombre que tenía delante, que había sido lo bastante amable para aceptar verme pese a no conocerme y que estaba compartiendo conmigo detalles dolorosos sobre su vida, se merecía una sinceridad total.

Así pues, le conté que Richard Flynn había escrito un libro sobre lo ocurrido en aquella época y había enviado una parte del manuscrito a una agencia literaria, pero que el resto no aparecía por ningún sitio. A mí me había contratado la agencia en cuestión para documentarme (o investigar, podría decirse) sobre el caso, en un intento de reconstruir los hechos. Ya había hablado con un montón de gente, pero no había sacado nada concreto de momento, y no acababa de dar con el quid de la cuestión.

Señaló el gran sobre beige que había traído.

—Hice una visita a la delegación para sacarle unas copias. No empezamos a digitalizar los registros hasta principios de los noventa, así que tuve que buscar caja por caja en el archivo. Ninguna era confidencial, así que no hubo problema. Llévese los papeles y léaselos —me apremió, y me metió el sobre en la bolsa.

Después hizo un repaso de lo que recordaba: cómo había llegado con la policía científica a casa de Wieder, la tormenta en la prensa, y cómo no habían encontrado ninguna pista plausible que les permitiese formar una teoría sobre la que trabajar.

—Había un montón de elementos en el caso que simplemente no encajaban —dijo—. El profesor llevaba una vida tranquila, no se drogaba, no iba con putas y no frecuentaba sitios raros. No había tenido ningún conflicto reciente con nadie, vivía en un buen barrio y sus vecinos eran gente decente, académicos y peces gordos en empresas que se conocían desde hacía años. Y de repente, a este hombre le dan una paliza mortal en su casa. Había un montón de cosas de valor dentro, pero no faltaba nada, ni el dinero en efectivo ni las joyas. Pero recuerdo que alguien registró la casa a toda prisa. Había cajones abiertos y papeles desparramados por todo el suelo. Sin embargo, las únicas huellas dactilares que hallamos pertenecían a personas conocidas: un chico que le organizaba la biblioteca al profesor y un encargado de mantenimiento que iba allí con frecuencia.

—En cuanto a los papeles que había en el suelo —dije—, ¿recogieron alguno como prueba potencial?

—No recuerdo detalles de ese tipo… Lo encontrará todo en las fotocopias. De lo que sí me acuerdo es de que encontramos una caja fuerte pequeña en la casa y nadie sabía la combinación, así que tuvimos que llamar a un cerrajero. La forzó, pero lo único que había dentro era algo de efectivo, escrituras, fotografías, cosas así. Nada relacionado con el caso.

—El profesor acababa de escribir un libro y al parecer el manuscrito había desaparecido.

—La que se encargó de sus pertenencias fue su hermana. Llegó de Europa un par de días más tarde. La recuerdo bien. Actuaba como si fuese una estrella de cine o algo así. Llevaba un abrigo de piel carísimo y un montón de joyas, como una diva, y hablaba con acento extranjero. Estaba de muy buen ver, se lo aseguro. Le hicimos un par de preguntas, pero se limitó a decir que ella y su hermano no estaban muy unidos y que no sabía nada de su vida.

—Se llama Inge Rossi —añadí—. Vive en Italia desde hace mucho.

—Quizá… Posiblemente ella cogiese el manuscrito del que habla usted, o a lo mejor se lo llevó otra persona. Un par de días más tarde ya habíamos sacado de allí todo nuestro material. Su hermana no se quejó de que faltase nada, pero dudo mucho que supiese lo que tenía allí su hermano. Ya le digo, me contó que en los últimos veinte años no se habían visitado ni una sola vez. Quería terminar con todo lo más rápido posible, y se marchó justo después del funeral.

—Sé que hubo un joven sospechoso, Martin Luther Kennet, que después fue sentenciado por el asesinato de una pareja de ancianos.

—Los Easton, sí, qué asesinato tan repugnante… A Kennet le cayó la perpetua y aún está en la prisión de Rikers Island. Pero no fue acusado del asesinato del profesor…

—Ya, lo sé, pero durante un tiempo fue considerado como principal sospechoso del caso Wieder, ¿no?

Se encogió de hombros.

—Ya sabe lo que pasa a veces… Wieder era una celebridad y la prensa se abalanzó sobre la historia. El asunto tuvo repercusión a nivel nacional durante un tiempo, así que nos presionaban para que solucionásemos el caso lo más rápido posible. También trabajamos con la oficina del sheriff, y el fiscal del condado de Mercer nos asignó un agente de la Brigada de Homicidios, un tal Ivan Francis. Aquel tío era un trepa, no sé si me entiende, con un montón de respaldos políticos. Nosotros, los policías locales, éramos prescindibles, y el tío aquel y el fiscal eran los que movían los hilos.

»Mi opinión, que no dudé en expresar en su momento, era que el chico ese, Kennet, no tenía nada que ver ni con el asesinato de los Easton ni con el caso Wieder, me juego el cuello. El fiscal intentó meterlo en el caso Wieder como principal sospechoso, efectivamente, así que gradualmente abandonamos las demás pistas. Pero aquello era una estupidez como una casa, lo sabíamos todos. A lo mejor el chaval no era un lumbreras, pero no era tan tonto como para intentar vender en una tienda de empeños a poco más de tres kilómetros de la escena del crimen las joyas que les había robado a las víctimas. ¡Venga ya! ¿Por qué no se fue a Nueva York o a Filadelfia? Era camello, vale, pero no tenía antecedentes violentos. Y además tenía coartada para la noche del asesinato del profesor, así que la posibilidad de que fuese el autor del crimen de Wieder ni siquiera debería haberse planteado.

—Leí algo en los periódicos, pero ¿está usted seguro de que…?

—Ocurrió exactamente como se lo cuento, Kennet estaba en un salón recreativo. Entonces no había cámaras de seguridad, pero al principio dos o tres tíos confirmaron que lo habían visto allí en el intervalo en que se llevó a cabo el asesinato. Luego fue a verlos Ivan Francis y cambiaron sus declaraciones iniciales. Además, el abogado de oficio de Kennet era un capullo que no quería discutir con nadie. ¿Me pilla?

—Entonces ¿se descartó rápidamente la pista que conducía a Richard Flynn?

—Ah, sí, esa era otra pista. No fue la única que «se descartó rápidamente», como ha dicho usted. No recuerdo todos los detalles, pero me parece que fue la última persona en ver al profesor con vida, así que lo interrogamos unas cuantas veces, pero no lo pillamos en nada. Admitió que había estado allí aquella noche, pero afirmaba haberse marchado dos o tres horas antes del momento de la muerte. ¿Confiesa algo en el libro?

—Pues, como le he comentado antes, falta la mayor parte del manuscrito, así que no sé adónde quería ir a parar con la historia. Lo que ustedes no supieron entonces, porque Richard Flynn y Derek Simmons, el otro testigo, no abrieron la boca, es que una estudiante de posgrado llamada Laura Baines podría haber estado allí también aquella noche. El hombre que hacía reparaciones en la casa me dijo que ella y Flynn se encontraron con el profesor y que se pelearon.

Freeman sonrió.

—Nunca subestime a un policía, John. Sé que a veces la gente cree que somos medio subnormales y que ni siquiera seríamos capaces de encontrarnos la polla en los calzoncillos. Por supuesto que supimos todo lo relacionado con la chica de la que está hablando, que al parecer estaba liada con el profesor, pero al final no se pudo probar nada. Yo mismo la interrogué, pero tenía una coartada sólida para toda la noche, según recuerdo, así que no podría haber estado en la escena del crimen: otro cabo suelto.

—Pero el tío ese... El encargado de mantenimiento...

—En cuanto a la declaración de ese hombre... En fin... ¿Cómo se llama?

—Simmons, Derek Simmons.

De repente dejó de hablar y se quedó mirando al infinito durante un par de segundos. Luego sacó del bolsillo un frasquito de medicamentos, lo abrió y se tragó una pastillita verde con un poco de agua. Parecía avergonzado.

—Lo siento… Sí, claro, se llamaba Derek Simmons, claro. No recuerdo su declaración, pero no se podía hacer gran cosa con ella, de todos modos. Estaba enfermo, tenía amnesia, y me parece a mí que le faltaba un tornillo, no sé si me explico. Pero en fin, cotilleos aparte, no teníamos ninguna prueba de que el profesor y la chica fueran amantes, y su coartada era buena.

—¿No recordará quién la confirmó?

—Está todo en los papeles que le he dado. Creo que fue una compañera, una chica.

—¿Sarah Harper?

—Ya le digo, no recuerdo los detalles, pero encontrará todos los nombres en los papeles.

—Laura Baines tenía un novio, Timothy Sanders. Quizá se pusiese celoso al pensar que su novia tenía una aventura con el profesor. ¿Lo interrogó alguien?

—Laura Baines no era sospechosa, ya se lo he dicho, así que ¿por qué íbamos a interrogar a su novio? ¿Es que ha encontrado usted algo sobre ese tipo?

—Nada relacionado con el caso. Lo mataron a tiros hace muchos años en Washington. Dijeron que fue un robo que acabó en asesinato.

—Vaya, pues lo siento.

Habíamos terminado de comer, así que pedimos café. Freeman parecía cansado y ausente, como si nuestra conversación le hubiese agotado las pilas.

—Pero ¿por qué no se acusó formalmente a Flynn? —insistí.

—No me acuerdo, pero creo que un sabueso ambicioso como Francis debió de tener buenas razones para no llevarlo ante el jurado. El chico era estudiante, no tenía antecedentes e iba a su rollo. No andaba metido en chanchullos ni bebía demasiado, por lo que recuerdo, ni era violento, así que no encajaba en el perfil de un asesino potencial. Ah, sí, y pasó la prueba del detector de mentiras, ¿lo sabía? A la gente como él no le da de repente por cometer un asesinato, ni siquiera bajo una presión emocional intensa. Hay gente que es incapaz de matar a otra persona, ni siquiera para salvar la propia vida. Leí un estudio hace unos años que concluía que la mayoría de los soldados en la Segunda Guerra Mundial prefería disparar al aire y no a los alemanes o a los japoneses. Matar a una persona a palos con un bate es algo condenadamente difícil, no es como en las películas. Aunque estés convencido de que el otro ha violado a tu hija. Yo no creo que él fuera nuestro hombre.

Rod, ¿cree que una mujer podría haber hecho algo así? Me refiero a nivel físico.

Se quedó pensativo un momento.

—A ver, ¿romperle la cabeza a un tío con un bate de béisbol? Creo que no. Las mujeres matan con menos frecuencia que los hombres, y casi nunca cometen crímenes tan violentos. Cuando matan, las mujeres usan veneno u otros métodos poco sanguinarios. Quizá una pistola. Por otro lado, la ciencia forense ofrece patrones, pero no certezas, así que un policía nunca puede excluir ninguna hipótesis. Según recuerdo, Wieder era un tío fuerte, estaba en buena forma, y era lo suficientemente joven como para plantar cara si era necesario. Vale, había estado bebiendo antes de que lo asesinaran. El nivel de alcohol revela un montón de cosas respecto al estado de la víctima en el momento de la agresión, pero no todo. Con el mismo nivel de alcohol en sangre, alguien puede tener reflejos normales mientras que otro puede ser incapaz de defenderse. Varía de un individuo a otro.

—¿Simmons fue considerado sospechoso?

—¿Quién es Simmons? Ah, perdón, el encargado, el tío al que le faltaba un tornillo…

—Sí. Anteriormente lo habían acusado del asesinato de su esposa y fue absuelto por enajenación. ¿Por qué no fue sospechoso?

—Cooperó mucho y tenía una coartada, así que lo consideramos sospechoso potencial solo al principio, como a todos los que de un modo u otro estaban relacionados con la víctima. Lo interrogamos un par de veces, pero parecía inofensivo y lo dejamos.

Había venido en tren y lo llevé a casa en coche, a Nueva Jersey. Mientras yo conducía me contó cómo era la vida del policía en aquella época. Vivía en una casa baja y antigua rodeada de pinos al final de una carretera polvorienta, no muy lejos del peaje de la autopista. Antes de marcharme me pidió que lo mantuviese al tanto de la investigación, y le prometí informarlo en cuanto me enterase de algo interesante. Pero yo ya era consciente de que pronto abandonaría todo aquel asunto.

Aun así, por la noche me senté a leer los papeles que Roy me había traído, aunque no descubrí casi nada que no supiese ya.

A Richard lo habían interrogado tres veces, y siempre ofrecía respuestas claras y directas. Y según había dicho Freeman, hasta accedió a someterse a la prueba del detector de mentiras, y la pasó.

El nombre de Laura Baines se mencionaba solo en un informe general sobre las relaciones y los conocidos de Wieder. No fue citada ni como sospechosa ni como testigo, y solo fue interrogada una vez. Al parecer se albergaron sospechas de que se hallase en la escena del crimen aquella noche, y de que se hubiese marchado de la casa alrededor de las nueve, cuando llegó Richard. Pero tanto Richard como Laura lo negaron. Flynn y el profesor tomaron una copa juntos, y el primero afirmó que Laura no se encontraba allí.

Más tarde, buscando información en la red, medio distraído, pensé en Sam: en su manera de sonreír, en el color cambiante de sus ojos, y en la pequeña marca de nacimiento sobre el hombro izquierdo. Tenía la extraña sensación de que mis recuerdos de ella ya habían empezado a desvaírse, ocultándose uno a uno en aquella cámara oscura de las oportunidades perdidas, cuya llave tiraba uno porque los recuerdos que había tras la puerta dolían demasiado.

No logré dormirme hasta casi despuntar el día. Oía la respiración profunda de la ciudad, donde millones de sueños e historias se entretejían para formar una bola gigantesca que se elevaba lentamente en el cielo, a punto de estallar en cualquier momento.

En el par de semanas previas había intentado varias veces ponerme en contacto con Sarah Harper. Al final me devolvió la llamada el día después de ver a Freeman, justo cuando estaba a punto de llamar a Peter para dar por terminada la investigación. Harper tenía una voz bonita y me dijo que quería verme lo antes posible, porque iba a marcharse de la ciudad durante un tiempo. Recordaba haber hablado con Harry Miller un par de semanas atrás, y deseaba saber qué quería yo de ella.

En realidad no me interesaba conocerla. Había hablado ya con demasiada gente que me contaba historias contradictorias, y la ruptura con Sam era un shock demasiado fuerte como para poder centrarme en algo ocurrido hacía tanto tiempo, algo por lo que había perdido casi todo el interés y la curiosidad. De repente, los hechos se habían convertido en dibujos sin ninguna profundidad, como ilustraciones de dos dimensiones en un libro infantil, incapaces de despertarme ningún entusiasmo. No me apetecía nada subir hasta el Bronx para conocer a una yonqui que seguramente me iba a contar otro puñado de mentiras con la esperanza de ganarse un dinerito para poder chutarse.

Pero se ofreció a venir al centro para encontrarse conmigo, así que acepté. Le di la dirección del pub de la esquina y me dijo que estaría allí en una hora, y que la reconocería por la bolsa de viaje verde.

Llegó diez minutos tarde, mientras yo me tomaba un café. La saludé y se acercó; me estrechó la mano y se sentó.

Daba una impresión completamente diferente a la que yo me había imaginado. Era baja y frágil, con un cuerpo casi de adolescente y una piel muy blanca que combinaba con su pelo color albaricoque. Llevaba ropa sencilla: unos vaqueros, una camiseta de manga larga con el lema LA VIDA ES BELLA, y una gastada chaqueta tejana, pero iba muy aseada y desprendía un sutil aroma a perfume caro. Me ofrecí a invitarla a una copa, pero me dijo que llevaba un año limpia, desde su último periodo en rehabilitación. Me aseguró que también había abandonado las drogas desde entonces. Señaló la bolsa que había dejado en la silla contigua.

—Como le dije por teléfono, me marcho durante un tiempo —dijo—. Y pensé que era mejor que hablásemos antes.

—¿Adónde va?

—A Maine, con mi novio. Vamos a vivir en una isla. Ha aceptado un trabajo en una fundación que cuida de reservas naturales. Llevo un montón de tiempo impaciente por hacer algo así, pero quería estar muy segura de que estaba bien, lista, antes de marcharme, no sé si me entiende. Voy a echar de menos Nueva York. Llevo prácticamente toda la vida viviendo aquí, pero es un nuevo comienzo, ¿no?

Parecía cómoda hablando conmigo, aunque acabábamos de conocernos, y pensé que posiblemente aún acudiese a las reuniones de Alcohólicos Anónimos. En su cara apenas había arrugas, pero las ojeras eran profundas bajo sus ojos turquesa.

—Gracias por acceder a hablar conmigo, Sarah —le dije tras contarle brevemente lo del manuscrito de Richard Flynn y lo de mi investigación de los hechos ocurridos a finales de 1987—. Antes de nada, me gustaría avisarla de que la agencia para la que trabajo no prevé mucho presupuesto para este tipo de investigaciones, así que…

Me interrumpió con un gesto de la mano.

—No sé qué le ha contado el tal Miller, pero no necesito dinero. He conseguido ahorrar un poco últimamente, y donde voy no necesitaré demasiado. Accedí a encontrarme con usted por otra razón. Tiene que ver con Laura Baines... o Westlake, como se hace llamar ahora. Pensé que sería mejor que supiese unas cuantas cosas de ella.

—Voy a pedir otro café —dije—. ¿Quiere uno?

—Un cappuccino descafeinado me vendría genial, gracias.

Fui a la barra a pedir los cafés, después regresé a la mesa. Era viernes por la noche y el pub estaba empezando a llenarse de gente ruidosa.

—Estaba hablando sobre Laura Baines —retomé.

—¿La conoce bien?

—No, apenas la conozco. Hemos hablado media hora, y un par de veces por teléfono, eso es todo.

—¿Y qué impresión le dio?

—No muy buena, la verdad. Cuando le pregunté sobre lo que ocurrió me dio la sensación de que me mentía. Es solo una sensación, pero creo que oculta algo.

—Laura y yo éramos buenas amigas; compartimos casa durante un tiempo, hasta que se fue a vivir con su novio. Pese a ser del Medio Oeste, Laura era un espíritu libre; poseía una cultura tremenda y un encanto que la hacía atractiva a los ojos no solo de los chicos, sino también de las chicas. Hacía amigos en un abrir y cerrar de ojos, la invitaban a todas las fiestas y llamaba la atención de los profesores. Era la alumna más popular de la clase.

—¿Qué relación mantenía con Wieder exactamente? ¿Sabe algo de eso? Algunos me dicen que tenían una aventura, y eso es lo que Richard Flynn deja entrever en su manuscrito. Pero ella afirma que nunca hubo nada romántico entre ellos.

Se quedó pensativa unos segundos, mordiéndose el labio inferior.

–A ver cómo lo explico… No creo que hubiese nada físico entre ellos, pero significaban mucho el uno para el otro. El profesor no parecía de esos a los que les van las mujeres jóvenes. Poseía una energía especial. Todos lo admirábamos, todos le tomamos cariño. Sus clases eran fantásticas. Tenía un gran sentido del humor; daba la impresión de saber de lo que hablaba y de que verdaderamente quería que aprendiésemos, en vez de limitarse a hacer su trabajo. A ver, le doy un ejemplo. Una vez, durante unos fuegos artificiales de otoño (se celebraban un montón de rituales tontos entonces, y seguro que algunos de ellos siguen existiendo), casi toda la clase fue con un par de profesores al campo que hay delante del Museo de Arte a esperar que anocheciese y que empezase la artillería. A la media hora, casi todos los estudiantes estaban sentados en torno a Wieder, que ni siquiera estaba hablando.

–Algunos de sus antiguos compañeros afirman que era un mujeriego y que bebía demasiado.

–No lo creo, y Laura nunca me insinuó nada parecido. Me inclino a creer que era puro cotilleo. En cualquier caso, Laura tenía un novio en aquella época…

–¿Timothy Sanders?

–Sí, creo que se llamaba así. Nunca he tenido buena memoria para los nombres, pero creo que ese era su nombre. Laura parecía encariñada de veras con él, si es que era capaz de encariñarse con alguien. Pero aparte de la relación con ese chico o con Wieder, Laura empezó a mostrarme otro rostro que poco a poco acabó asustándome.

—¿Qué quiere decir? —le pregunté.

—Era muy… muy… vehemente. Vehemente y decidida, eso es, pero al mismo tiempo muy calculadora. A esa edad, casi ninguno de nosotros (de los estudiantes, me refiero) se tomaba la vida muy en serio. Tontear con un chico era más importante para mí que mi futura carrera, por ejemplo. Perdía un montón de tiempo en tonterías, en comprar baratijas o en ir al cine; y pasé muchas noches en blanco charlando con mis amigos.

»Pero Laura era diferente. Una vez me dijo que había abandonado el deporte a los dieciocho años tras darse cuenta de que los premios que había ganado hasta entonces no bastaban para garantizarle un lugar en el equipo para los Juegos Olímpicos de Los Ángeles, y de que cuatro años más tarde ya sería demasiado mayor para que la eligiesen para el equipo. Le pregunté qué tenía que ver una cosa con la otra y se quedó asombrada con mi pregunta. "¿Para qué sirve esforzarse tanto si no tienes la oportunidad de demostrar que eres la mejor?" ¿Entiende lo que le digo? Para ella, el deporte era solo un medio para alcanzar un fin, que era el reconocimiento público. Es lo que deseaba por encima de todo, o quizá lo único que siempre quiso: que otra gente reconociese que era la mejor. Por lo que deduje, desde muy pequeña tenía un sentido de la competición hiperdesarrollado, y en algún momento se convirtió en una obsesión. Hiciera lo que hiciese, tenía que ser la mejor. Quisiera lo que quisiese, tenía que lograrlo lo más rápido posible.

»Y ni siquiera se daba cuenta. Se veía a sí misma como una persona abierta, generosa, que se sacrificaba por los demás. Pero quien se interpusiera en su camino constituía un obstáculo del que había que librarse.

»Me parece que por eso la relación con Wieder era importante para ella. La halagaba que el profesor más carismático, un genio al que todo el mundo admiraba, se hubiese fijado en ella. Su atención la hacía sentirse especial: era la elegida, era única entre aquel rebaño de chicas que miraban a Wieder como a un dios. Timothy solo era un chaval que la seguía como un perrito faldero y con el que se acostaba de vez en cuando.

Parecía que el esfuerzo de hablar le resultaba extenuante, y se le habían sonrojado las mejillas. No dejaba de aclararse la garganta, como si la tuviese seca. Había vaciado la taza de café, así que le pregunté si quería otro, pero dijo que no quería más.

—Creo que por eso se hizo amiga mía al principio. Aunque nací y crecí en la ciudad, yo era inocente y me dejé deslumbrar por ella, lo cual no hizo más que confirmarle que no debía tener ningún complejo pese a ser una pueblerina recién llegada a la Costa Este. De algún modo me tomó bajo su protección. Como Sancho Panza, la seguía a donde fuese montada en mi burro, mientras ella se abría camino hacia la fama y la gloria. Pero no toleraba el más mínimo gesto de independencia. Una vez me compré unos zapatos sin pedirle su opinión. Se las apañó para convencerme de que eran los zapatos más feos del mundo y que solo una persona carente por completo de gusto se pondría una cosa así. Los di.

—Vale, era una bruja fría y calculadora, pero eso le pasa a mucha gente. ¿Cree posible que estuviese implicada en la muerte de Wieder? ¿Qué móvil podría haber tenido?

—El libro que Wieder había escrito —dijo—. El maldito libro.

Me dijo que Laura había ayudado al profesor con un libro, y que él se había servido de los conocimientos matemáticos de Laura para crear modelos que evaluaban cambios de comportamiento provocados por hechos traumáticos.

Sarah tenía la impresión de que Laura había acabado por sobreestimar su contribución. Estaba convencida de que, si no lo hubiese ayudado, Wieder nunca habría conseguido acabar el proyecto. Así que le había pedido que la hiciese figurar como coautora, y el profesor había estado de acuerdo, según Laura le había contado radiante a Sarah. En aquella época, Timothy se fue a Europa para investigar en una universidad de allí, y Laura se mudó a la casa que compartió con Richard Flynn, tras pasar una temporada en el apartamento de una habitación que había alquilado Sarah. Más tarde le contaría a Sarah que Flynn, su compañero de piso, era un pobre iluso y que estaba locamente enamorado de ella, situación que Laura encontraba divertida.

Pero un día Laura, que visitaba a menudo la casa del profesor, encontró una copia de la propuesta editorial que había enviado. Su nombre no aparecía por ningún sitio; se dio cuenta de que el profesor le había mentido y no tenía la más mínima intención de hacerla figurar como coautora.

Entonces fue cuando, según contaba Sarah, su amiga empezó a mostrar lo peor de ella. No sufrió ningún ataque de histeria, no rompió nada, no gritó; habría sido mejor que lo hiciese. En lugar de eso, Laura le preguntó a Sarah si podía quedarse a pasar la noche en su casa, y estuvo una o dos horas sentada mirando al infinito y sin decir nada. Después empezó a urdir un plan de batalla, como un general decidido a aniquilar por completo al enemigo.

Laura conocía las desavenencias que habían surgido entre el profesor y la gente con la que trabajaba en un proyecto secreto, y empezó a hacerle luz de gas, induciéndole a creer que lo seguían y que le registraban la casa cuando salía. En realidad, era la propia Laura quien lo hacía: cambiaba las cosas de sitio y dejaba sutiles señales de intrusos, en una especie de juego sádico.

En segundo lugar, Laura había hecho creer al profesor que estaba enamorada de Richard Flynn, al que le había presentado, en un intento por ponerlo celoso. Trató de que Wieder retrasase el envío del manuscrito para convencerlo mientras tanto de que se atuviese al acuerdo anterior.

Según contó Sarah, el profesor posiblemente se había dado cuenta de que lo que exigía Laura era ridículo. Ni siquiera había terminado el máster, e iba a aparecer en la cubierta de una obra académica de peso; y él solo se llevaría las críticas, lo que podría perjudicar seriamente a su carrera.

Recordé lo que Flynn relataba en el manuscrito sobre su primer encuentro con Wieder. Si lo que contaba Sarah Harper era verdad, Flynn solo había sido un pelele. Su único papel era poner celoso al profesor, como mero títere en el show de Laura.

—La noche del asesinato del profesor, Laura vino a mi casa —prosiguió Sarah—. Eran alrededor de las tres de la madrugada. Yo me había ido a dormir pronto, porque al día siguiente volvía a casa para pasar las vacaciones y un amigo me llevaría en coche a Nueva York.

»Parecía asustada y me dijo que se había peleado con Richard Flynn, que se había tomado en serio el tonteo y se había obsesionado con ella. Tenía todas sus cosas en el maletero del coche, fuera. En cualquier caso, Timothy había vuelto hacía un par de días y se iban a vivir juntos otra vez.

—Según Richard, Laura le había dicho que tenía la intención de pasar el día con usted y quedarse en su casa a pasar la noche.

—Como le acabo de decir, llegó de madrugada. No tengo ni idea de dónde había estado hasta entonces. Pero me suplicó que, si alguien preguntaba, dijese que habíamos estado toda la noche juntas. Prometí que así lo haría, pensando que hablaba de Richard Flynn.

—¿Dónde vivía entonces, Sarah?

—En Rocky Hill, a unos ocho kilómetros del campus.

—¿Cuánto cree que habría tardado Laura en llegar allí desde la casa que compartía con Flynn?

—Pues no mucho, aunque fuese de noche e hiciese muy mal tiempo. Vivían por Bayard. Unos veinte minutos o así.

—Y le llevó media hora ir de casa del profesor, en West Windsor, a casa de Flynn, a causa del mal tiempo. Más una hora para recoger las cosas… Unas dos horas. Si mi información es correcta y volvió a casa de Wieder esa noche, eso quiere decir que se marchó de allí alrededor de la una, y no a las nueve, como declaró Flynn a la policía. En otras palabras, después de que Wieder fuese asesinado…

—Incluso entonces supe que algo no iba bien y que Laura estaba mintiendo. Normalmente mostraba mucha confianza en sí misma, pero aquella noche estaba asustadísima, esa es la palabra. Laura acababa de despertarme en plena noche y estaba impaciente por meterme en la cama de nuevo, así que no quería oír todos los detalles de la historia. Para entonces nos habíamos distanciado y, si le soy sincera, ya no quería su amistad. Le hice la cama en el sofá y me fui a dormir, tras decirle que a la mañana siguiente me iría temprano. Pero cuando me levanté a las siete, ya se había marchado. Encontré una nota que decía que se iba a casa de Timothy.

»Me marché sobre las ocho y me enteré de lo que había ocurrido al poner la radio en el coche de mi amigo. Le dije que saliese de la autopista (estábamos en el peaje de Jersey); recuerdo que me bajé del coche y vomité. Me pregunté de inmediato si Laura estaría implicada de algún modo en la muerte del profesor. Mi amigo quería llevarme al hospital. Intenté calmarme y una vez en casa me pasé las vacaciones en la cama. La policía me llamó entre Navidad y Año Nuevo, y volví a Nueva Jersey para prestar declaración. Les dije que aquel día Laura había estado conmigo desde el almuerzo hasta la mañana siguiente. ¿Por qué mentí por ella, sabiendo que podía estar metida en algo tan serio? No lo sé. Creo que me tenía dominada y no era capaz de negarle nada.

—¿Habló con ella después de aquello?

—Nos tomamos un café justo después de que me interrogase la policía. No dejaba de darme las gracias y de asegurarme que ella no tenía nada que ver con el asesinato. Me dijo que me había pedido que declarase eso para que la poli y la prensa no la hostigaran. Además, me dijo que el profesor había acabado por aceptar su contribución en el libro y que le había prometido ponerla como coautora, lo cual me sonó un poco raro.

¿Por qué cambiaría de opinión justo antes de que lo matasen?

—¿Así que usted no la creyó?

—No, la verdad es que no. Pero me encontraba fatal, tanto física como mentalmente, y lo único que quería era irme a casa y olvidarme de todo. Decidí tomarme un año sabático y no volví a clase hasta el otoño de 1988, así que cuando regresé Laura ya no estaba. Me llamó unas cuantas veces a casa, pero yo no quise hablar con ella. A mis padres les fui con el cuento de que había pasado por una ruptura difícil y fui a terapia. Al año siguiente, cuando regresé a Princeton, toda la historia del asesinato de Wieder era agua pasada y casi nadie hablaba ya de ello. Nadie volvió a preguntarme sobre el caso.

—¿Volvió usted a verla o a hablar con ella?

—No —contestó—. Pero el año pasado, por casualidad, encontré esto.

Abrió la cremallera del bolso y sacó un libro de pasta dura que me pasó por encima de la mesa. La autora era la doctora en psicología Laura Westlake. Había una foto en blanco y negro de ella en la sobrecubierta, encima de una breve biografía. Miré la foto y vi que no había cambiado mucho en las últimas dos décadas: los mismos rasgos corrientes vertebrados por una expresión decidida que hacía que su rostro pareciera muy maduro.

—Lo encontré en la biblioteca de la clínica de rehabilitación donde estuve. Se publicó en 1992. Reconocí la foto de la portada y me di cuenta de que había cambiado de nombre. Era su primer libro. Según supe más tarde, fue recibido con alabanzas unánimes y toda su carrera posterior se cimienta en él. No tengo ninguna duda de que es el libro que Wieder iba a publicar.

—Me preguntaba por qué nunca había llegado a publicarse —dije—. Parecía que el manuscrito se hubiese esfumado tras el asesinato.

—No estoy segura de que el libro tuviese algo que ver en la muerte del profesor, pero supongo que Laura robó el manuscrito del que hablaba antes del asesinato. Quizá manipulase a ese chico, Flynn, para que cometiese el asesinato, y ella robó el libro. Así que hice otra cosa…

Cogió una servilleta del dispensador que había encima de la mesa y se la pasó por los labios, dejando una huella de carmín en el papel; luego se aclaró la garganta.

—Encontré la dirección de Flynn. No fue fácil, porque vivía en Nueva York y hay un montón de gente apellidada Flynn en esta ciudad, pero sabía que se había graduado en lengua inglesa por Princeton en 1988, así que al final di con él. Puse una copia del libro en un sobre y se lo mandé sin carta de presentación alguna.

—Seguramente no sabía que Laura había robado el manuscrito de Wieder y seguía pensando que aquello fue un triángulo amoroso que acabó mal para todo el mundo.

—Eso es lo que creo yo también, y después me enteré de que Flynn había muerto. No sé si el hecho de que le mandase el libro lo llevó a plasmar toda la historia en el papel, pero quizá fuese su manera de vengarse de Laura por haberle mentido.

—Así que Laura salió bien librada gracias a Richard y a usted, que la encubrieron.

Sabía que sonaba crudo, pero era verdad.

—Era el tipo de persona que siempre sabía cómo sacar partido de los sentimientos de las personas que la querían. En fin, haga lo que quiera con la información que le he dado, pero no estoy dispuesta a hacer declaraciones oficiales.

—No creo que sea necesario —dije—. Mientras no encontremos el resto del manuscrito de Flynn, todo esto no es más que una burbuja.

—Creo que es mejor así —opinó—. Es una vieja historia que ya no le interesa a nadie. Si le digo la verdad, a mí tampoco. Tengo mis propias historias en las que pensar en los años venideros.

Al separarme de Sarah Harper pensé en lo irónico que era haber conseguido desenredar los hilos del asunto justo después de que hubiese dejado de tener importancia para mí.

No me interesaba asegurarme de que prevaleciese la justicia. Nunca he sido un fanático al servicio de la «verdad», y era lo bastante listo para saber que verdad y justicia no siempre significan lo mismo. Al menos en un aspecto, estaba de acuerdo con Sam: la mayoría de la gente prefiere historias simples y bonitas en lugar de verdades complicadas y poco útiles.

Joseph Wieder había muerto casi treinta años atrás, y Richard Flynn estaba también criando malvas. Probablemente Laura Baines hubiese cimentado su carrera en mentiras, quizá incluso en un asesinato. Pero la gente siempre ha adorado y llamado héroes a personas cortadas por el mismo patrón: basta con mirar cualquier libro de historia.

Camino de mi apartamento, me imaginé a Laura Baines registrando la casa en busca del manuscrito, mientras Wieder yacía sobre su propia sangre en el suelo. ¿Qué haría mientras tanto Richard Flynn, que quizá había blandido el bate? ¿Estaría aún allí o se habría marchado? ¿Habría intentado deshacerse del arma del crimen? Pero si lo había hecho por Laura, ¿por qué esta lo había abandonado? Y en tal caso, ¿por qué había seguido encubriéndola?

O a lo mejor esa serie de acontecimientos existía solo en la mente de Sarah Harper, una mujer que había ido cayendo poco a poco, mientras su antigua amiga se había construido una carrera espectacular. ¿Cuántos de nosotros somos realmente capaces de alegrarnos del éxito de los demás y no soñamos secretamente con que tarde o temprano acaben pagando por lo que han conseguido? Solo tienen que ver las noticias, amigos.

Pero mis preguntas carecían ya de importancia, como el resto de los detalles. Quizá solo me gustaba creer que Laura Baines, esa mujer fría y calculadora, había hecho una de esas carambolas en las que le das a una bola que a su vez golpea a otra y a otra. Richard Flynn, Timothy Sanders y Joseph Wieder no eran más que bolas de billar para ella; chocaron entre sí hasta que ella consiguió su objetivo.

Y lo más irónico de todo habría sido que un hombre como Wieder, un hombre que después de todo disfrutaba hurgando en las mentes ajenas, hubiese acabado en un jaque mate a manos de una de sus alumnas. En ese caso, Laura Baines sí que se habría merecido el éxito posterior, pues habría demostrado poseer más habilidad en la vivisección de la mente humana que su mentor.

Al día siguiente me reuní con Peter en Abraçeo, en el East Village.

—¿Cómo va la cosa? —me preguntó—. Pareces cansado, tío. ¿Ha pasado algo?

Le conté que había terminado el trabajo que me había asignado y le pasé un informe escrito. Se limitó a meter el sobre en su estúpida cartera sin prestarle demasiada atención. También le di el ejemplar del libro de Laura Baines.

No me preguntó nada más; parecía tener la cabeza en otras cosas. Así que me puse a hablar y le conté una posible versión de lo que había ocurrido en el otoño y el invierno de 1987. Me escuchó, ausente, jugueteando con un sobre de azúcar y tomando un sorbito de té de vez en cuando.

—A lo mejor tienes razón —acabó por decir—, pero te das cuenta de lo difícil que sería publicar algo así sin ninguna prueba sólida, ¿no?

—No estoy hablando de publicar nada —aclaré, y pareció aliviado—. He comparado el capítulo de la propuesta que Wieder envió a Allman & Limpkin con el primer capítulo del libro de Laura. Son prácticamente idénticos. Obviamente, eso constituiría una prueba de que le robó el manuscrito al profesor, o tal vez solo demostraría que trabajaron juntos en el libro y que su contribución fue muy importante. En cualquier caso, no serviría para demostrar que lo mató para robarle el manuscrito con la complicidad de Richard Flynn. En cambio, un testimonio escrito por Flynn sería otra cosa.

—Me cuesta creer que el hombre que me envió el manuscrito fuese un asesino. No digo que no pudiese haber cometido el asesinato, pero… —Apartó la mirada—. ¿Crees que su manuscrito era una confesión?

—Pues sí. No le quedaba mucha vida por delante, no le importaba demasiado la reputación que dejaría, y no tenía herederos. A lo mejor Laura Baines le mintió y lo manipuló para que matase a Wieder, y después lo dejó con el culo al aire, mientras se construía una carrera cimentada sobre el crimen que Flynn había cometido. Cuando recibió el libro y empezó a sospechar lo que de veras había estado en juego se dio cuenta de lo que había pasado en realidad en aquellos meses. Había destrozado su vida por una mentira. Lo habían engañado de principio a fin. A lo mejor en aquel entonces Laura le prometió que volvería con él, que la ruptura era solo una medida de precaución para no dar pie a más sospechas.

—Vale, es una historia interesante, pero el manuscrito ha desaparecido y tú no das la impresión de estar preparado para escribir un libro —dijo Peter, volviendo al meollo de la cuestión.

—Pues sí, así están las cosas. Parece que te he hecho perder el tiempo.

—No pasa nada. Si quieres que te diga la verdad, no creo que ningún editor estuviese dispuesto a asumir todas las complejidades legales de publicar algo así. Por lo que has dicho, los abogados de Laura Baines lo harían picadillo.

—Eso creo yo también, tío. Gracias por el café.

Me fui a casa, reuní todos los documentos que tenían que ver con la investigación de las últimas semanas y los metí en una caja que arrojé a un armario. Luego llamé a Danna Olsen y le dije que no había podido descubrir nada nuevo y que había decidido abandonar la historia. Respondió que creía que era mejor así: había que dejar que los muertos descansasen en paz, y que los vivos siguiesen con su vida. Pensé para mí que aquellas palabras sonaban como un epitafio para el difunto Richard Flynn.

Esa noche visité a mi tío Frank, en el Upper East Side, y le conté toda la historia.

¿Sabéis lo que dijo tras escucharme con atención cerca de una hora? Que había tirado por la borda la historia más interesante que había oído nunca. Pero siempre se pasaba de entusiasta.

Charlamos un rato, nos bebimos un par de cervezas y vimos un partido por la tele. Intenté olvidarme de Sam y de todas aquellas historias de libros perdidos. Parece que funcionó, porque esa noche dormí como un lirón.

Un par de meses más tarde, un viejo colega del *Post* que se había mudado a California me llamó para ofrecerme un trabajo como guionista en una nueva serie de televisión. Acepté y decidí alquilar mi casa antes de irme a la Costa Oeste. Al intentar hacer sitio en los armarios me encontré con los papeles del caso Wieder y llamé a Roy Freeman para preguntarle si los quería. Me dijo que tenía novedades.

—Gracias por acordarse de mí, porque yo también estaba a punto de llamarlo —me dijo—. Parece que tenemos una confesión.

Me dio un vuelco el corazón.

—¿Qué quiere decir con eso? Fue Laura Baines, ¿no? ¿Ha confesado?

—Pues mire, por lo que sé no fue ella. Oiga, ¿por qué no se acerca a tomar un café? Traiga los papeles y le contaré toda la historia.

—Claro. ¿A qué hora?

—Cuando quiera, estoy en casa y no voy a salir a ningún sitio. ¿Se acuerda de dónde está mi casa? Vale, pues perfecto; y no se olvide de traer los papeles, aún hay un detalle que me inquieta.

TERCERA PARTE

ROY FREEMAN

Quien aclara qué cosas vio con sus propios ojos y qué cosas oyó de labios de otros. Pues este libro será verídico.

MARCO POLO,
Los viajes de Marco Polo,
libro I, prólogo I

1

Matt Dominis me llamó una de esas noches en que te arrepientes de no tener un gato. Cuando terminamos de hablar, salí al porche delantero y me quedé allí un par de minutos mientras intentaba poner en orden mis pensamientos. Estaba oscureciendo, un par de estrellas brillaban en el firmamento, y a lo lejos se oía el tráfico de la autopista, como el zumbido de un enjambre de abejas.

Descubrir por fin la verdad respecto a un caso que te ha tenido obsesionado durante un tiempo es como perder a un compañero de viaje. Un compañero hablador, entrometido y quizá incluso maleducado, pero a cuya presencia te has acostumbrado al despertarte por la mañana. Y eso había sido el caso Wieder para mí en los últimos meses. Pero lo que Matt me había contado ponía fin a todas las hipótesis que se me habían ocurrido en las largas horas transcurridas en la pequeña oficina que monté en la habitación de invitados. Y me dije que las cosas no podían acabar así, que aún había algo que no encajaba, aunque todo lo que me había contado mi amigo fuese verdad.

Volví a entrar para llamar de nuevo a Matt y preguntarle si me sería posible hablar con Frank Spoel, que había confesado el asesinato del profesor Joseph Wieder unos meses antes de la fecha prevista para su ejecución. Matt llevaba años en el Centro Penitenciario de Potosi, y el director de la prisión le hizo el favor a Matt al enterarse de que la petición de visita llegaba de parte de un oficial que había trabajado en el caso a finales de los ochenta. Quería ver a aquel tío con mis propios ojos, oír con mis propios oídos su versión del asesinato de West Windsor. No estaba convencido de que estuviese diciendo la verdad; sospechaba que a lo mejor solo quería llamar la atención porque le había llegado el rumor de que un escritor de California quería mencionarlo en un libro. Wieder fue asesinado justo después de que Spoel saliera del centro psiquiátrico y recalara en Nueva Jersey, así que posiblemente había leído lo del asesinato en la prensa de la época.

John Keller me visitó y trajo todos los papeles que tenía sobre el caso. No sabía que yo había vuelto a escarbar en el asesinato de Wieder tras nuestra conversación en primavera, y charlamos sobre la confesión de Spoel tomando café. Me contó que había perdido a su novia por culpa de aquella historia.

—No creo en el vudú, pero es como si este caso trajera mala suerte —dijo—, así que ándese con ojo. Me alegro de haberlo dejado, y no quiero verme implicado en nada de esto, ni ahora ni nunca más. Aunque parece que por fin se acabó, ¿no?

Le dije que eso parecía y le deseé buena suerte con su nuevo trabajo. Pero no estaba seguro de que hubiese salido a la luz toda la verdad sobre el caso Wieder. Así que, dos semanas más tarde, cuando Matt volvió a llamarme para decirme que todo estaba arreglado, compré un billete de avión por internet para el día siguiente y preparé una pequeña bolsa de viaje.

El taxi vino a buscarme a las cinco de la mañana y una hora y media más tarde estaba en el aeropuerto. Matt me recogería en Saint Louis para llevarme a Potosi.

Durante el vuelo me senté al lado de un vendedor, la clase de tío que si estuviesen a punto de ejecutarlo intentaría convencer al pelotón de fusilamiento para que comprasen una aspiradora nueva. Se presentó como John Dubcek, y tardó diez minutos en darse cuenta de que estaba demasiado absorto en mi periódico como para escucharlo de verdad.

—Me juego algo a que es usted profesor de instituto —dijo.

—Perdería la apuesta. No lo soy.

—Nunca me equivoco, Roy. ¿Historia?

—Tío, tío, lo siento.

—Ah, ya lo tengo: mates.

—No.

—Vale, me doy por vencido. Conozco un lugar tranquilo en el aeropuerto; lo invito a desayunar. Seguro que no ha desayunado esta mañana. No me gusta comer solo, así que será usted mi invitado.

—Gracias, pero vendrá a recogerme un amigo.

—Vale, vale, pero aún no me ha dicho en qué trabaja.

—Soy expolicía, agente jubilado.

—Uau, nunca lo habría adivinado. ¿Se sabe el de los dos policías que entran en un bar?

Me contó un chiste malísimo del que ni siquiera pillé el final.

Al aterrizar me dio su tarjeta, tan chillona que parecía una postal navideña en pequeño, y presumió de poder encontrarme cualquier cosa que quisiese; lo único que tenía que hacer era llamarlo y decirle qué necesitaba. Mientras me dirigía a la salida lo vi hablando con una chica vestida como una cantante country, con Levi's, una camisa a cuadros, una chaqueta de cuero y un sombrero de cowboy coronando una larga melena rubia.

Matt me estaba esperando junto a un quiosco de prensa.

Fuimos a tomar un café fuera, cerca del aeropuerto. No tenía mi cita en el Centro Penitenciario de Potosi hasta dos horas más tarde.

Habíamos sido compañeros durante ocho años en el Departamento de Policía de West Windsor. A principios de los noventa él se mudó a Missouri, pero seguimos siendo amigos y hablábamos por teléfono de vez en cuando para mantenernos al día de lo que pasaba, y dos o tres veces fui a visitarlo para ir a cazar. Matt llevaba once años trabajando en el Centro Penitenciario de Potosi, pero estaba a punto de jubilarse. Solterón empedernido, dos años antes se había casado con una compañera llamada Julia, y me habían invitado a la boda. Llevábamos sin vernos desde entonces.

—Parece que te sienta bien el matrimonio —le dije mientras vaciaba el contenido de un sobre de azúcar en una taza de café del tamaño de un bol de sopa—. Estás rejuvenecido.

Esbozó una sonrisa triste. Siempre había tenido el aire abatido de alguien convencido de que está a punto de sobrevenirle una catástrofe. Como era alto y fornido, en el departamento le habíamos puesto el mote de Fozzie, como el oso de *Los Teleñecos*. Era un mote amistoso, no despectivo; a todo el mundo le caía bien Matt Dominis.

—No me quejo. Julia es genial y todo va bien. Pero estoy en esa edad en la que lo único que quiero es jubilarme de una vez y disfrutar de la vida. Antes de que me dé cuenta, habré sufrido un infarto y estaré mojándome los pantalones como un bebé. Quiero hacer un viaje a Luisiana, o pasar unas largas vacaciones en Vancouver. A lo mejor incluso vamos a Europa, ¿quién sabe? Estoy harto de vigilar a esos gilipollas. Pero Julia dice que deberíamos esperar.

—Pues yo hace tres años que me he jubilado, y aparte de un viaje a Seattle cuando nació mi nieta, y de otras dos escapadas aquí, no he ido a ningún sitio, amigo.

—Vale, ya sé lo que me quieres decir. A lo mejor no voy a Luisiana ni al puñetero Vancouver. Pero quiero levantarme por la mañana, tomarme el café y leer el periódico sabiendo que no voy a pasarme el resto del día con unos presos en una puta caja de cemento. Hablando de Seattle, ¿cómo están Diana y Tony?

Diana era mi exmujer, que se mudó a Seattle tras el divorcio, y Tony nuestro hijo, que estaba a punto de cumplir treinta y ocho años. Era obvio que Tony me culpaba del divorcio y nunca había dejado de criticarme por ello. Siempre usaba la expresión «La cagaste». Sabía que tenía razón, y que, en efecto, la había cagado. Pero me gusta pensar que la gente a veces debería perdonar a los demás. Por la parte que me tocaba, había pagado un alto precio por mi estupidez de entonces, y llevaba viviendo solo casi treinta años.

Tony se había casado hacía tres años, y mi nieta, Erin, tenía un año y medio. Solo la había visto una vez, justo después de nacer.

Le conté a Matt unas cuantas historias graciosas sobre la pequeña que le había oído a Diana, pero luego cambió bruscamente de tema.

—¿Qué te parece lo que ha pasado con este tío, Frank Spoel? Después de tantos años…

—Resulta que un periodista se puso en contacto conmigo hace unos tres meses por la misma historia, así que decidí echarle otro vistazo al caso.

—Qué coincidencia…

—¿Cómo es que le ha dado por escupirlo todo ahora de repente? ¿Cuánto le queda para la ejecución?

—Cincuenta y ocho días. Pero treinta días antes de la inyección lo van a trasladar a la prisión Bonne Terre, que es donde llevan a cabo las ejecuciones en este estado; está como a una hora y media de aquí. ¿Que qué le ha dado? Pues ya te lo dije por teléfono, vino un tío de California a verlo, un profesor que estaba escribiendo un libro sobre las mentes criminales, o algo así. Al tío le interesaba saber cómo acabó Spoel siendo un asesino. Hasta entonces se sabía que Spoel perpetró su primer asesinato en 1988, en el condado de Carroll, en Missouri, al apuñalar a un viejo que cometió el error de recogerlo en la Ruta 65. Entonces tenía veintitrés años, y ya había estado dos años a la sombra en el Hospital Psiquiátrico de Trenton, en Jersey. Lo arrestaron por robo con violencia y le diagnosticaron enajenación. No tiene nada que perder: lleva en la cárcel desde 2005, el Tribunal Supremo de Missouri le denegó la apelación hace dos meses, y el gobernador Nixon se metería una pistola en la boca antes que perdonar a un individuo así. Ha decidido poner sus cosas en orden, para que en los anales quede constancia de la verdad y nada más que la verdad sobre su extraordinaria vida... Perdona un momento, por favor.

Sacó con dificultad su enorme cuerpo de entre la silla y la mesa y se dirigió al baño. Me sentía cansado y le pedí a la camarera que trajese más café. Me dedicó una sonrisa mientras lo servía. En la chapita ponía que se llamaba Alice, y debía de tener más o menos la misma edad que mi hijo. Miré el reloj con forma de Tortuga Ninja que había en la pared: aún quedaba mucho tiempo.

—Como iba diciendo —prosiguió Matt cuando se sentó y la camarera le sirvió otra taza de café—, Spoel se empeñó en convencer al tipo de California de que todo había empezado con una faena que le hizo el profesor Wieder hace años.

—¿Quieres decir que afirma que mató a Wieder, pero que era la víctima quien tenía la culpa?

—Bueno, es un poco complicado. Como iba diciendo, a los veinte años Spoel tuvo un altercado con unos tíos; a uno de ellos le robó algo de pasta y le dio una buena paliza. Su abogado pidió una prueba psiquiátrica, que realizó Wieder. Declararon a Spoel incapaz de ser sometido a juicio y lo internaron en un hospital. Su abogado le aseguró que a los dos o tres meses le pediría a Wieder otra prueba y lo pondrían en libertad. Pero lo encerraron durante dos años porque Wieder se opuso a que lo soltaran.

—Ya te he dicho que revisé el caso después de que el periodista se pusiese en contacto conmigo. En su momento sopesé esa pista: posible venganza de resultas de los casos en los que Wieder había intervenido en calidad de perito judicial. Pero el nombre de Frank Spoel nunca salió a la luz.

—Quién sabe, quizá sería porque entonces solo era un delincuente de poca monta, un chaval de veintiún años, y no le diste importancia. Pero ya te contará él de qué va la cosa. A mí me importan un carajo las historias de capullos como él. Eso sí, me alegro de que hayas venido. ¿Te quedas a pasar la noche en casa?

—Tengo las obras de mi casa a medias, y quiero terminarlas antes de que lleguen las lluvias. Otra vez será, colega. ¿Nos vamos?

—Nos queda mucho tiempo, relájate. En la I-55 no hay mucho tráfico a esta hora. Tardaremos una hora y media en llegar. —Dejó escapar un profundo suspiro—. Spoel se queja de que lo mandasen al loquero estando cuerdo, pero normalmente pasa lo contrario. ¿Sabías que a un tercio de los tíos que hay entre rejas en las prisiones de máxima seguridad les falta un tornillo? Hace dos meses fui a Chicago a un cursillo sobre delincuencia. Estaba lleno de lumbreras de agencias de Washington. Al parecer, después de un periodo de dos décadas con un declive en la delincuencia, hemos entrado en el ciclo contrario. Como los hospitales psiquiátricos están atestados, un chiflado de primera tiene todas las papeletas de que lo metan en la cárcel con presos comunes. Y la gente como yo, que somos los que los custodiamos, tenemos que vérnoslas con especímenes como ese cada día.

Echó una mirada a su reloj.

—¿Ensillamos los caballos?

Mientras avanzábamos por la interestatal, me puse a pensar en Frank Spoel, cuyo caso había revisado antes de emprender el viaje. Era uno de los asesinos más peligrosos del corredor de la muerte. Había matado a siete personas (ocho, si era cierto que también había matado a Wieder) en tres estados antes de que lo cogiesen. Asimismo había cometido cuatro violaciones e innumerables robos con violencia. Sus últimas dos víctimas fueron una mujer de treinta y cinco años y su hija de doce. ¿Por qué lo había hecho? Porque la mujer le había escondido un poco de dinero, según dijo. Spoel la había recogido de un bar dos meses antes y habían vivido juntos en una caravana junto al río.

Matt había comentado que los investigadores descubrirían más tarde que Frank Spoel había cometido su primer asesinato conocido en 1988, cuando solo tenía veintitrés años. Nació y creció en el condado de Bergen, en Nueva Jersey, y cometió su primer delito serio a los veintiún años. Salió del hospital psiquiátrico dos años más tarde para dirigirse al Medio Oeste, donde tuvo varios trabajos precarios durante un tiempo. Su primera víctima fue un hombre de setenta y cuatro años del condado de Carroll, en Missouri, que recogió a Spoel en la Ruta 65 con su camión. ¿El botín? Un par de dólares, una chaqueta de cuero vieja y un par de botas que habían resultado irle bien.

Después decidió ir a Indiana, donde cometió su segundo asesinato. A continuación entró en una banda de Marion especializada en desvalijar casas. Cuando los miembros de la banda se fueron cada uno por su lado volvió a Missouri. Resultaba interesante que durante los ocho años siguientes no hubiese cometido ni un solo delito; trabajó en Saint Louis en una pizzería. Luego se fue a Springfield y estuvo otros tres años empleado en una gasolinera. Pero de repente empezó a actuar de nuevo. Lo arrestaron en 2005, después de que lo parasen en un control rutinario en la carretera.

En la época en que asesinaron a Wieder, yo estaba ultimando los trámites de mi divorcio y de repente me vi viviendo solo en una casa demasiado grande para mí. Como buen alcohólico, usé todo aquello como excusa para meterme aún más botellas entre pecho y espalda y llorar en el hombro de cualquiera que estuviese dispuesto a escuchar. Con los últimos restos de lucidez que me quedaban intentaba hacer mi trabajo lo mejor posible, pero siempre tuve la sospecha de que mi intervención en el caso Wieder y otros casos de entonces dejó bastante que desear. El jefe, Eli White, era muy buena persona. Si yo hubiese estado en su lugar, habría echado a patadas del cuerpo a alguien como yo, y le habría dado tan malas referencias que no habría podido encontrar trabajo ni como guardia de seguridad en un centro comercial.

Matt abrió las ventanillas y se encendió un cigarrillo mientras avanzábamos por la I-55, cruzando la pradera. Estaba empezando el verano y hacía buen tiempo.

—¿Cuándo fue la última vez que estuviste en una cárcel? —preguntó en voz alta para hacerse oír por encima de Don Williams, que gimoteaba en una emisora de música country por una chica que nunca había llegado a conocerlo.

—Creo que la última vez fue en otoño de 2008 —dije—. Le tomé declaración a un tío en la prisión de Rikers, en relación con un caso que llevaba. Qué sitio más espantoso, tío.

—¿Acaso crees que donde vamos es mejor? Todas las mañanas, al empezar el turno, me dan ganas de romper algo. ¿Por qué no nos hicimos médicos o abogados?

—No creo que fuésemos lo bastante listos, Matt. Y no me habría gustado tener que abrir a la gente en canal.

2

El Centro Penitenciario de Potosi era un gigante de ladrillo rojo cercado por alambre de espino electrificado, que yacía en medio de la pradera como una enorme bestia atrapada en una trampa. Era una cárcel de máxima seguridad en la que a duras penas subsistían alrededor de ochocientos internos junto a un centenar de guardias y personal auxiliar. Los pocos y raquíticos árboles que rodeaban el aparcamiento de los visitantes eran la única mancha de color en aquel triste paisaje.

Matt aparcó el coche; después nos dirigimos a la entrada para el personal del lado oeste y cruzamos un patio con suelo de gravilla color rojo sangre para adentrarnos en un pasillo que llevaba a las profundidades del edificio. Por el camino Matt iba saludando a la gente de uniforme: hombres recios de rostro duro que habían visto demasiado.

Pasamos por un detector de metales, recogimos nuestros objetos personales de las bandejas de plástico y llegamos a una sala sin ventanas con pavimento de linóleo y mesas y sillas atornilladas al suelo.

Un funcionario de prisiones llamado Garry Mott me dio las instrucciones usuales con un fuerte acento sureño:

—La visita durará una hora justa. Si quiere que termine antes, dígaselo a los oficiales que acompañan al interno. No se permite contacto físico de ningún tipo, y cualquier objeto que desee entregar al interno o él a usted debe ser inspeccionado antes. Durante la visita estará usted bajo vigilancia constante por cámara y cualquier información que obtenga podrá usarse después con fines legales.

Escuché el consabido discurso y luego el funcionario se marchó. Matt y yo nos sentamos.

—Así que aquí es donde trabajas —dije.

—No es el lugar más feliz del mundo —dijo sombrío—. Y gracias a ti, uno de mis días libres se ha ido al carajo.

—Te invitaré a un buen almuerzo cuando salgamos de aquí.

—A lo mejor deberías invitarme a una copa.

—Entonces tendrás que beber tú solo.

—Puedes saludar ahí —dijo, señalando con la barbilla al rincón donde había una cámara enfocada hacia nosotros—. Julia está de guardia en el centro de control.

Se puso de pie.

—Me largo. Tengo que ir a la compra. Vuelvo dentro de una hora para sacarte de aquí. Juega limpio y asegúrate de que nadie salga herido.

Antes de marcharse saludó a la cámara, y me imaginé a su mujer sentada en una silla, mirando un montón de pantallas ante ella. Era una mujer fuerte, casi tan alta como Matt, que había nacido y se había criado en algún lugar de Carolina del Norte o del Sur.

Esperé unos minutos, y después oí el zumbido de la puerta. Frank Spoel hizo su entrada flanqueado por dos agentes armados. Vestía un chándal gris. En el pecho, a la derecha, lucía una etiqueta con su nombre. Llevaba las manos esposadas a la espalda y las piernas unidas por unos grilletes que acortaban la longitud de sus pasos y tintineaban cada vez que se movía.

Era bajito y flaco; si te lo encontrases por la calle no lo mirarías dos veces. Pero muchos de los que acaban entre rejas por asesinatos que hielan la sangre son así: un tío casi normal, como un mecánico o un conductor de autobús. Antes de los ochenta se reconocía a los delincuentes por los tatuajes que se habían hecho en la cárcel, pero después todo el mundo empezó a hacerse tatuajes que no se veían.

Spoel se sentó en la silla frente a mí y sonrió dejando al descubierto unos dientes más amarillos que unos huevos revueltos. Llevaba un bigote color arena que descendía por cada comisura hasta encontrarse con la barba. Se estaba quedando calvo y los pocos mechones de pelo que le cubrían el cráneo estaban aplastados por el sudor.

—Vas a ser un buen chico, ¿no, Frankie? —preguntó uno de los agentes.

—Porque si no ya me puedo ir despidiendo de la condicional, ¿no? —respondió Spoel sin girarse; y continuó retóricamente—: ¿Por qué, qué crees que voy a hacer? ¿Sacarme la polla para abrir las esposas?

—Esa boca, princesa —respondió el agente, y luego dijo, dirigiéndose a mí—: Si nos necesita, estamos junto a la puerta. Si se pone revoltoso, nos plantamos aquí en un segundo.

Salieron los dos, dejándome a solas con el interno.

—Hola —dije—. Soy Roy Freeman. Gracias por acceder a hablar conmigo.

—¿Es usted poli?

—Expoli. Estoy jubilado.

—Me habría jugado el cuello. En 1997, en Indiana, conocí a un bicho raro que se llamaba Bobby. Tenía un perro, Chill, que olía a los polis aunque no fuesen de uniforme, ¿sabe? Un chucho enorme, aquel perro. Nunca supe cómo lo hacía. Se ponía a ladrar en cuanto le llegaba el olor a poli.

—Menuda fiera —concedí.

—Pues sí… Me han dicho que le interesa esa vieja historia de Nueva Jersey.

—Fui uno de los policías que llevaron el caso Wieder, el profesor al que mataron a golpes.

—Sí, me acuerdo del nombre… ¿Tiene un cigarrillo?

Llevaba quince años sin fumar, pero, siguiendo los consejos de Matt, me había llevado un cartón de Camel. Sabía que en la cárcel los cigarrillos eran la moneda de cambio después de la droga y las pastillas para dormir. Metí la mano en la bolsa de viaje, saqué el cartón, se lo enseñé y lo volví a guardar.

—Te lo darán cuando me marche —le dije—. Tienen que registrarlo.

—Gracias. No tengo a nadie fuera. Llevo más de veinte años sin ver a mis padres. Ni siquiera sé si siguen vivos. Dentro de ocho semanas estaré muerto y le mentiría si le dijese que no tengo miedo. Bueno, quiere saber qué pasó, ¿no?

—Dices que mataste a Joseph Wieder, Frank. ¿Es verdad?

—Sí, señor, fui yo. La verdad es que no quería hacerlo, no era un asesino. Al menos todavía no. Solo quería darle un poco de leña, no sé si me entiende. Como para ir al hospital, no a la morgue. El tío ese me jugó una mala pasada y quería vengarme. Pero la cosa acabó mal y me convertí en asesino. Claro que después de los dos años en el manicomio, no debería sorprenderme nada.

—¿Qué tal si me cuentas toda la historia? Tenemos una hora.

—Mientras tanto los chicos pueden entretenerse lavándome el Jaguar —dijo al tiempo que esbozaba una sonrisa desvaída—, así que ¿por qué no? Le contaré lo mismo que al otro, el que dijo que estaba escribiendo un libro.

A la edad de quince años, Frank Spoel había dejado el instituto y empezado a juntarse con unos tíos que llevaban un salón recreativo. Era el chico de los recados. Su padre trabajaba en una gasolinera y su madre era ama de casa; tenía una hermana cinco años menor. Dos años después, su familia se marchó de Jersey y Frank nunca volvió a verlos.

A los veinte ya se consideraba un pequeño delincuente y se había visto implicado en todo tipo de delitos menores: llevaba mercancía robada a los peristas de Brooklyn y vendía tabaco de contrabando y material electrónico falso. A veces se encargaba de cobrar pequeñas cantidades de dinero para un usurero, y en ocasiones hacía de chulo de un par de putas.

En las bandas siempre hay muchos delincuentes de poca monta como él, el pez pequeño en un complejo engranaje que abarca desde las calles de los barrios pobres hasta las casas con piscina de los multimillonarios. Casi todos acaban igual: haciendo cualquier cosa por un billete de veinte dólares, volviéndose cada vez más viejos y menos importantes. Algunos ascienden y consiguen llevar trajes caros y relojes de oro. Y unos pocos acaban cometiendo algún delito grave y pudriéndose en el trullo, olvidados por todo el mundo.

En otoño de 1985, Spoel había vendido dos cartones de tabaco a un par de tíos de Princeton, y ellos le habían pagado con perfume francés. Luego descubrió que la mitad de los frascos de perfume eran falsos, así que fue a pedirles que le devolvieran su dinero. Encontró a uno de los tíos y se enzarzaron en una pelea, que ganó y tras la cual se llevó todo el dinero que le encontró en los bolsillos; pero resultó que una patrulla pasaba por allí, así que lo arrestaron por robo con violencia. Del tabaco no dijo nada, porque le habría traído más problemas.

El tribunal asignó a Spoel un abogado de oficio llamado Terry Duanne. Resultó que el tío al que había apalizado carecía de antecedentes. Tenía treinta y ocho años, era propietario de una pequeña tienda y estaba casado y con tres hijos. Spoel, por su parte, había dejado el instituto y ya llevaba a la espalda varias amonestaciones por haber violado la ley. Duanne intentó llegar a un acuerdo con la víctima, pero no hubo manera.

Entre la opción de que lo juzgasen como adulto, lo cual significaba de cinco a ocho años en el trullo, y la de que un perito médico le diagnosticase trastorno mental transitorio, el abogado le recomendó a Frank que aceptase la segunda opción. Duanne insinuó que conocía bien al perito en cuestión y que en un par de meses Frank saldría del hospital. El Hospital Psiquiátrico de Trenton no era el lugar más agradable del mundo, pero era mejor que la prisión de Bayside.

Joseph Wieder le hizo un reconocimiento a Frank Spoel y llegó a la conclusión de que padecía un trastorno bipolar; recomendó que lo internasen en un hospital psiquiátrico, de modo que al cabo de unos pocos días lo llevarían a Trenton y en un par de meses lo soltarían.

—¿Por qué no lo pusieron en libertad? —pregunté.

—¿Ha estado alguna vez en un manicomio?

—No.

—Pues no vaya nunca. Era horrible, tío. Poco después de llegar me dieron a beber una taza de té y me desperté dos días después, sin saber cómo cojones me llamaba. Había tíos que aullaban como animales o que se te echaban encima para zurrarte sin razón alguna. Un tío le arrancó una oreja a una enfermera de un mordisco mientras estaba intentando darle de comer. Las cosas que vi allí, tío... He oído que hasta los años sesenta les sacaban los dientes a los internos, con la excusa de prevenir infecciones. Infecciones, y un huevo...

Contó su historia. Le zurraban tanto los guardias como los internos. Los celadores, afirmaba, eran unos corruptos, así que si tenías pasta conseguías lo que quisieras, pero si no, eras carne de cañón.

—La gente cree que, cuando estás a la sombra, en lo que más piensas es en mujeres —dijo—. Pero yo digo que nanay. Claro que añoras echar un polvo, pero lo más importante es el dinero, créame. Si no tienes pasta, entonces vales lo mismo que un fiambre; no le interesas a nadie, excepto a los que te putean. Y yo no tenía ni un chavo, tío. En el trullo, al menos, se puede trabajar para ganar dinero, aunque tus padres no te manden pasta. Pero en el manicomio, como no tengas a nadie que te envíe guita, te pasas todo el día mirando la pared. Y a mí nadie me mandaba nada.

Tres semanas después de su ingreso, dijo Spoel, lo trasladaron a un pabellón especial, donde había otros diez internos o así, todos de entre veinte y treinta años y todos con delitos violentos a la espalda. Más tarde se enteró de que él y los demás recibirían una medicación experimental, como parte de un programa coordinado por un tal profesor Joseph Wieder.

—Hablé con mi abogado un par de veces, pero no hacía más que darme largas. Al final me soltó que al cabo de un año podría elevar una petición al juez para que me dejaran en libertad o me enviasen a un hospital de seguridad menor. No me podía creer lo que me estaba pasando. Dos tíos me estafaban, le daba una tunda a uno de ellos, le cogía ochenta dólares del bolsillo, dinero que ni siquiera me cubría las pérdidas de los cigarrillos, y allí estaba yo, encerrado en el manicomio al menos durante un año.

—¿No tuvo oportunidad de hablar con el profesor Wieder?

—Claro, a veces venía a nuestro pabellón. Nos preguntaba un montón de cosas, nos hacía elegir colores, rellenar cuestionarios, cosas así. No éramos más que cobayas, ratas de laboratorio, ¿comprende? Se lo solté claramente: «Ese capullo de Duanne me contó el rollo de que te conocía, así que acepté ingresar en el manicomio para poder librarme de algo más serio. Pero resulta que estoy tan cuerdo como tú. ¿Qué pasa, qué problema hay?». El tío se limitó a mirarme con esos ojos de besugo muerto que tenía (casi me parece que puedo verlos), ¿y sabe qué me dijo? Que no sabía de qué le estaba hablando, que yo estaba allí porque tenía problemas mentales y que lo del tratamiento era por mi bien, así que me iba a quedar allí hasta que a él le pareciese bien. Gilipolleces.

Luego Spoel me contó que empezó a sufrir unas pesadillas terribles, en las que ni siquiera sabía si estaba dormido o despierto, y que las pastillas que le dieron le hicieron más mal que bien. Casi todos los del pabellón tenían unos dolores de cabeza horribles, y el tratamiento siguió; muchos acabaron pasando casi todo el tiempo atados a la cama, alucinando. La mayoría vomitaba todo lo que comía y tenía erupciones cutáneas.

Un año después lo visitó otro abogado llamado Kenneth Baldwin. Dijo que Duanne, que se había marchado de Nueva Jersey, le había pasado el caso. Spoel le contó a Baldwin cómo había acabado allí y cuál había sido el acuerdo inicial. No sabía si el nuevo abogado le había creído, pero aun así pidió que un juez volviese a examinar el caso de su cliente. Spoel se encontró de nuevo cara a cara con Wieder, que rechazó la petición de libertad y tampoco autorizó su traslado al Hospital Psiquiátrico de Marlboro, de régimen más flexible. Lo devolvieron a Trenton.

—Unos seis meses antes de salir de allí —prosiguió—, nos trasladaron a otros pabellones y cerraron el de los experimentos. Me cambiaron el tratamiento y comencé a sentirme mejor. Ya no sufría pesadillas ni dolores de cabeza, pero seguía despertándome sin saber quién era. Tenía los nervios destrozados, aunque intentaba ocultarlo y apelar al lado bueno de todo el mundo, para demostrar que no estaba loco. ¿Cómo pudieron hacerme eso, tío? Vale, yo no era un buen chico, pero no había matado a nadie y no le habría dado la tunda al tipo aquel si no me hubiese estafado. Me trataron como a un animal y a todo el mundo le importó un carajo.

Cuando volvieron a revisar el caso, Spoel vio que Wieder ya no estaba en la comisión. Su petición de libertad bajo supervisión legal fue aprobada y un par de semanas más tarde abandonó el hospital.

Aquello ocurrió en octubre de 1987. Cuando salió, ni siquiera sabía dónde iba a vivir. El casero del cuchitril en el que vivía antes de que lo empapelasen había vendido todas sus pertenencias para cobrarse el alquiler. Los tíos de la banda ya no querían saber nada de él, por temor a que atrajera la atención de los polis si los veían por ahí con él. Solo un tío, un chino americano que conocía de antes de que lo mandasen a Trenton, se apiadó de él y le dio comida y alojamiento durante un par de días.

Unas semanas después consiguió un trabajo fregando platos en una cafetería cerca de Princeton Junction, y el propietario, que era un buen tío, lo dejaba dormir en el almacén. De inmediato empezó a seguir a Wieder, que vivía cerca, en West Windsor. Spoel estaba decidido a mudarse y empezar una nueva vida, pero no quería hacerlo sin vengarse antes del profesor. Estaba convencido de que Wieder, junto con Duanne y quizá otros cómplices, había urdido alguna trama con el fin de proveerse de sujetos para sus experimentos secretos, y de que él había caído en la trampa. Se lo iban a pagar. Pero como Duanne no aparecía por ningún sitio, tendría que ser Wieder el que pagase los platos rotos.

Había encontrado la dirección de Wieder y vio que vivía solo en una casa aislada. Al principio planeaba darle una paliza en la calle, refugiándose en la oscuridad, pero después de vigilar la casa del profesor decidió que era el mejor lugar para la agresión. No tenía intención de matarlo, solo quería darle una buena paliza, volvió a recalcar Spoel, así que les robó el bate de béisbol a unos niños y lo envolvió en una toalla vieja para silenciar los golpes. Escondió el bate a la orilla del lago que había junto a la casa del profesor.

Por entonces se había hecho amigo del camarero de un bar, un tío de Missouri llamado Chris Slade. Slade estaba intentando marcharse de Jersey y había encontrado trabajo en un parque de caravanas en Saint Louis, así que le sugirió a Spoel que se fuese con él. Quería marcharse justo después de las vacaciones de invierno, de ahí que los acontecimientos se precipitaran.

Spoel estuvo vigilando la casa de Wieder varias noches. A las diez cerraba la cafetería, así que sobre las diez y media se escondía en el jardín trasero y vigilaba la casa. Había observado que acudían dos personas con frecuencia: un chico con pinta de estudiante, y un tío alto, fuerte, de barba desarreglada, que parecía ocuparse de pequeñas reparaciones. Pero ninguno de ellos se quedaba a dormir.

—El 21 de diciembre me despedí de la cafetería y le dije al propietario que me marchaba a la Costa Oeste. Como me iba, me dio mi dinero y dos cajetillas de tabaco. No quería que me vieran por los alrededores, así que me dirigí al arroyo Assunpink, donde me escondí en un cobertizo hasta que se hizo de noche, y luego fui hacia la casa del profesor. Debí de llegar allí alrededor de las nueve de la noche, pero el profesor no estaba solo. Estaba con el chico, bebiendo en el salón.

Le pregunté a Spoel si recordaba cómo era el joven, pero me contestó que no sería capaz de describírmelo; era como todos los demás niñatos mimados que vivían del dinero de sus padres en el campus. Tres días antes del ataque, el chico casi lo había visto por la ventana mientras vigilaba la casa de Wieder; lo miró fijamente antes de que consiguiera esconderse. Por suerte, estaba nevando con fuerza, así que el chico seguramente pensó que se había equivocado.

—Creo que debía de tratarse de un tal Richard Flynn —dije—. ¿Estás seguro de que no había una joven con ellos?

—Segurísimo. Estaban los dos solos. Como ya le he dicho, llegué allí alrededor de las nueve. El chico no se fue hasta las once más o menos, y el profesor se quedó solo en casa. Esperé otros diez minutos más o menos, para asegurarme de que el chico se había marchado. Pensé en llamar al timbre y darle un puñetazo a Wieder en cuanto abriese la puerta, pero él me puso las cosas todavía más fáciles: abrió las ventanas que daban al patio trasero y luego subió al piso de arriba. Así que me colé por una ventana y me escondí en el pasillo.

Wieder volvió al salón, cerró las ventanas y se sentó en el sofá para hojear algunos periódicos. Spoel se acercó sigilosamente por detrás y le golpeó en la cabeza con el bate de béisbol. Seguro que no fue un golpe demasiado fuerte, dado que el profesor consiguió ponerse de pie y volverse hacia él. Spoel rodeó el sofá y empezó a golpear salvajemente al profesor, diez o doce veces, antes de que este cayese al suelo. Spoel llevaba una máscara, así que no tuvo miedo de que Wieder lo reconociese. Estaba a punto de registrar la casa en busca de dinero cuando oyó que alguien abría la puerta principal. Spoel escapó por la puerta acristalada de atrás, rodeó la casa y se escabulló en la tormenta de nieve.

Arrojó el bate a la corriente medio congelada y pasó la noche escondido en el cobertizo cerca del arroyo Assunpink. A la mañana siguiente se encontró con Slade en Princeton Junction y pusieron rumbo a Missouri. Más tarde se enteró de que el profesor había muerto.

—Seguro que le di más fuerte de lo que pensaba —concluyó—. Y así es como me transformé en un asesino. ¿Y sabe qué? Después de aquello, cada vez que hacía algo malo, sentía como si me despertase de un sueño y no podía creer que era yo quien lo había hecho. Estoy convencido de que me volví loco por culpa de las pastillas que me dieron en aquel puto agujero. No lo digo solo para intentar exculparme; de todos modos, ahora ya no tiene sentido.

—Estabas en libertad condicional —observé—. ¿No dieron la señal de alarma cuando te fuiste de Nueva Jersey? ¿No te buscaron?

—Pues no tengo ni idea, la verdad. Me fui. Después nadie me preguntó nunca nada, y no volví a tener problemas con la ley hasta 2005, cuando me pararon por exceso de velocidad. Le dije a mi abogado que había sido paciente de Trenton hacía años, así que solicitó una prueba psiquiátrica. El perito designado por el tribunal declaró que podía ser sometido a juicio, así que me juzgaron y me condenaron. ¿Y sabe cuál es la ironía? Que cuando estaba cuerdo (y le digo que sí que lo estaba) acabé en el manicomio. Pero cuando hasta yo estaba convencido de que no estaba del todo bien de la cabeza, se negaron a mandarme al manicomio y decidieron ponerme la inyección.

—Han pasado muchos años desde entonces y a lo mejor no te acuerdas demasiado bien, así que deja que te pregunte una vez más: ¿estás seguro de que el profesor estuvo esa noche con un chico blanco de unos veinte años y con nadie más? A lo mejor no lo viste bien; estaba nevando, te habías escondido en el patio y quizá no tenías buena visibilidad…

—Estoy seguro. Ha dicho que le asignaron el caso…

—Ajá.

—Entonces a lo mejor se acuerda de cómo era la casa. El salón tenía dos ventanas grandes y una puerta acristalada que daba al patio trasero y al lago. Cuando estaban las luces encendidas y las cortinas descorridas, se veía la habitación perfectamente. El profesor y el chico ese estaban comiendo en la mesa. Hablaron, el chico se marchó y Wieder se quedó solo.

—¿Discutían?

—No sé. No oía lo que decían.

—¿Dices que eran las once cuando se marchó el chico?

—Alrededor de las once, no estoy muy seguro. Podrían ser las once y media, pero no más tarde.

—Y diez minutos después, atacaste a Wieder.

—Como ya le he dicho, me colé en la casa, me escondí, luego él volvió a bajar y entonces fue cuando le zurré. A lo mejor no fueron diez minutos, a lo mejor fueron veinte, pero no más. Aún tenía las manos congeladas cuando le aticé la primera vez, por eso no le di fuerte; es decir, que no podía llevar mucho tiempo escondido dentro de la casa.

Lo miré y me pregunté cómo era posible que su nombre se me hubiese escapado por completo al investigar la posibilidad de que el asesinato fuese un acto de venganza llevado a cabo por uno de los antiguos pacientes del profesor.

La lista de casos en los que Wieder había testificado como perito era muy larga, cierto. Y el fiscal era un capullo de lo más desorganizado. Nos mandaba a investigar cualquier cosa y al día siguiente cambiaba de idea sobre las pistas que teníamos que seguir, así que seguramente no tuve la oportunidad de comprobarlo todo con detalle. Sufríamos el acoso de los sabuesos de la prensa, que escribían todo tipo de locuras en los periódicos. Y yo conducía con una botella de alcohol escondida en el coche, preguntándome si iba lo bastante borracho como para que me echaran del cuerpo. Cuando pensaba en aquella época, me planteaba hasta qué punto me había interesado realmente la identidad del asesino de Joseph Wieder: en lo único en que estaba ocupado en aquel entonces era en darme pena a mí mismo y en buscar excusas para mi comportamiento.

—Así que no tiene la menor idea de a quién oyó entrar en la casa del profesor después de golpearlo.

—No, me largué de inmediato. No esperaba que apareciese nadie a esa hora, así que me fui pitando y no me paré a mirar. Pensé que lo único que había hecho era darle una buena paliza. Había un montón de yonquis en la zona, así que los policías creerían que era un intento de robo. No pensaba que una paliza fuese a dar para mucho y, total, yo a esas alturas ya estaría lejos. Pero se murió, y, claro, eso lo cambió todo.

—¿No sabe si había más de una persona en la puerta? Sacudió la cabeza.

—Lo siento, le he contado todo lo que sé.

—Wieder no murió de inmediato, sino dos o tres horas después —le dije—. Si alguien hubiese llegado alrededor de la medianoche, debería haber llamado a una ambulancia, pero no lo hizo. Quizá solo te pareció oír ruidos en la puerta. Hacía mucho viento aquella noche, a lo mejor solo crujieron los goznes.

—No —dijo con decisión—. Ocurrió como le he dicho. Alguien abrió la puerta y entró en la casa.

—¿Y ese alguien lo dejó morirse allí tirado?

Me echó una larga mirada al tiempo que arrugaba la frente, lo cual le dio la apariencia de un mono confuso.

—Eso no lo sabía… ¿Así que no murió de inmediato?

—No. El desconocido podría haberlo salvado llamando a una ambulancia. No fue hasta el día siguiente, y para entonces ya era demasiado tarde, cuando el hombre que le hacía arreglos en la casa llamó a los servicios de emergencia. Wieder llevaba muerto ya unas cuantas horas.

—¿Por eso le interesa tanto quién apareció?

—Sí. ¿Dijo algo Wieder durante el ataque? ¿Pidió ayuda, te preguntó quién eras o algo así? ¿Mencionó algún nombre?

—No, no pidió ayuda. A lo mejor dijo algo entre dientes, no lo recuerdo. Al principio intentó defenderse; luego se cayó y ya solo intentó protegerse la cabeza. Pero no gritó, de eso estoy seguro. De todos modos, no había nadie que pudiese oírlo.

Entraron los dos agentes armados y uno de ellos me hizo el gesto de que se había acabado el tiempo. Estuve a punto de decirle a Spoel «Hasta otra», pero luego caí en la cuenta de que habría sido un chiste de muy mal gusto. Al cabo de ocho semanas aquel tío estaría muerto. Le di de nuevo las gracias por acceder a hablar conmigo. Nos pusimos de pie e hizo un gesto, como si fuese a estrecharme la mano, pero luego giró en redondo y, acompañado por los agentes, se alejó con paso tambaleante a causa de los grilletes.

Me quedé solo en la sala. Saqué los cigarrillos de la bolsa para que no se me olvidase dárselos a los agentes al salir.

¿Quién se había presentado en casa del profesor a medianoche, quién se lo había encontrado tirado en el suelo pero no había llamado a la ambulancia? Quienquiera que fuese no llamó al timbre ni a la puerta, sino que usó una llave para entrar, si Spoel decía la verdad. Después de tantos años, la memoria puede gastarte alguna jugarreta. Pero una cosa estaba clara: lo que me había dicho no encajaba con lo que Derek Simmons había contado en su momento y luego le había repetido al periodista hacía unos meses.

Al final de la investigación que había llevado a cabo, John Keller dejó escrito una especie de resumen de toda la información que había reunido; había una copia en los papeles que me había traído a casa. Keller sospechaba que Laura Baines estaba en la casa en el momento del asesinato, y que había robado el manuscrito que el profesor acababa de terminar e iba a enviar al editor. También pensaba que Laura y Richard podían ser cómplices, porque Laura no habría sido físicamente capaz de matar a Wieder ella sola. Creía que con toda probabilidad Flynn había blandido el bate, pero que Laura Baines era la autora moral del crimen, el cerebro, y la única que salía beneficiada con él.

Pero si Spoel decía la verdad, entonces Laura Baines no necesitaba a Flynn como cómplice. Si llegó allí por casualidad tras la agresión, se encontraría al profesor tirado en el suelo y podría haber aprovechado la oportunidad para robar el manuscrito, y después, al marcharse, cerrar la puerta acristalada por la que había escapado Spoel y la puerta principal. Derek Simmons declaró que por la mañana, al llegar a casa del profesor, se encontró todas las puertas y ventanas cerradas a cal y canto.

Después recordé otro detalle importante, algo que recogía el informe del forense. Al juez de instrucción le había sorprendido una cosa: de todos los golpes que recibió Wieder durante la agresión, solo uno resultó fatal. Fue posiblemente el último golpe, el de la sien izquierda, propinado cuando la víctima ya estaba en el suelo, seguramente inconsciente. Spoel dijo que había envuelto el bate con una toalla. Pero un bate cubierto con una toalla no sería un arma tan mortífera. ¿Y si el último golpe, el que mató a Wieder, se lo había asestado una persona diferente?

Matt llegó unos minutos más tarde y recorrimos el mismo camino para salir. Dejé los cigarrillos para Frank Spoel en la entrada y nos dirigimos al aparcamiento. El cielo se había despejado y se extendía sobre la pradera sin la más mínima sombra de nube. Un halcón planeaba en el aire y de vez en cuando dejaba escapar un penetrante chillido.

—¿Te encuentras bien, tío? —me preguntó Matt—. Estás más blanco que un fantasma.

—Perfectamente. Seguro que el aire de ahí dentro no me sienta bien. ¿Conoces algún restaurante bueno por los alrededores?

—Está el Bill's Diner, a unos cinco kilómetros de aquí, en la I-55. ¿Quieres que vayamos?

—¿No te he dicho que te iba a invitar a comer? Me quedan un montón de horas para el vuelo.

Condujo en silencio hasta el local del que me había hablado, mientras yo rumiaba la historia de Spoel.

Me resultaba extraño que su confesión no encajase con la historia de Derek Simmons. Simmons también afirmaba haberse escondido en el patio trasero. Si las cosas habían ocurrido así, era imposible que él y Spoel no se hubiesen visto. El patio trasero era grande, pero el único lugar donde podías esconderte sin que te viesen desde dentro, y al mismo tiempo mirar por la ventana del salón, era un rincón a la izquierda, en el lateral opuesto al lago, donde entonces había unos pinos enanos decorativos, de unos tres metros de altura, y una mata de magnolias.

—Estás pensando en lo que te ha contado ese tío, ¿no? —preguntó Matt mientras entrábamos en el aparcamiento frente al restaurante.

Asentí.

—No puedes estar seguro de que no sea una sarta de mentiras. Esos tíos sueltan mierdas así solo para conseguir unos pitillos. A lo mejor se lo ha inventado todo para que le hagan caso, o igual espera que pospongan la ejecución si se reabre el caso Wieder. El asesinato se cometió en otro estado, así que tal vez tenga la esperanza de que lo manden a Nueva Jersey para juzgarlo por el crimen, lo que significa años de juicio y más impuestos tirados por la borda. Su abogado ya ha hecho alguna intentona de ese tipo, pero no ha habido suerte. De lo cual me alegro, si quieres que te diga la verdad.

—¿Y si no está mintiendo?

Salimos del coche. Matt se quitó la gorra de béisbol y se pasó la mano por el pelo plateado antes de ponérsela de nuevo.

—Mira, le he estado dando vueltas a los del tío ese de California, el que está escribiendo ese libro sobre asesinos. Llevo toda la vida viviendo entre criminales. Al principio, intentando meterlos en la cárcel; luego intentando que se quedaran en ella hasta que el jurado y el juez decidiesen. Los conozco bien, y no hay mucho que decir sobre ellos: algunos nacen así, igual que otros nacen con talento para el dibujo o el baloncesto. Claro que todos llevan una historia triste a la espalda, pero me importa un carajo.

Entramos en el restaurante y pedimos la comida. Durante el almuerzo estuvimos de cháchara, ni siquiera mencionamos a Spoel. Cuando terminamos, me preguntó:

—¿Y a ti qué te ha dado con todo esto? ¿No tienes nada mejor que hacer?

Decidí contarle la verdad. Matt no era una persona que mereciese que le mintieran, y estaba seguro de que no me miraría con aquella expresión de lástima que tan mal se me daba soportar.

—Hace unos seis meses fui al médico —le dije—. Había empezado a olvidar cosas, sobre todo nombres de calles, pese a que yo siempre había tenido buena memoria. Intenté ejercitarla: recordar quién actuaba en tal película, quién cantaba tal canción, cuál había sido el marcador final de tal partido, cosas así. Me di cuenta de que también me costaba recordar los nombres, así que fui al médico. Me hizo algunas pruebas, me preguntó de todo, y dos semanas más tarde me dio la gran noticia.

—No me digas que…

—Vale, no te lo digo.

Me echó una mirada, así que proseguí.

—Pues sí, es Alzheimer, en fase precoz. Todavía no se me ha olvidado ir al baño, ni lo que comí ayer por la noche. El médico me dijo que mantuviese el cerebro activo, que hiciese ejercicios: me dio un libro y unos vídeos que me ayudarían. Pero de repente me acordé del periodista al que le interesaba el caso Wieder. Me fui al departamento y cogí algunos papeles del archivo. Él me mandó lo que había descubierto, así que me pareció una buena idea mantener el cerebro ocupado con una cosa así, algo interesante de veras, importante, en lugar de intentar acordarme de partidos antiguos. Luego me di cuenta de que siempre pensé que la había cagado con aquel caso, porque entonces yo no era más que un borracho asqueroso. Así que entonces te llamé y vine.

—No estoy seguro de haber hecho lo correcto al remover la mierda de este modo. Yo solo te lo conté por hablar, no esperaba que vinieras y todo eso. Siento muchísimo el rollo del…

—Para mí es importante saber qué ocurrió y cómo dejé que se me escapase el asesino. Dentro de uno o dos años, seguro que no más de tres, ya no sabré quién era Wieder ni me acordaré de que fui policía. Estoy intentando subsanar el error que cometí, limpiar la mierda que dejé atrás, y por la cual todavía sigo pagando.

—Me parece que eres muy duro contigo mismo —dijo Matt, llamando a la camarera para pedirle que nos trajese más café—. Todos pasamos por buenas y malas rachas. No recuerdo que incumplieses tu deber ni una sola vez. Todos te respetábamos, Roy, y pensábamos que eras un buen hombre. Vale, sabíamos que te gustaba echar un trago de vez en cuando, pero teníamos que protegernos lo mejor que podíamos de las cosas que pasaban a nuestro alrededor, ¿no? Deja en paz el pasado y empieza a cuidarte.

Hizo una pausa antes de preguntar:

—¿Te han puesto un tratamiento? Me refiero al doctor. ¿Pastillas y esas cosas?

—Estoy tomando unas pastillas. Hago todo lo que me dice el doctor, pero no albergo demasiadas esperanzas. He estado leyendo sobre el Alzheimer en la red, así que ya sé que no tiene cura. Es solo una cuestión de tiempo. Cuando ya no sea capaz de cuidar de mí mismo, iré a un asilo de ancianos.

—¿Estás seguro de que no quieres quedarte a pasar la noche? Podríamos hablar un poco más.

—Perdería dinero si cambiase ahora el billete. Pero quizá vuelva más adelante. No tengo mucho más que hacer.

—Siempre eres bienvenido, ya lo sabes. Pero basta de visitas a la cárcel.

—Lo prometo.

Me llevó al aeropuerto. Tenía la extraña sensación de que era la última vez que lo veía, a pesar de nuestra conversación, y cuando se dirigió de vuelta hacia la salida lo observé surcar la multitud como un crucero entre botes de remo hasta que desapareció en el exterior.

Tres horas más tarde aterricé en Newark y tomé un taxi a casa. Por el camino, el conductor puso un cede de los Creedence Clearwater Revival y mientras lo escuchaba intenté recordar mis primeros días junto a Diana: cómo nos conocimos en un pícnic; cómo había perdido su número y me topé con ella por casualidad al salir del cine con unos amigos; cómo hicimos el amor por primera vez en un motel de la bahía de Jersey. Por extraño que parezca, aquellos recuerdos me resultaban más vívidos que la visita que acababa de realizar a Potosi.

Ya hacía tiempo que había notado que, cuando estás obsesionado con algo, una parte de tu cerebro no deja de rumiarlo aun cuando estés pensando en otra cosa. Pagué al taxista y, al abrir la puerta de casa, decidí que la historia de que Spoel había matado a Wieder era verdadera –tenía que serlo, no tenía nada que perder– y que por alguna razón Derek Simmons me había mentido cuando le había interrogado hacía casi treinta años. Ahora solo quedaba averiguar por qué.

3

Le hice una visita a Simmons dos días después, tras llamarlo por teléfono. Encontré su dirección entre los papeles que me había dado John Keller. Simmons vivía cerca del Departamento de Policía de Princeton, y llegué a su casa alrededor de las tres de la tarde, justo cuando unos nubarrones descargaban lluvia sobre los tejados.

Antes de la visita intenté recordar su cara, pero no fui capaz. Rondaba la cuarentena cuando investigábamos el caso, así que esperaba encontrarme con un hombre bastante hecho polvo. Estaba equivocado: si obviabas las profundas arrugas de su cara y el pelo blanco, parecía mucho más joven.

Me presenté y me dijo que me recordaba vagamente: el tío que tenía pinta de cura, no de poli. Le pregunté dónde estaba la mujer que mencionaban las notas de Keller, Leonora Phillis, y me contestó que se había marchado a Luisiana a cuidar a su madre, porque la habían operado.

Nos dirigimos al salón y yo me senté en el sofá mientras Simmons me traía una taza de café con sabor a canela. Me explicó que era un truco que había aprendido de Leonora, una técnica cajún. Él también se preparó un café y encendió un cigarrillo mientras se acercaba un cenicero ya lleno.

–No creo que le hubiese reconocido si me hubiese encontrado con usted por la calle –señaló–. Si quiere que le diga la verdad, intenté olvidar todo lo que había ocurrido. ¿Sabe que hace un par de meses apareció por aquí un periodista para hacerme preguntas del caso?

–Sí, lo sé, yo también hablé con él.

Le conté la historia de Frank Spoel, recurriendo a las notas de la libreta que usaba para organizar la información que tenía, como en los viejos tiempos. Me escuchó con atención, sin interrumpirme, dando de vez en cuando un sorbo al café y encendiéndose un cigarrillo después de otro.

Cuando terminé no hizo ningún comentario, se limitó a preguntarme si quería más café. El cenicero estaba tan lleno de colillas que parecía a punto de derramarse sobre la mesa de caoba que había entre nosotros.

–¿Entiende ahora por qué quería hablar con usted? –le pregunté.

–No –respondió con calma–. Nadie me ha preguntado nada durante casi treinta años, y ahora todo el mundo quiere saber. No lo entiendo, la verdad. No me hace ninguna gracia hablar de lo que ocurrió entonces. El profesor era el único amigo que tenía.

–Derek, ¿recuerda lo que declaró en su momento? ¿Y lo que le dijo al periodista hace poco?

–Claro.

–Lo que dice usted no concuerda con lo que me contó Spoel. Él afirma que la noche del crimen estaba escondido en el patio de detrás de la casa. Usted declaró haberse escondido allí a la misma hora, a las nueve. ¿Cómo pudieron no verse? Usted declaró que el profesor estaba allí con Laura Baines, y con Richard Flynn, que entabló una discusión con Wieder; dijo que luego Laura se marchó, aunque más tarde vio el coche aparcado por allí cerca. Pero Spoel no mencionó a Laura Baines. Afirma que el profesor estaba con Richard Flynn, y que no observó ninguna discusión entre ellos.

Había anotado en la libreta todas las discrepancias entre las dos versiones punto por punto.

—¿Y qué? —adujo él sin mostrar ningún interés—. A lo mejor el tío ese, después de tanto tiempo, se ha olvidado de lo que pasó, o a lo mejor está mintiendo. ¿Por qué iba a creerlo a él y no a mí? ¿Qué es lo que quiere de mí?

—No es difícil de adivinar —contesté—. Uno de los dos no me cuenta la verdad, y ahora mismo me inclino a pensar que es usted. Lo que me interesa es saber por qué iba usted a mentirme.

Me dirigió una sonrisa carente de humor.

A lo mejor no es que le esté mintiendo, sino que no me acuerdo bien de esa noche. Soy viejo: ¿no es normal que se te olviden cosas al hacerte viejo?

—No hablo solo de lo que le dijo a Keller hace un par de meses, sino también de lo que le contó a la policía entonces, inmediatamente después del asesinato —dije—. Las dos versiones son prácticamente idénticas. Y le dijo a Keller que Wieder y Laura tenían una aventura, ¿lo recuerda?

—A lo mejor sí la tenían. ¿Cómo sabe usted que no?

—Es usted la única persona que afirmó entonces que Laura Baines y el profesor eran amantes. Y como Flynn estaba enamorado de ella, les habría dado a los investigadores una razón para suponer que el chico había matado a Wieder en un ataque de celos, lo cual constituye un posible móvil.

—Es lo que siempre he creído, que eran amantes. Y sigo pensando que Richard solo fingió marcharse aquella noche, pero que luego volvió y asesinó al profesor. Que no pudiesen ustedes probarlo es su problema, ¿no? En cuanto a la relación que mantenían, quizá no le preguntó a quien debía.

—Usted no estaba escondido detrás de la casa aquella noche, ¿verdad, Derek? ¿Por qué intentó incriminar a Flynn?

De repente mostró enfado y agitación.

—Oiga, yo no intenté incriminar a nadie. Todo ocurrió exactamente como le dije: estaba allí y los vi a los tres en el salón.

—O sea que me está diciendo que se pasó dos horas de pie en la nieve, ¿no? ¿Qué llevaba puesto?

—¿Yo qué coño sé? No me acuerdo.

—¿Cómo es que no vio a Spoel y él no lo vio a usted?

—Quizá él esté mintiendo y no estaba allí, o quizá se equivocó de hora. ¿A mí qué me cuenta?

—¿Por qué dijo que Laura Baines estaba allí?

—Porque la vi, y tenía el coche aparcado cerca. Oiga, me está haciendo repetir las mismas cosas como si fuese un loro.

Se puso en pie bruscamente.

—Lo siento, pero le prometí a un cliente que terminaría de arreglarle el coche esta tarde. Está en el garaje. Me tengo que ir. No me apetece hablar con usted; no se lo tome a mal, pero no me gusta su tono. Es hora de jugar. Gracias por su colaboración.

—¿Qué ha dicho?

—Los Yankees contra los Orioles de Baltimore: yo estaba allí cuando el locutor lo dijo, después de que el receptor, Thurman Lee Munson, muriese en un accidente de avión. Y ahora le advierto de que no voy a hablar con nadie sobre Wieder a no ser que esa persona traiga una orden. Lo acompaño a la puerta.

Me marché sintiéndome ridículo, como un crío jugando a los detectives al que uno de los «sospechosos» acabara de echar de su casa. Antes era poli, pero aquello era agua pasada. Ahora no era más que un viejo haciendo el tonto, sin distintivo ni pistola en el cinturón. Me metí en el coche y arrojé la libreta de espiral en la guantera.

Al girar en Valley Road, mientras los limpiaparabrisas apenas daban abasto con el chaparrón, me pregunté adónde quería ir a parar con toda aquella historia. Estaba casi seguro de que Derek estaba mintiendo, y de que también había mentido en la declaración que había hecho inmediatamente después del asesinato, pero no podía hacer nada al respecto. Matt me había contado que el abogado de Spoel había intentado reabrir el caso, pero en vano. Yo no era más que un expoli senil haciendo el payaso.

Los días siguientes los pasé trabajando en la reparación del techo de mi casa y pintando el salón mientras le daba vueltas al caso.

El sábado limpié el patio trasero y el domingo crucé el río para visitar a un viejo compañero en la ciudad, Jim Foster, que había sobrevivido a un ataque al corazón y al que habían dado el alta del hospital un par de semanas antes. Hacía un día precioso, así que fuimos a dar un paseo y luego nos sentamos a comer en un restaurante cerca de Lafayette Street. Me contó con pelos y señales la drástica dieta que llevaba. Le pregunté si recordaba algo sobre el caso de Joseph Wieder y lo pillé un poco por sorpresa; no le sonaba el nombre.

—Aquel profesor de Princeton al que asesinaron en su casa en diciembre de 1987. Un preso del corredor de la muerte de la prisión de Potosi, Missouri, afirma que lo mató él. El tío se llama Frank Spoel y no tenía más de veintidós años en aquella época. Yo me encargué del caso entonces.

—Nunca me ha gustado el nombre «Frank» —dijo con la vista puesta en las salchichas italianas de mi plato—. De niño leí *Lo que el viento se llevó*; había un personaje llamado Frank al que le cantaba el aliento. No sé por qué se me quedó grabado ese detalle, pero siempre lo recuerdo cuando oigo el nombre. ¿Por qué te sigue interesando esa historia?

—¿Te has ocupado alguna vez de un caso que te obsesionase, uno del que te sigues acordando por muchos años que hayan pasado?

—Me he encargado de muchos casos, Roy.

—Sí, ya lo sé, pero después de tantos años me he dado cuenta de que este caso sigue perturbándome. Me refiero a que tengo la sensación de que hay algo más, algo importante, esperándome, ¿me entiendes? No te hablo de mierdas tipo *Ley y orden*, sino de justicia, de la sensación de que si fracasaba, era para siempre.

Se quedó pensando unos minutos.

—Creo que sé de qué me hablas… Después de trasladarme al Departamento de Policía de Nueva York en los noventa, trabajé en narcóticos durante un tiempo. Era cuando colaborábamos con los federales, luchando contra la mafia irlandesa de Hell's Kitchen y los chicos de Gotti. No nos daba tiempo a aburrirnos. La ex de un pez gordo irlandés, una chavala que se llamaba Myra, nos dijo que estaba dispuesta a largar si le ofrecíamos protección. Quedé con ella en un bar llamado Full Moon de la calle Cuarenta y tres Oeste. Fui con un compañero, Ken Finley, que murió en un tiroteo con unos nicaragüenses en Jersey al año siguiente. Bueno, pues la chica apareció, pedimos las bebidas, y le dije en qué consistía el programa de protección de testigos, por si realmente quería trabajar con nosotros. Luego dijo que tenía que ir al aseo, así que esperé. Mi compañero y yo nos quedamos allí sentados unos diez minutos antes de darnos cuenta de que pasaba algo. Le pedí a la camarera que me dejara pasar al aseo de mujeres y la busqué, pero no estaba allí. Al final hablé con el encargado y lo registramos todo. Nada de nada. No había ventanas y las únicas salidas eran el váter o el respiradero, por el que no cabía ni un niño pequeño. No entendíamos qué estaba pasando: nuestra mesa estaba junto al aseo, así que si hubiese salido la habríamos visto. Además, aquel tugurio estaba casi vacío, y nadie más había entrado ni salido del baño mientras tanto.

—Qué cosas… ¿Te enteraste alguna vez de lo que había ocurrido?

Sacudió la cabeza.

—Igual no me apetecía pensarlo mucho. Todavía me pone los pelos de punta. Era como si se hubiese esfumado, a tan solo unos metros de mí, y yo no hice nada. Nunca la encontraron, ni viva ni muerta. Durante años me he exprimido el cerebro intentando entender cómo ocurrió. Seguramente todo policía lleva una cruz parecida a la espalda, Roy. A lo mejor no deberías darle tantas vueltas a la tuya.

Tras acompañar a Jim a casa, fui al aparcamiento donde había dejado el coche. Al pasar por la librería McNally Jackson, vi un pequeño cartel que anunciaba que la profesora Laura Westlake iba a dar una conferencia allí el miércoles por la tarde, es decir, al cabo de tres días. No me habría atrevido a acercarme a ella en privado, así que pensé que quizá podríamos intercambiar unas palabras tras la firma de libros. El hecho de haberme encontrado con aquel cartel me parecía una especie de señal, así que decidí arriesgarme.

En el cartel no había foto, así que aquella noche intenté encontrar una por internet. La recordaba vagamente: una joven alta, delgada y segura de sí misma, que entonces respondió a todas las preguntas del interrogatorio con calma. Pero no conseguía acordarme de su cara. Encontré unas cuantas fotos recientes y las observé durante un par de minutos, reparando en la frente alta, la mirada fría y la expresión dura de la boca. En muchos aspectos no era guapa, pero entendía por qué Richard Flynn se había enamorado perdidamente de ella.

Tres meses antes, a petición de John Keller, había acudido a los archivos del Departamento de Policía de West Windsor para sacar algunas copias de los documentos del caso Wieder. Ahora me dirigía al Departamento de Policía de Princeton para preguntar por el caso Simmons, en el que habían acusado a Derek de asesinar a su esposa. Richard Flynn mencionaba el caso en su manuscrito, aunque solo de pasada, para decir que conocía los detalles por Laura Baines. No había nada de malo en echarle un vistazo al archivo. El asesinato había tenido lugar en 1982, unos años después de que me trasladasen al Departamento de West Windsor.

Hablé por teléfono con el jefe Brocato, a quien conocía de la época en que trabajábamos juntos, y me dejó hojear los archivos sin hacerme demasiadas preguntas. Un tío de recepción me dio una acreditación de visitante, y luego bajé al sótano, donde se guardaban los archivos, junto al almacén de pruebas.

En lo referente a la disposición de los archivos, nada había cambiado desde que yo había trabajado allí. Un agente mayor, Val Minsky, al que también conocía, me plantó una vieja caja de cartón en los brazos y me llevó a una oficina improvisada donde había una mesa con una lámpara, una vieja y cansada fotocopiadora Xerox, dos sillas y varios estantes vacíos. Me dijo que me tomase todo el tiempo que necesitara para mirar el papeleo que había pedido, y, tras aclarar que estaba prohibido fumar, me dejó.

Durante la hora siguiente, mientras leía el archivo, me dije que el resumen de Flynn, aunque breve, era preciso.

Derek Simmons nunca reconoció el asesinato, y el fallo del juez fue no culpable, alegando enajenación a raíz de un reconocimiento que llevó a cabo Joseph Wieder. Tras el arresto, habían encerrado a Simmons en la Prisión Estatal de Nueva Jersey, y después lo internaron en el Hospital Psiquiátrico de Trenton, donde ocurrió el accidente que le causó amnesia.

Un año después, una vez recuperado físicamente, lo trasladaron al Hospital Psiquiátrico de Marlboro, y dos años más tarde fue puesto en libertad. Fue también Joseph Wieder quien escribió la evaluación que llevó al juez a trasladar a Simmons a Marlboro y más tarde a dejarlo libre. En el archivo no quedaba más que un documento posterior a su libertad sin cargos: la orden del juez, de 1994, que revocaba la supervisión, también a raíz de una evaluación psiquiátrica.

Anoté los nombres de los otros dos expertos que firmaban junto con Wieder el informe que sacó a Simmons de la cárcel en 1983. Una se llamaba Lindsey Graff; el otro, John T. Cooley.

Luego me fijé en una lista de números de teléfono.

A Simmons no lo arrestaron de inmediato; al contrario, lo detuvieron ocho días después de la muerte de su esposa. La lista contenía los números de las llamadas hechas y recibidas en el fijo de la familia Simmons desde una semana antes del asesinato hasta el arresto de Derek. Copié la lista y la metí en mi maletín.

Uno de los colegas que se había ocupado del caso Simmons, Nicholas Quinn, había muerto en los noventa de un ataque al corazón. El otro tío que aparecía en los papeles seguramente se había incorporado al departamento después de que yo me marchase. Se llamaba Ian Kristodoulos.

Le devolví la caja de papeles al agente Minsky, que me preguntó si había encontrado lo que buscaba.

—Pues no lo sé todavía —dije—. ¿Tú no conocerás al inspector Kristodoulos, uno de los tíos que trabajaron en el caso? Yo conocía al otro, a Quinn, pero lleva como quince años muerto.

—Claro que lo conozco. Lo trasladaron al Departamento de Policía de Nueva York hace unos cinco años.

—¿Tienes idea de cómo podría dar con su número?

—Espera un segundo.

—Muchas gracias, Val.

—Lo que sea por un compañero.

Minsky hizo unas cuantas llamadas, salpicadas de chistes sobre maridos cornudos y madres borrachas, durante los cuales no dejaba de mirarme como si tuviese un tic. Al final, su cara arrugada y enrojecida dejó entrever una expresión triunfante, y escribió un número de teléfono móvil en un pósit que me tendió.

—Se ve que todavía no se ha jubilado. Está en el distrito 67 de Brooklyn, en Snyder Avenue. Este es el número.

Apunté el número de Kristodoulos en mi móvil, le di las gracias a Minsky y me largué.

Quedé con Ian Kristodoulos aquella misma tarde en una cafetería cercana a Prospect Park, y mientras tanto intenté localizar a los dos peritos judiciales.

Tras buscar bastante en la red, averigüé que había una psiquiatra llamada Lindsey Graff que tenía consulta en la ciudad, en la calle Cincuenta y seis Este. La consulta también tenía una web, así que le eché un vistazo a la biografía de la señorita Graff. Había un 99 por ciento de posibilidades de que hubiese dado con la persona adecuada: entre 1981 y 1985, Lindsey Graff trabajó como perito en la Oficina Estatal de Exámenes Forenses, tras lo cual impartió clases en la Universidad de Nueva York durante seis años. Abrió la clínica en 1998 junto con dos compañeros.

Llamé a la consulta e intenté que me diesen una cita, pero la secretaria me dijo que la doctora Graff no estaría disponible hasta mediados de noviembre, más o menos. Le dije que tenía un problema especial y que deseaba hablar con la doctora Graff por teléfono. Le dejé mi número y me dijo que le haría llegar mi mensaje.

Aún no había conseguido localizar a John T. Cooley cuando llegué a donde había quedado con Kristodoulos aquella tarde. Era un tipo bajo y corpulento de pelo oscuro, de esos a los que una hora después de afeitarse ya les ha salido barba como de un día. Durante la siguiente hora me contó con tono de pocos amigos lo que recordaba del caso Simmons.

—Fue mi primer caso importante —dijo—. Llevaba un año y medio en el departamento y hasta entonces solo me había ocupado de asuntos menores. Cuando ocurrió le pedí a Quinn que me escogiese de compañero. Ya sabes, nunca se olvida el primer caso de asesinato, igual que nunca se olvida a la primera novia. Pero aquel cabrón de Simmons salió bien parado.

Dijo que nunca había albergado la menor duda de que Simmons había matado a su mujer, y que el móvil era que ella tenía una aventura. Simmons parecía cuerdo, y era astuto, y el resultado de la evaluación psiquiátrica había dejado asqueado a todo el departamento.

—Había pruebas sólidas, así que si hubiese llegado a juicio le habrían echado la perpetua sin libertad condicional, sin duda. Pero no podíamos hacer nada. Así es la ley: nadie puede pasar por encima del veredicto de un perito. Lo internaron en el psiquiátrico y salió al cabo de un par de años. Pero creo que Dios no estaba echándose la siesta, porque por lo visto un tío le dio un golpe en la cabeza mientras estaba allí y al final sí que se volvió loco. La ley la cambiaron solo un año después, en 1984, después de que declararan no culpable alegando enajenación al tío que intentó matar al presidente Reagan; entonces el Congreso aprobó la Reforma de la Ley de Defensa por Demencia.

Tras dejar a Kristodoulos y llegar a casa, seguí buscando algún rastro de Cooley, pero sin éxito. Lindsey Graff no me llamó, pero tampoco lo esperaba.

Alrededor de las diez de la noche, mientras veía un episodio antiguo de *Dos hombres y medio*, llamó Diana.

—Me prometiste hacerme el favor que te pedí —dijo una vez que intercambiamos los saludos de rigor.

Hacía dos o tres semanas que habíamos hablado.

Recordé a qué se refería: tenía que localizar un certificado de una empresa para la que ella había trabajado hacía años; lo necesitaba para solicitar la jubilación. Farfullé una excusa y prometí hacerlo al día siguiente.

—Solo quería comprobarlo —dijo—. No tengo prisa. A lo mejor podría escaparme una semanita y hacerlo yo misma en los próximos días. ¿Qué tal estás?

Cada vez que oía su voz me daba la sensación de que acabábamos de romper hacía unos días. Le dije que estaba bien, que le conseguiría el certificado, pero que se me había olvidado y me acababa de acordar. Y entonces comprendí por qué me había llamado en realidad. Le dije:

—Te ha llamado Matt, ¿a que sí?

No dijo nada durante un par de segundos.

—Ese bocazas no tenía ningún derecho a…

—Roy, ¿es verdad? ¿No hay ninguna duda al respecto? ¿Has pedido una segunda opinión? ¿Necesitas que te ayude en algo?

Me sentí violento, como si Diana se hubiese enterado de algo vergonzoso de mí. Le dije que nunca sería capaz de aceptar su compasión. Y que no creía que lo mejor para ella fuese pasar sus últimos años con un zombi que ni siquiera se acordaba de su propio nombre.

—Dee, no quiero hablar del asunto. Ni ahora ni nunca.

—Me gustaría ir a verte un par de días. No tengo otra cosa que hacer aparte de rellenar la maldita solicitud, y hasta eso puede esperar.

—No.

—Por favor, Roy.

—Vivo con alguien, Dee.

—Pues nunca has mencionado nada hasta ahora.

—Se mudó la semana pasada. Nos conocimos hace dos meses. Se llama Leonora Phillis; es de Luisiana.

—Leonora Phillis de Luisiana... Ya podrías haber dicho Minnie Mouse, de Disneylandia. No te creo, Roy. Has vivido solo desde que nos separamos.

—En serio, Dee.

—¿Por qué haces esto, Roy?

—Tengo que colgar, lo siento. Te conseguiré el certificado, te lo prometo.

—Voy a ir, Roy.

—No lo hagas, Dee. Por favor.

Colgué, me tumbé en el sofá y apreté los párpados hasta que me dolieron y los ojos empezaron a humedecerse.

Las parejas interraciales no eran muy comunes a principios de la década de los setenta, ni siquiera en el nordeste del país. Recuerdo las miradas que nos echaban cuando entrábamos en un bar, algunas hostiles, algunas indignadas. También había miradas de complicidad, como si Diana y yo nos hubiésemos enamorado solo para demostrar algo. Ambos tuvimos que enfrentarnos a ello, y al menos yo pude consolarme pensando que nunca tuve que pasar las navidades con mis suegros en Massachusetts. Pero luego lo perdí todo cuando empecé a darle a la botella. Cuando bebía no es que fuera grosero, es que era malvado. Me gustaba insultarla, echarle la culpa de todo, decirle lo que sabía que le dolería más. E incluso después de tanto tiempo, cuando recordaba cómo era yo entonces, se me revolvía el estómago de asco.

Olvidarme de todo aquello iba a ser la única cosa buena que traería la enfermedad: dejaría de pensar en aquellos años, porque no recordaría siquiera que habían existido.

Conseguí dejar de beber tres años después del divorcio, con la ayuda de muchas reuniones de Alcohólicos Anónimos y una temporada en una clínica de Albany; también tuve que recuperarme de dos duras recaídas. Pero sabía que seguía siendo alcohólico, y que lo sería hasta el final. Sabía que en el momento en que entrase en un bar y pidiese una cerveza fría o un Jack Daniel's, no podría parar. A veces me sentía tentado de hacerlo, sobre todo después de jubilarme, cuando pensaba que ya nada tenía importancia. Pero siempre me decía que era el suicidio más espantoso posible; había otras vías, más rápidas y limpias.

Me vestí y fui a dar un paseo por el parque, que quedaba a unos cien metros de mi casa. Estaba en una colina, y en medio había un gran claro con bancos de madera en los que me gustaba sentarme. Desde allí se veían las luces de la ciudad: me sentía como si flotase por encima de los tejados.

Me quedé allí una media hora, mirando cómo la gente paseaba al perro o atajaba para ir a la parada de autobús que había al pie de la colina. Luego caminé despacio hacia mi casa, preguntándome si habría cometido la mayor estupidez de mi vida al decirle a Diana que no viniese a verme.

4

El miércoles por la tarde llegué a la librería McNally Jackson a las 16.45, un cuarto de hora antes de que diese comienzo la charla. Laura Baines había publicado su nuevo libro sobre la hipnosis menos de un mes antes, y la conferencia de aquella tarde era parte de la gira promocional. Compré un ejemplar del libro y tomé asiento. Casi todas las sillas estaban ocupadas.

Aquella mañana me había detenido en la empresa cuyo certificado necesitaba Diana. Una empleada me prometió que lo enviaría adjunto en un correo al día siguiente, así que le mandé a Diana un mensaje para decirle que el problema quedaba solucionado. Pero no contestó, así que pensé que tendría el móvil apagado.

Laura tenía mejor aspecto que en las fotos que había encontrado por internet, y era obvio que no carecía de experiencia como oradora. La escuché con interés, aunque estaba sobre ascuas, preguntándome cuántos segundos tardaría en mandarme a tomar viento cuando supiera quién era yo y por qué estaba allí.

Terminó la conferencia, y tras un breve turno de preguntas se formó una cola para que firmase libros. Fui el último en tenderle un ejemplar y me miró interrogante.

—Freeman, Roy Freeman —dije.

—Para Freeman, Roy Freeman —repitió con una sonrisa, y luego firmó el libro.

—Gracias.

—Gracias a usted. ¿Es usted psicólogo por casualidad, señor Freeman?

—No, soy expolicía, de Homicidios. Investigué la muerte del profesor Joseph Wieder hace casi treinta años. Seguramente no se acuerda usted de mí, pero en aquel entonces fui yo quien la interrogó.

Se quedó mirándome, abrió la boca para decir algo y luego cambió de opinión; se pasó la mano izquierda por el pelo. Miró a su alrededor y vio que yo era la última persona esperando un autógrafo. Le puso la tapa al bolígrafo y lo metió en el bolso, que estaba en la silla contigua a ella. Una mujer de mediana edad que tenía el pelo teñido de violeta nos observaba con aire solícito desde unos metros de distancia.

—Creo que voy a dar un paseo con el señor Freeman —dijo a la mujer de pelo violeta, que la miró asombrada.

—¿Estás segura…?

—Estoy segura. Te llamo mañana por la mañana. Cuídate.

La ayudé a ponerse el abrigo, luego cogió el bolso y nos marchamos. Había oscurecido y el aire olía a lluvia.

—Debbie es mi agente —explicó—. A veces se comporta como una mamá oso, ya ve. ¿Le ha gustado la conferencia, señor Freeman?

—Ha sido muy interesante, de verdad.

—Pero no ha venido usted por eso, ¿no?

—Esperaba tener la oportunidad de hablar con usted unos momentos.

—Normalmente no accedo a hablar con nadie después de una conferencia, pero de algún modo es como si hubiese estado esperándolo.

Pasábamos por el café Zanelli's y aceptó mi invitación de entrar. Pidió un vaso de vino tinto y yo un café.

—Le escucho, señor Freeman. Cuando decidí hablar con un periodista de esta historia hace un par de meses, me di cuenta de que el cartero siempre llama dos veces. Sabía que iba a encontrarme con alguien que me preguntaría por una época muy lejana. Llámelo intuición femenina. ¿Sabe usted que Richard Flynn intentó escribir un libro sobre el caso Wieder?

—Sí, lo sé. Leí un extracto del manuscrito. John Keller, el mismo periodista, me dio una copia. Pero mientras tanto ha ocurrido algo, y es por eso por lo que quiero hablar con usted.

Le conté lo de Frank Spoel y su versión de lo que había ocurrido aquella noche. Me escuchó con atención, sin interrumpirme.

—Seguro que el periodista no me creyó cuando le dije que no mantenía una relación amorosa con Richard Flynn —dijo—, ni con el profesor Wieder, por supuesto. Pero, bueno, lo que dice ese hombre sí que parece encajar con lo que ocurrió aquella noche, ¿no?

—Doctora Westlake, no creo que Frank Spoel matase al profesor. Alguien que tenía las llaves de la casa entró mientras él estaba allí. El profesor seguía vivo en aquel momento. Esa persona casi se encontró cara a cara con Spoel, que consiguió escaparse por la puerta acristalada en el último momento. Repito: el profesor seguía vivo. Spoel solo quería darle una lección. Pero cuando un hombre está inconsciente en el suelo y le das un golpe en la cabeza con un bate de béisbol, significa que tienes intención de matarlo. En fin, la persona que apareció no llamó a una ambulancia. ¿Por qué? Yo creo que esa persona actuó como un depredador oportunista y aprovechó la situación. Wieder estaba inconsciente en el suelo y la puerta acristalada estaba abierta, con lo cual es posible que alguien entrase, lo golpease y se marchase. Esa persona habría sido acusada del asesinato.

—¿Y quiere preguntarme si yo era esa persona, el depredador oportunista, como lo ha llamado usted?

No contesté, así que prosiguió:

—Señor Freeman, yo no fui a casa del profesor aquella noche. Llevaba un par de semanas sin ir.

—Señora Westlake, su amiga, Sarah Harper, le proporcionó una falsa coartada y nos mintió. Y usted también nos mintió. John Keller habló con ella y me pasó sus notas. Harper ahora está en Maine, pero podría testificar si fuese necesario.

—Sospechaba que lo sabrían. Sarah era un ser humano de lo más frágil, señor Freeman. Si le hubieran apretado las tuercas entonces, se habría hundido y les habría dicho la verdad. Es el riesgo que asumía al pedirle que les dijese que habíamos estado juntas. Pero estaba intentando que no me sacaran en los periódicos y que no me acosara la prensa. No quería que hiciesen todo tipo de insinuaciones obscenas sobre el profesor y yo. Y ya está. No tenía miedo de que me acusaran del crimen, solo intentaba evitar un escándalo.

—Entonces ¿dónde estuvo usted esa tarde, después de las clases? Richard Flynn afirma en el manuscrito que no estaba usted con él. Y posiblemente tampoco estaba usted con su novio, Timothy Sanders, porque si no le habría pedido que testificara...

—Esa tarde estuve en una clínica de Bloomfield, donde me practicaron un aborto —dijo con brusquedad—. Timothy me había dejado embarazada justo antes de marcharse a Europa. Le di la noticia cuando regresó y no se mostró para nada entusiasmado. Yo quería solucionar el problema antes de ir a pasar las vacaciones a casa, porque estaba segura de que mi madre se daría cuenta de lo que pasaba. Ni siquiera le dije a Timothy adónde iba y fui sola a la clínica. Llegué tarde a casa y tuve una terrible pelea con Richard Flynn. No era bebedor, pero creo que estaba borracho. Había estado esa noche con el profesor y aseguraba que Wieder le había dicho que yo era su amante. Hice el equipaje y me marché a casa de Sarah. De todos modos, tenía pensado mudarme de allí después de las vacaciones. ¿Entiende por qué no quería decirle dónde había pasado el día, y por qué le pedí a Sarah que dijese que habíamos estado juntas? Estaba embarazada y corría el rumor de que tenía una aventura con el profesor, así que la prensa habría podido relacionar...

—El periodista, Keller, llegó a la conclusión de que robó usted el manuscrito de Wieder y lo publicó con su propio nombre.

—¿Qué manuscrito?

—El manuscrito de su primer libro, publicado cinco años después. En sus memorias, Flynn decía que usted le había hablado sobre un libro muy importante en el que estaba trabajando Wieder y que supondría un punto de inflexión, algo sobre la relación entre los estímulos mentales y las reacciones. En realidad, su primer libro trataba de ese tema, ¿no?

—Sí, así es, pero no le robé el manuscrito al profesor —dijo sacudiendo la cabeza—. El manuscrito del que habla usted ni siquiera existe, señor Freeman. Yo le había dado al profesor un resumen de mi tesis y los primeros capítulos. Él se entusiasmó con mi idea y me proporcionó algún material extra, tras lo cual las cosas se fueron complicando y él se creyó que aquel trabajo era suyo. Encontré la propuesta que le había enviado a una editorial, en la que aseguraba que el manuscrito estaba listo para su entrega. De hecho, ni siquiera tenía un proyecto de libro en sí mismo, solo los capítulos de mi trabajo y una mezcla incoherente de fragmentos de sus libros anteriores...

—¿Puedo preguntarle cuándo y cómo encontró la propuesta de la que habla?

Tomó un sorbo de vino, se aclaró la garganta y luego dijo:

—Wieder me pidió que le ordenase unos papeles y supongo que, sin darse cuenta, dejó entre ellos la propuesta.

—¿Y eso cuándo fue? Porque acaba de decirme que llevaba tiempo sin pasar por allí.

—Bueno, no recuerdo cuándo encontré la propuesta, pero aquella fue la razón principal por la que evitaba visitarle. Tenía discrepancias con la gente con la que trabajaba y era incapaz de concentrarse en terminar otro libro. Al mismo tiempo, quería impresionar a la universidad donde iba a empezar a trabajar al año siguiente. Quería volver a Europa un tiempo.

—¿Y qué universidad era esa?

—Cambridge, me parece...

—¿Quién era la gente misteriosa para la que trabajaba?

—Bueno, no eran ni mucho menos tan misteriosos como al profesor le gustaba creer. Por lo que sé, colaboraba con el departamento de investigación de una agencia militar que quería estudiar los efectos a largo plazo de los traumas psicológicos que habían sufrido sujetos obligados a actuar en circunstancias extremas. En verano de 1987 expiró el contrato con la agencia. Punto final. Pero a veces el profesor tenía tendencia al dramatismo. En cierto modo, le gustaba creer que la agencia lo presionaba y acosaba por saber demasiado, y que estaba metido en todo tipo de asuntos secretos. Francamente, quizá era una manera inconsciente de compensar el hecho de que su carrera estaba en declive. Un par de años antes de la tragedia, la radio y los programas de entrevistas habían cobrado para él más importancia que su carrera científica. Le halagaba que la gente lo reconociera por la calle, y en la universidad se sentía superior al resto de los profesores. Se había convertido en una estrella, en otras palabras. Pero descuidaba la parte genuinamente importante de su trabajo, la académica, y sufría las consecuencias por ello, no tenía nada nuevo que aportar y comenzaba a darse cuenta.

—Pero Sarah Harper...

—Sarah tenía serios problemas, señor Freeman. No crea que se tomó un año sabático porque mataron al profesor Wieder. Vivimos un año juntas y yo la conocía bien.

—Vale, así que ¿el libro que publicó usted no era el proyecto de Wieder?

—¡Por supuesto que no! Publiqué mi libro cuando pude terminarlo, tras acabar mi tesis doctoral. Hoy creo que su concepción era torpe y me asombra la repercusión que alcanzó en su momento.

—Pero el primer capítulo de su libro es cien por cien idéntico al capítulo que el profesor le mandó a un editor. Keller consiguió una copia de la propuesta del profesor. Y usted ha afirmado que la vio.

—Eso es porque me lo había robado, ya se lo he dicho.

—Así que Wieder estaba a punto de robarle su trabajo... ¿Por qué no iba a intentar usted evitarlo? Cuando encontró la copia, él ya había enviado la propuesta al editor. Si no lo hubiesen matado, Wieder posiblemente habría publicado el libro con su nombre; el libro de usted, digo.

—Si hubiese acusado a un personaje tan importante de fraude intelectual, seguramente me habrían tomado por paranoica. Yo no era nadie, y él era uno de los psicólogos más reputados del país.

Tenía razón. Pero, por otra parte, era una persona muy decidida y estábamos hablando del trabajo de su vida, una oportunidad de que la reconocieran como la mejor. No me costaba imaginar hasta dónde podría haber llegado si alguien hubiese intentado perjudicarla de alguna manera, especialmente en lo relativo a su carrera.

—Vale, volvamos a la noche en que asesinaron al profesor. Aquella noche, tras discutir usted con Flynn y marcharse, ¿él se quedó en casa?

No respondió de inmediato.

—No —acabó diciendo—. Cogió el abrigo y se marchó de la casa antes que yo.

—¿Recuerda qué hora era?

—Yo llegué a casa hacia las ocho, y él llegó justo después de las diez. Creo que volvió a salir cerca de las once.

—Es decir, que le habría dado tiempo a regresar a West Windsor alrededor de la medianoche.

—Sí.

—¿Llamó a un taxi antes de salir?

—Seguramente, no me acuerdo.

—¿Se había peleado él con el profesor aquella noche?

—No lo recuerdo muy bien… Parecía muy enfadado. Cuando le dije que, si Wieder me hubiese pedido que me acostase con él probablemente lo habría hecho, pero que nunca me lo había pedido, se marchó dando un portazo. Era la verdad. Al principio me pareció gracioso que Richard estuviese enamorado de mí, pero acabó siendo un auténtico incordio. Me trataba como si lo estuviese engañando o algo así. Quería ponerle punto final a la historia de una vez por todas. Por desgracia, fue en vano. Después de eso me estuvo acosando mucho tiempo, aun después de que nos marchásemos de Princeton.

—Había papeles desperdigados por toda la casa y los cajones estaban abiertos, como si el asesino u otra persona hubiese estado buscando algo a toda prisa. Pero no fue Spoel, porque él se marchó por la puerta acristalada tras oír que alguien entraba. Vale, a lo mejor fue Flynn, que habría tenido tiempo de volver. Pero si fue así, ¿por qué le iban a interesar a él aquellos papeles?

—No lo sé, señor Freeman. Le he contado todo lo que recuerdo.

—Cuando la llamó el año pasado, ¿le confesó algo? ¿Le dijo algo que no supiese sobre lo que pasó aquella noche?

—No, no exactamente. Estaba alterado y no era muy coherente. Lo único que entendí fue que me acusaba de estar implicada en la muerte de Wieder, y de haberlo utilizado para conseguir mi sórdido objetivo. Daba más pena que miedo, la verdad.

Laura no había dicho ni una vez que sintiese el trágico final de Flynn, ni siquiera la muerte del profesor. Hablaba con voz seca y analítica, y supuse que llevaba los bolsillos repletos de respuestas cuidadosamente preparadas.

Salimos del bar y la ayudé a encontrar un taxi. Yo había estado a punto de olvidarme el libro firmado en la mesa, pero ella había sonreído, señalando que no era una lectura adecuada para los clientes del establecimiento.

—¿Qué pretende hacer ahora con toda esta historia? —me preguntó antes de subirse al taxi.

—No tengo ni idea —respondí—. Seguramente nada. Después de la confesión de Spoel, su abogado intentó en vano reabrir el caso. Lo van a ejecutar dentro de unas semanas… fin de la historia. Todo apunta a que el caso se quedará sin resolver.

Pareció aliviada. Nos dimos un apretón de manos y se metió en el taxi.

Miré el teléfono y me di cuenta de que había recibido un mensaje de Diana. Decía que llegaría a la noche siguiente y me daba el número de su vuelo. Le respondí que iría a buscarla al aeropuerto, me dirigí al aparcamiento donde había dejado el coche y conduje hasta casa.

A la mañana siguiente di por casualidad con el número de teléfono.

Había hecho una copia de la lista de llamadas efectuadas y recibidas en el teléfono de Derek Simmons antes y después del asesinato de su mujer, y decidí echarle un vistazo. Había veintiocho en total, organizadas en cinco columnas: número, dirección, nombre del titular, la fecha y la duración de la llamada.

Una de las direcciones me resultaba familiar y me llamó la atención, pero no me sonaba el nombre: Jesse E. Banks. La llamada había durado quince minutos y cuarenta y un segundos. Luego recordé a qué correspondía la dirección, así que comprobé unas cuantas cosas más. Era evidente que entonces, en 1983, aquel nombre y aquel número no habían sido relevantes para los investigadores, pero para mí resultaban de vital importancia. Sin embargo, en diciembre de 1987, cuando comencé a investigar la muerte de Wieder, no se me había pasado siquiera por la cabeza conectar un caso con otro, puesto que uno de ellos había tenido lugar cuatro años antes.

Me vino a la cabeza más tarde. Recordé la expresión que había usado Derek Simmons el otro día para poner fin a nuestra conversación, que en aquel momento me resultó curiosa, y busqué algunos detalles en la Wikipedia.

Me pasé las dos horas siguientes atando cabos sueltos de los dos casos, el caso Simmons y el caso Wieder, y todo empezó a encajar. Llamé a un ayudante de la oficina del fiscal del condado de Mercer y quedamos para mantener una larga charla, con todos mis papeles colocados sobre la mesa. Él llamó al jefe Brocato, arregló los detalles, y luego me fui a casa.

Yo tenía una Beretta Tomcat de calibre 32 guardada en el armario que había bajo las escaleras. La saqué de la caja; comprobé el seguro y el gatillo, y a continuación inserté el cargador de siete balas. Me la habían regalado en el departamento cuando me jubilé y nunca la había usado. Le limpié el aceite con un trapo y me la metí en el bolsillo de la chaqueta.

Aparqué cerca de comisaría y esperé diez minutos detrás del volante, diciéndome que aún estaba a tiempo de cambiar de opinión, darme la vuelta y olvidarme de todo. Diana llegaría en un par de horas, y yo ya había reservado una mesa en un restaurante coreano de Palisades Park.

Pero no podía dejarlo tal como estaba. Salí del coche y puse rumbo a la casa que había al final de la carretera. Una vieja canción de Percy Sledge me rondaba la cabeza: «The Dark End of the Street». La pistola que llevaba en el bolsillo no dejaba de golpearme contra la cadera, dándome la sensación de que iba a pasar algo malo.

Subí los escalones de madera y llamé al timbre. Derek Simmons abrió la puerta al poco y no pareció nada sorprendido al verme.

—Hombre, otra vez usted… Pase.

Giró sobre los talones y desapareció en el vestíbulo, dejando la puerta abierta.

Lo seguí, y cuando entré en el salón advertí dos grandes maletas y una bolsa de viaje junto al sofá.

—¿Se va a algún lado, Derek?

—A Luisiana. La madre de Leonora murió ayer, y ella tiene que quedarse para el funeral y para vender la casa. Dijo que no quería estar allí sola, así que pensé que un cambio de aires no me sentaría mal. ¿Café?

—Gracias.

Fue a la cocina, preparó el café y volvió con dos tazas grandes, una de las cuales colocó ante mí. Luego se encendió otro cigarrillo y me escudriñó con la expresión vacía de un jugador de póquer que intenta adivinar la mano de los demás.

—¿Qué quiere de mí esta vez? —preguntó—. ¿Lleva una orden en el bolsillo o solo está contento de verme?

—Ya le dije que me jubilé hace años, Derek.

—Hombre, nunca se sabe.

—¿Cuándo recuperó la memoria, Derek? ¿En 1987? ¿Antes? ¿O es que no la perdió nunca y todo era una farsa?

—¿Por qué me lo pregunta?

—«Es hora de jugar. Gracias por su colaboración.» Mencionó que estaba en el estadio cuando el locutor lo dijo, tras la ovación de ocho minutos en memoria de Thurman Lee Munson, que había muerto en un accidente de avión en Ohio. Pero eso fue en 1979, Derek. ¿Cómo sabía que en 1979 había estado en el Bronx, en el estadio, y que lo había oído con sus propios oídos?

—Ya le dije que después del accidente intenté aprenderlo todo sobre mí mismo y...

—Déjese de rollos, Derek. No se puede aprender una cosa así, uno solo puede recordarlo. ¿Llevaba un diario en 1979? ¿Lo había anotado? No lo creo. Y otra cosa: ¿por qué llamó a Joseph Wieder la mañana en que supuestamente encontró el cuerpo de su mujer? ¿Cuándo lo conoció en realidad? ¿Cómo y cuándo se puso de acuerdo con él para conseguir una evaluación psiquiátrica a su favor?

Durante un momento se limitó a quedarse sentado, fumando y mirándome fijamente, sin decir nada. Parecía sereno, pero las arrugas de su cara se veían más profundas de lo que yo recordaba.

—¿Lleva un micrófono?

—No.

—¿Le importa que lo compruebe?

Me puse de pie y abrí las solapas de la chaqueta; después me desabotoné despacio la camisa y me di la vuelta.

—¿Lo ve, Derek? Nada de micros.

—Vale.

Volví a sentarme en el sofá y esperé a que empezase a hablar. Estaba convencido de que llevaba mucho tiempo esperando a contarle toda la historia a alguien. Y también estaba convencido de que, una vez que dejase la ciudad, no volvería nunca. Había conocido a muchos tipos como él. Llega un momento en que sabes que la persona que se halla ante ti está lista para decir la verdad, y en ese momento es como si oyeses un clic, como cuando aciertas con la combinación de una caja fuerte. Pero no se pueden forzar las cosas. Hay que dejar que sigan su curso.

—Diablo de poli... —Hizo una pausa—. ¿Cómo se ha enterado de que hablé con Wieder por teléfono aquella mañana?

—He mirado la lista de llamadas. Wieder acababa de comprar la casa y el número de teléfono todavía no había pasado a su nombre. El propietario anterior, un tío llamado Jesse E. Banks, falleció, y una agencia inmobiliaria se encargó de vender la casa. La policía que comprobó las llamadas se encontró en un callejón sin salida, así que lo dejaron. Aunque hubiesen llegado a dar con el nombre de Wieder, en aquel momento no tenía ninguna relevancia para el caso. De todos modos, cometió una imprudencia. ¿Por qué llamó a Wieder desde su fijo, Derek? ¿Es que no había cabinas por allí cerca?

—No quería salir de casa —dijo apagando el cigarrillo, que se había fumado hasta el filtro—. Me daba miedo que me viesen. Y tenía que hablar con él en ese momento. No sabía si me arrestarían en cuanto llegase la patrulla.

—La mató usted, ¿no? Me refiero a su mujer.

–No, no, aunque se lo habría merecido. Ocurrió justo como lo conté: me la encontré en un charco de sangre. Pero sabía que me engañaba…

En la hora y media posterior me contó la siguiente historia: después de que lo internaran en el hospital psiquiátrico en su último año de instituto, su vida quedó destrozada. Todo el mundo pensaba que estaba loco, y sus compañeros evitaban juntarse con él. Abandonó la idea de ir a la universidad y consiguió un trabajo que no necesitaba cualificación. Su padre había puesto pies en polvorosa. Como su madre murió cuando él era muy pequeño, se hallaba completamente solo, y durante más o menos diez años vivió como un robot, bajo tratamiento médico. Le dijeron que tendría que seguir medicándose durante el resto de su vida, pero los efectos secundarios eran muy desagradables. Al final dejó de tomar las pastillas.

Entonces conoció a Anne, nueve años después de terminar el instituto, y todo cambió, al menos al principio. Se enamoró de ella, y ella daba la impresión de estar enamorada de él. Anne, según contó Derek, había crecido en un orfanato de Rhode Island, del que se marchó a la edad de dieciocho años. Estuvo durmiendo en la calle, se juntó con algunas bandas, y a los diecinueve años empezó a ejercer la prostitución en Atlantic City. Había tocado fondo poco antes de conocer a Derek en el aparcamiento de un motel de Princeton, donde él estaba reparando las calderas.

Anne se fue a vivir con él y se hicieron amantes.

Unas dos semanas más tarde, aparecieron dos tíos armados en la puerta para decirles que la chica les debía dinero. Derek no dijo nada. Fue al banco, sacó cinco mil pavos, todos sus ahorros, y se los dio. Los tíos se llevaron el dinero y prometieron que la dejarían tranquila a partir de entonces. Un par de meses más tarde, antes de Navidad, Derek le propuso matrimonio y ella aceptó.

Durante un tiempo, dijo Derek, todo pareció ir bien, pero al cabo de dos años la cosa empezó a irse al garete. Anne se emborrachaba y le ponía los cuernos cada vez que tenía oportunidad. No tenía aventuras, era más bien una serie de encuentros sexuales fortuitos con desconocidos, y no parecía importarle que Derek se enterase. Guardaba las apariencias en público, pero cuando se quedaban a solas era otra historia: lo insultaba y lo humillaba, lo llamaba loco, fracasado, le reprochaba lo mísero de su existencia y que no ganase más dinero. Lo acusaba de no ofrecerle una vida más interesante y lo amenazaba constantemente con dejarlo.

—Era una verdadera bruja. ¿Sabe qué me contestó cuando le dije que quería que tuviésemos hijos? Que no quería más retrasados como yo. Eso es lo que le dijo al tío que la recogió de un aparcamiento y se casó con ella. ¿Que por qué tragué con todo? Porque no tenía elección: estaba loco por ella. Podría haberme hecho cualquier cosa, y aun así no la habría dejado. De hecho, me pasaba la vida preocupado por que ella me dejase por cualquier capullo. Cuando iba andando por la calle tenía la sensación de que todo el mundo se reía de mí. Cuando me encontraba con algún tío en la ciudad, me preguntaba siempre si se la habría follado. Pero ni siquiera así podía echarla de mi lado.

Al cabo de un tiempo su comportamiento cambió, y Derek se dio cuenta de que había pasado algo. Anne se vestía mejor, se maquillaba. Había dejado de beber y parecía más feliz que nunca. Había comenzado a ignorar por completo a Derek. Llegaba tarde a casa y salía temprano por la mañana, así que apenas se veían y ni siquiera hablaban. Ni se molestaba en discutir con él.

No tardó mucho en darse cuenta de lo que estaba pasando.

—Me dejaré de rollos —prosiguió—. El caso es que la seguí y la vi entrar en una habitación de hotel con un tío mayor. Aunque no se lo crea, no le dije nada del asunto. Solo recé por que él la dejase tirada y se acabase todo. Recordaba lo horrible que había sido estar solo, antes de conocerla.

—¿Quién era el tío?

—Joseph Wieder. Era rico, influyente, famoso. Y, por lo visto, no tenía nada mejor que hacer que meterse en mi vida y liarse con una mujer treinta años más joven que él. Nunca llegué a saber cómo coño se liaron. Es cierto que por la cafetería donde ella trabajaba iban muchos profesores y estudiantes de la universidad, así que seguramente se conocieron allí. Yo estaba un poco loco, vale, pero no era idiota; sabía que Wieder haría todo lo posible para evitar un escándalo.

Así pues, la mañana después de que mataran a su esposa, Derek llamó al profesor, cuyo número había encontrado previamente rebuscando entre las cosas de Anne. Le contó lo del asesinato y que la policía seguramente intentaría cargarle a él el muerto, dadas las circunstancias. Le dijo a Wieder que lo metería en todo aquel lío, porque sabía que habían sido amantes. También le dijo que lo habían internado en un hospital psiquiátrico hacía unos años, por lo que para Wieder sería coser y cantar conseguir que lo declarasen no culpable alegando enajenación y lo internasen en un hospital psiquiátrico forense.

Al final lo empapelaron, fue acusado de asesinar a su mujer. Tras declararlo legalmente demente, lo internaron en el Hospital Psiquiátrico de Trenton. Wieder lo visitó muchas veces, con el pretexto de que el caso revestía un interés profesional particular. Le prometió que a los tres meses lo trasladarían al hospital de Marlboro, que gozaba de condiciones mucho mejores. Pero antes de que eso ocurriese, otro de los pacientes del Trenton lo atacó.

—Cuando salí del coma no reconocía a nadie y tampoco sabía cómo había acabado en el hospital. Ni siquiera recordaba mi nombre. Me hicieron todas las pruebas posibles y llegaron a la conclusión de que no era una amnesia fingida. De veras no recordaba nada. Wieder se convirtió para mí en un médico amable y atento al que le conmovía la terrible situación en que me encontraba. Me dijo que me trataría sin cobrarme nada y que me trasladaría al Marlboro. Me sentía abrumado por su bondad.

»Permanecí unos cuantos meses en el Marlboro, pero seguía sin recobrar la memoria. Por supuesto que había empezado a enterarme de cosas, en plan quién era yo, cómo se llamaban mis padres, a qué instituto había ido, esas cosas. No había nada bueno en mi pasado: la muerte de mi madre, el psiquiátrico, un trabajo de mierda, una mujer que me engañaba, y una acusación de asesinato. Me rendí; ya no quería saber más. El tío que yo había sido era un pringado. Decidí empezar de nuevo cuando saliese.

»Wieder era el encargado de la junta que decidió ponerme en libertad. No tenía a donde ir, así que me encontró un lugar para vivir, no muy lejos de su casa, y me dio trabajo como encargado de mantenimiento. Era una buena casa, pero vieja, y siempre había cosas que reparar.

No sé si lo sabe, pero si sufres de amnesia retrógrada solo se te olvidan cosas relacionadas con tu identidad, pero el resto no, las habilidades y eso. No se te olvida montar en bici, pero no recuerdas cuándo aprendiste, no sé si me entiende. Bueno, pues eso, que yo sabía reparar cosas, aunque no tenía ni idea de dónde había aprendido.

Wieder, prosiguió Derek, era un santo para él. Se aseguraba de que tomase la medicación, le pagaba un sueldo razonable cada mes por las reparaciones que hacía, se lo llevaba a pescar, y pasaban la tarde juntos al menos una vez a la semana. En una ocasión se lo llevó a la universidad y lo hipnotizó, pero nunca le habló de lo que había ocurrido en la sesión.

Una noche, a mediados de marzo de 1987, Derek estaba en casa, zapeando, buscando una película que ver. Al cabo de un rato se topó con una noticia en el canal NY1: un tío del condado de Bergen se había suicidado. «Anda, pero si es Stan Marini», dijo para sí cuando vio la foto del tío en la pantalla. Estaba a punto de cambiar de canal cuando se dio cuenta de que Stan era un compañero del personal de mantenimiento cuando Derek trabajaba para Siemens. Stan se había casado más o menos al mismo tiempo que él y se había mudado a Nueva York.

También comprendió lo que aquello significaba. Estaba acordándose de algo que nadie le había contado y que no había leído.

—Fue como cuando en Texas dan con el petróleo y brota a chorros del suelo. Se había abierto la tapa de un montón de cosas que tenía enterradas en la mente y, ¡bang!, estaba saliendo todo a la superficie. No puedo describirle la sensación. Era como ver una película a una velocidad cien veces más rápido de lo normal.

Quiso llamar de inmediato al hombre al que consideraba su benefactor, pero después decidió que era demasiado tarde para molestarlo. Le daba miedo olvidarlo todo de nuevo, así que encontró una libreta y empezó a escribir todo lo que le venía a la cabeza.

Dereck se puso en pie y me preguntó si quería que saliésemos al patio de atrás. Yo prefería quedarme donde estaba, porque no sabía si tendría una pistola escondida en algún sitio, pero no quería alterarlo, así que lo seguí. Era casi tan alto como yo y mucho más fuerte. En caso de pelea, yo no tenía ninguna posibilidad a no ser que usara la pistola que llevaba en el bolsillo.

Lo seguí hasta un patio descuidado, con matas de césped que brotaban entre trozos de tierra desnuda y fragmentos de adoquines, con un columpio oxidado en el centro. Inspiró profundamente el cálido aire de la tarde, se encendió otro cigarrillo y luego continuó con su historia sin mirarme a los ojos.

Lo recordó todo como si hubiese ocurrido el día anterior: cómo había conocido a Anne, que al principio todo iba bien, que después había empezado a engañarme, que me había enterado de que tenía una aventura con aquel puto profesor de universidad, cómo ella me dejaba en ridículo y, por fin, lo que había ocurrido aquella mañana, la charla con Wieder, mi arresto, lo mal que lo pasé en el hospital.

»Me puse a mirar las etiquetas de las pastillas que Wieder me había recetado, después fui a una farmacia y le pregunté al tipo si eran para la amnesia. Me dijo que eran para el catarro y la indigestión. El tío al que yo llevaba años considerando mi colega, mi benefactor, no era más que un guardián temeroso de que un día recordase lo que realmente había pasado. Me mantenía cerca para poder vigilarme, ¿comprende? Sentí que me estallaba la cabeza…

»Me pasé unos días sin salir siquiera de casa; cuando Wieder se pasó a verme, le dije que tenía dolor de cabeza y que solo quería dormir. Casi me arrepentía de haber superado la puta amnesia.

—¿Wieder sospechó algo?

—No lo creo. Tenía la cabeza en sus cosas. Yo no era más que un trasto viejo para Wieder. De hecho, creo que me había vuelto invisible para él. Ya no tenía miedo de lo que yo pudiese decir o hacer. Quería marcharse a Europa.

—Y entonces usted lo mató.

—Tras recuperar la memoria no dejaba de pensar en ello, pero no quería ir a la cárcel ni al manicomio. Aquel día se me había olvidado la caja de herramientas en su casa. Un rato antes había arreglado el baño de abajo y luego habíamos comido juntos. A la mañana siguiente tenía una cosa pendiente temprano, cerca de donde vivía, así que decidí ir a casa de Wieder a recoger la caja de herramientas. Antes de llamar al timbre, rodeé la casa para llegar al patio trasero y vi que las luces del salón estaban encendidas. Wieder estaba sentado a la mesa con el estudiante ese, Flynn.

—¿No vio al tipo del que le hablé, Frank Spoel?

—No, pero por lo que me ha contado, debí de estar a un paso de chocarme con él. Volví a la entrada de la casa, abrí la puerta y vi la caja de herramientas junto al perchero; seguro que Wieder la había encontrado en el baño y me la había dejado allí. La cogí y me marché. Ni se dio cuenta de que había estado allí. Estaban los dos hablando en el salón.

»De camino a casa me dije que, si le pasaba algo a Wieder, aquel tío sería el principal sospechoso. Estaba coladísimo por la chica esa detrás de la que andaba el profesor, así que aquel era el móvil que necesitaba.

»Fui al bar alrededor de las once, solo para que me viesen allí, como coartada. Hablé con el dueño, que me conocía. Estaba a punto de cerrar. Sabía que nunca llevaba reloj y tampoco había ninguno en la pared. Antes de marcharme, dije: "Oye, Sid, es medianoche. Mejor me marcho". Cuando testificó, dijo que era medianoche, nunca recordó que fui yo quien se lo dijo, ¿sabe?

»Aún no sabía lo que iba a hacer. Era como en un sueño; no sé cómo describirlo. No estaba seguro de que el estudiante se hubiese marchado; seguía haciendo mal tiempo, y pensé que quizá Wieder lo hubiese invitado a pasar la noche. Tenía una porra de cuero; la había encontrado unos meses antes en la guantera de un coche que había reparado. No sé si ha usado una alguna vez, pero es un arma de primera.

—Tuve una en los años setenta.

—Bueno, pues fui para allá, abrí en silencio la puerta y entré. Las luces del salón seguían encendidas, y entonces lo vi tirado allí en el suelo, todo lleno de sangre. Tenía muy mala pinta, con la cara reventada, toda hinchada y morada. Las ventanas estaban abiertas de par en par. Las cerré y apagué todas las luces. Me había llevado una linterna.

Se giró hacia mí.

—Estaba seguro de que había sido Flynn. Pensé que debían de haber discutido después de que yo me marchase, y que habrían acabado peleándose. Cuando le pegas tan fuerte a un tío significa que no te importa arriesgarte a matarlo, ¿no? Un puñetazo fuerte y ¡hala! ¡Se acabó!

»No sabía qué coño hacer. Una cosa era darle un golpe al tío que se había reído de mí y había fingido ser mi amigo después de follarse a mi mujer y meterme en el manicomio para después sacarme y convertirse en mi guardián, y otra cosa era darle a un tío tirado en el suelo, más muerto que vivo.

»Mire, creo que me habría marchado y lo habría dejado allí tirado, o que habría llamado a la ambulancia, quién sabe... Pero justo entonces, cuando me inclinaba sobre él, abrió los ojos y me miró desde el suelo. Y al verle los ojos recordé la tarde en que lo había seguido, cuando Anne entró en la habitación de hotel; yo había subido las escaleras y había pegado la oreja a la puerta, como un gilipollas. Y como si no supiese ya lo que pasaba dentro, tuve que oír cómo se la follaba. Entonces me acordé de aquella zorra, que se reía de mí y me llamaba impotente, después de haberla rescatado de una vida en la calle.

»Y eso fue todo, amigo. Saqué la cachiporra y le di una vez, fuerte.

»Cerré la puerta, tiré la cachiporra al lago y me fui a casa. Antes de acostarme, pensé en Wieder allí tumbado, muerto, cubierto de sangre, y tengo que decirle que me sentí bien. No me arrepentí en absoluto de lo que había hecho, o más bien de haber terminado lo que había empezado otra persona. Volví a la casa por la mañana, y el resto ya lo sabe. No supe que no había sido Flynn quien lo había hecho hasta que vino usted hace unos días. Pero, vamos, hasta que no vino el periodista tampoco había pensado demasiado en ello. Para mí estaba todo muerto y enterrado. Y eso es todo, amigo.

—Wieder murió dos horas después, al menos eso fue lo que dijo el forense. Podría haberlo salvado si hubiese llamado a una ambulancia.

—Ya sé lo que dijeron, pero sigo estando seguro de que murió al instante. De todos modos, ya no importa.

—Antes de marcharse, ¿abrió los cajones y desperdigó papeles por el suelo, para hacer pensar en un robo?

—No, me fui y ya está.

—¿Seguro?

—Sí, seguro.

Por un momento me pregunté si debía presionarle más.

—Derek, he estado pensando… Nunca supo quién mató a su mujer aquella noche…

—Así es, nunca lo supe.

—¿Y no le importaba?

—Quizá sí. ¿Y qué?

—El amor de su vida estaba tirado en el suelo en un charco de sangre, y lo primero que hizo fue llamar a su amante y pedirle que le salvara el culo. Llamó usted a los servicios de emergencias ocho minutos después de su conversación con Wieder. Qué raro, ¿no? Por curiosidad: ¿de verdad le creyó el profesor? ¿Habló con él cara a cara sobre el asesinato?

Sacó el paquete de tabaco del bolsillo y vio que estaba vacío.

—Tengo otro por ahí en el taller —dijo señalando hacia la galería acristalada.

—Espero que no esté pensando en hacer alguna tontería —dije, y me miró sorprendido.

—¿No querrá decir…? —comenzó, y se echó a reír—. ¿No cree que somos muy viejos para jugar a vaqueros? Aquí no hay pistolas, no se preocupe. No he cogido una pistola en mi vida.

Cuando entró en el taller metí la mano en el bolsillo y lentamente quité el seguro con el pulgar. Sin sacar la mano, empuñé el arma dentro del bolsillo. Había sido poli durante más de cuarenta años, pero nunca había tenido que disparar a nadie.

A través del cristal mugriento lo vi hurgar por el banco de trabajo, sobre el que estaban desperdigados todo tipo de objetos. Luego se agachó y rebuscó en una caja. Un momento más tarde volvió con un paquete de Camel entre el pulgar y el índice de la mano derecha.

—¿Lo ve? Ya puede sacar la mano del bolsillo. Tiene una pistola ahí dentro, ¿no?

—Sí.

Encendió un cigarrillo, se guardó el paquete y me lanzó una mirada interrogativa.

—¿Y ahora qué? Supongo que se da cuenta de que no le repetiría todo esto a un policía. Me refiero a uno de verdad.

—Ya sé que no.

—Pero usted cree que maté a Anne, ¿no?

—Sí, creo que la mató. En aquel entonces, la policía investigó su pasado en busca de posibles pistas. He leído el informe. Anne no era puta, Derek. Antes de conocerlo a usted trabajó dos años como camarera en Atlantic City, en un local llamado Ruby's Café. Todo el mundo la describía como una buena muchacha, decente e inteligente. Seguro que todo estaba en su cabeza; digo lo de los tíos esos que le pidieron dinero, su pasado turbulento, lo de follar por ahí con un montón de tíos y reírse de usted a sus espaldas. No era verdad, hombre, se lo inventó todo. Ni siquiera estoy seguro de que tuviese una aventura con el profesor. A lo mejor solo le pidió ayuda. Recobrar la memoria también hizo que volviesen las pesadillas, ¿no?

Me clavó la mirada y se pasó la punta de la lengua muy despacio por el labio inferior.

—Creo que es mejor que se vaya. No es mi puto problema lo que usted crea o no. Tengo que terminar de hacer el equipaje.

—Es hora de jugar, ¿no, Derek?

Me apuntó con el índice de la mano izquierda, doblando el pulgar para simular la forma de una pistola.

—Ha sido usted muy listo, de verdad.

Me señaló la puerta.

—Derek, ¿cuándo se marchó Leonora a Luisiana?

—Hace unas dos semanas. ¿Por qué lo pregunta?

—Por preguntar. Cuídese.

Sentí sus ojos en mi espalda hasta doblar la esquina y quedar fuera de su vista. Al parecer Dereck no sabía qne en esta época las cosas ya se hacían sin micros. Lo único que hacía falta era un lápiz especial en el bolsillo delantero de la chaqueta.

Un par de minutos más tarde, conforme iba saliendo de Witherspoon Street en mi coche, oí las sirenas de policía. En alguno de los documentos sobre Simmons, recordé, se afirmaba que su padre se mudó a otro estado y desapareció. Me pregunté si alguien habría comprobado la historia en aquel entonces. Me había contado que en algún momento Wieder lo había hipnotizado. ¿Habría averiguado el profesor de qué era capaz su paciente? ¿Por qué coño le había dado las llaves de su casa a un monstruo de ese calibre? ¿O es que estaba seguro de que su amnesia era irreversible y de que Simmons seguiría siendo para siempre una bomba sin detonador? Pero el detonador siempre había estado allí.

De camino al aeropuerto, recordé el título del libro de Flynn y el laberinto de espejos deformantes que solía haber en las ferias cuando era pequeño: todo lo que veías desde que entrabas era tan verdadero como falso al mismo tiempo.

Estaba oscureciendo cuando llegué a la autopista.

Comencé a pensar en que iba a ver a Diana de nuevo y en lo que podría salir de todo aquello. Estaba tan nervioso como si fuese a mi primera cita. Recordé la pistola; la saqué del bolsillo, le puse el seguro y la escondí en la guantera. Al final, había terminado mi vida de poli sin tener que usar una pistola con nadie, y me dije que me alegraba de que fuese así.

Sabía que se me olvidaría todo lo relacionado con aquel caso, del mismo modo que olvidaría el resto de las historias que conformaban mi vida, historias probablemente ni mejores ni peores que las de cualquier otro. Pensé que si tenía que elegir solo uno de mis recuerdos, una historia para recordar hasta el final, un recuerdo que el señor A. nunca podría quitarme, me gustaría recordar aquel trayecto sereno, silencioso y esperanzado hasta el aeropuerto, sabiendo que iba a ver de nuevo a Diana, y que quizá decidiese quedarse.

La vi cruzar la salida y me fijé en que solo llevaba una bolsa de viaje pequeña, el típico equipaje de mano que coges para un viaje muy corto. La saludé con la mano y ella me devolvió el saludo. Un par de segundos más tarde nos reunimos junto a un puesto de libros y le di un beso en la mejilla. Se había cambiado el color de pelo, llevaba un perfume nuevo y un abrigo que nunca le había visto, pero tenía la misma sonrisa de siempre.

—¿Solo has traído esto? —le pregunté cogiendo la bolsa.

—He alquilado una furgoneta para que me traigan el resto de las cosas la semana que viene. Me voy a quedar un tiempo, así que ya le estás diciendo a esa jovencita tuya que se largue, y rapidito.

—¿No estarás hablando de Minnie Mouse? Me ha dejado, Dee. Yo creo que seguía enamorada de un tal Mickey.

Caminamos de la mano hacia el aparcamiento, nos montamos en el coche y salimos del aeropuerto. Me habló de nuestro hijo, de su esposa y de nuestra nieta. Y al escuchar su voz mientras conducía, sentí que todos los recuerdos del crimen que me había obsesionado los últimos meses se desprendían uno a uno, revoloteando hasta perderse de vista en la carretera, como las páginas de un viejo manuscrito que se llevase el viento.

EPÍLOGO

La historia de Derek causó suficiente revuelo como para que la onda expansiva llegase hasta una pequeña ciudad de Alabama. Danna Olsen me llamó unos días más tarde, mientras yo iba de camino a Los Ángeles para reunirme con un productor de televisión. También tenía una reunión esa noche con John Keller, que se había mudado hacía poco a la Costa Oeste y alquilado una casa en el condado de Orange, California.

—Hola, Peter —dijo—. Soy Danna Olsen. ¿Se acuerda de mí?

Le dije que sí y charlamos un poco antes de que fuese al grano.

—Le mentí entonces, Peter. Sí que sabía dónde estaba el resto del manuscrito, lo había leído antes de la muerte de Richard, pero no quería dárselo ni a usted ni a nadie. Estaba enfadada. Al leerlo me di cuenta de lo mucho que había querido Richard a esa mujer, Laura Baines. Aunque parecía estar furioso con ella, en mi cabeza no cabía duda de que había muerto amándola. No fue honesto por su parte hacer eso. Me sentí como un caballo viejo al que había mantenido a su lado solo porque no sabía qué otra cosa hacer. Lo cuidé y aguanté sus excentricidades, y créame, eran muchas. Y él va y dedica los últimos meses de su vida a escribir ese libro, cuando yo estaba justo a su lado. Me sentía traicionada.

Yo estaba en Rosewood Avenue, en Hollywood Oeste, delante del restaurante donde se suponía que tenía que reunirme con el productor de televisión.

—Señora Olsen —dije—, dadas las últimas circunstancias, me refiero al arresto de Simmons, no creo que…

—No lo llamo para hacerle una propuesta de negocios —explicó para aclarar las cosas desde el principio—. Tenía claro que el manuscrito no revestiría ya demasiado interés para usted como agente literario. Pero, de todos modos, el último deseo de Richard era que se publicase. Aparte de su historia con Baines, ya sabe cómo deseaba convertirse en escritor, y creo que le habría alegrado muchísimo que usted hubiese aceptado el proyecto. Por desgracia, no ha vivido para verlo. Pero ahora me doy cuenta de que estaría bien mandarle el manuscrito de todos modos.

No sabía qué decir. Era evidente que la historia que narraba no era verdadera, ya que la premisa, toda la teoría de Flynn, se había venido abajo después de los últimos acontecimientos, que probaban que la imaginación del autor había embellecido los hechos. John Keller había mantenido una larga conversación telefónica con Roy Freeman, el policía jubilado que se había convertido en una estrella mediática —EXPOLICÍA RESUELVE MISTERIOSO ASESINATO DE HACE VEINTIOCHO AÑOS— y que por el momento se había mudado a la casa de su exmujer, en Seattle, para alejarse de los periodistas. John me había mandado un correo en el que me contaba que ya no quedaba misterio alguno en la historia.

Pero no podía decirle eso a Danna, porque ella ya lo sabía.

—Sería genial poder echarle un vistazo —contesté mientras saludaba con la mano al productor, que caminaba hacia el restaurante con la cara casi oculta por un par de enormes gafas verdes que le daban el aspecto de un grillo gigante—. Tiene mi correo electrónico, ¿verdad? Volveré mañana a casa y buscaré un hueco para leerlo.

El productor me vio, pero no se molestó en acelerar el paso ni en devolverme el saludo. Parecía tranquilo, indiferente, una actitud pensada para subrayar su importancia.

La señora Olsen me aseguró que tenía mi dirección de correo y que me mandaría el manuscrito de inmediato.

—Las últimas semanas fueron difíciles para él, Peter, y creo que se nota en los capítulos finales del manuscrito. Hay cosas que… Pero, bueno, ya verá de qué le hablo.

Esa noche me reuní con John Keller, que me recogió a la puerta de mi hotel. Lucía un bronceado y una barba de dos semanas que le sentaban bien.

Cenamos juntos en un restaurante japonés llamado Sugarfish, en la calle Siete Oeste, que según me dijo John era el último sitio de moda y donde había reservado una mesa. Los camareros venían cada cinco minutos para traernos platos distintos cuyo contenido yo era incapaz de identificar.

—¡Qué te parece! —exclamó cuando le conté mi conversación con Danna Olsen—. ¡Piénsalo! Si te hubiese dado el manuscrito entonces, yo no habría buscado a Freeman y él no habría desenterrado esos archivos. Y probablemente nunca nos habríamos enterado de la verdad sobre el asesinato.

—Por otro lado, tendría un libro que vender —dije.

—Un libro que no sería verdad.

—¿A quién le habría importado eso? ¿Sabes una cosa? Richard Flynn tuvo mala suerte hasta el final. Aun después de su muerte, perdió la oportunidad de publicar un libro.

—Es una manera de verlo —observó John alzando el vasito de sake—. Por Richard Flynn, el tío sin suerte.

Brindamos a la memoria de Flynn, y luego me habló con entusiasmo de su nueva vida y de lo feliz que era trabajando en televisión. El episodio piloto de la serie que le habían convencido para que escribiera junto con un equipo de guionistas había cosechado buenas audiencias, así que esperaba que la renovaran por al menos una temporada más. Me alegré por él.

Aún no he leído el manuscrito. Lo encontré en mi correo electrónico tras volver a Nueva York. Imprimí sus doscientas cuarenta y ocho páginas en Times New Roman cuerpo 12, a doble espacio, y las puse en una carpeta sobre mi escritorio. Y ahí están, como aquellas calaveras que guardaban los monjes de la Edad Media para recordar que la vida es corta y pasajera, y que el juicio llega tras la muerte.

Lo más seguro es que Richard Flynn se equivocase de principio a fin. Era probable que Laura Baines hubiese robado el manuscrito y dejado morir a Weider en el suelo, pero no había sido su amante. Derek Simmons se había equivocado al pensar que Richard Flynn había escapado por la puerta acristalada tras golpear al profesor. Joseph Wieder se había equivocado al pensar que Laura

Baines y Richard Flynn tenían una relación. Todos se habían equivocado y no habían visto más que sus propias obsesiones a través de las ventanas por las que intentaban mirar, pero que al final habían resultado ser espejos.

Un gran escritor francés dijo una vez que el recuerdo de las cosas pasadas no es necesariamente el recuerdo de las cosas tal como ocurrieron. Supongo que tenía razón.

AGRADECIMIENTOS

Me gustaría expresar mi gratitud a todos los que me han ayudado con este libro.

Mi agente literaria, Marilia Savvides, de Peters Fraser and Dunlop, no solo rescató rápidamente mi historia del montón de originales no solicitados, sino que además me ayudó a pulir el manuscrito una vez más, e hizo un gran trabajo. Gracias por todo, Marilia.

Francesca Pathak, de Century, y Megan Reid, de Emily Bestler Books, editaron el texto, proceso que no podría haber sido más plácido y agradable. Trabajar con ellas ha sido un privilegio. También le estoy muy agradecido a los fantásticos equipos de Penguin Random House de Reino Unido y de Simon & Schuster de Estados Unidos. Francesca y Megan, también os agradezco todas vuestras sabias sugerencias: han enriquecido el texto y lo han hecho brillar.

Rachel Mills, Alexandra Cliff y Rebecca Wearmouth han vendido el libro en todo el mundo en el espacio de un par de semanas; ¡y qué inolvidable festín fue ese periodo para todos nosotros! Gracias, señoras.

Mi buen amigo Alistair Ian Blyth me ayudó a navegar por las procelosas aguas de la lengua inglesa sin ahogarme, y no fue tarea fácil. Gracias, tío.

Me he guardado para el final a la persona más importante: mi esposa, Mihaela, a quien está dedicado el libro, de hecho. Si no hubiese sido por su confianza en mí, probablemente habría abandonado la literatura hace mucho. Siempre me ha recordado quién soy y a qué mundo pertenezco de veras.

Y mi último agradecimiento va para ti, lector, que has escogido este libro entre tantos otros. Hoy en día, como dijo Cicerón, los niños ya no obedecen a sus padres y todo el mundo escribe libros.

NOTA DEL AUTOR

Querido lector:

Nací en una familia de ascendencia rumana, húngara y alemana, y crecí en Fagaras, una pequeña ciudad del sur de Transilvania, en Rumanía. Llevo escribiendo relatos desde que tenía diez años, aunque trabajé en muchas cosas antes de decidir, hace tres años, tirarme a la piscina y dedicarme por completo a la literatura.

Publiqué mi primer relato en 1989, y mi primera novela, *The Massacre*, dos años después. Tuvo un enorme éxito en aquella época, vendió más de cien mil ejemplares en menos de un año. Le siguió otro best seller solo un par de meses más tarde, *Commando for The General*, un thriller político ambientado en Italia. Publiqué quince libros en Rumanía antes de marcharme del país y establecerme en el extranjero hace cuatro años.

Escribí el primer borrador de esta novela, la primera que escribo en inglés, entre febrero y mayo de 2014. Pulí el manuscrito cuatro o cinco veces antes de enviarlo a una docena de agentes literarios que lo rechazaron sin decirme por qué. Lo volví a pulir dos veces más y decidí venderlo a una editorial pequeña.

Robert Peett, el fundador y encargado de Holland House Books, de Newbury, respondió con mucha rapidez para decirme que le había encantado mi libro, pero que deberíamos quedar y conversar un rato antes de llegar a un acuerdo. Nos reunimos dos semanas más tarde, y ante una taza de café me dijo que quizá el libro fuese demasiado bueno para su editorial: no podía permitirse pagar un adelanto, la distribución no sería espectacular, y esas cosas. Me pregunté si se estaría riendo de mí. Quiso saber por qué no le había enviado el manuscrito a algún agente literario. Le dije que lo había hecho, pero que lo habían rechazado muchas veces. Me convenció para que volviese a intentarlo.

Eso fue un jueves. Al día siguiente, le envié el manuscrito a tres agentes británicos más, uno de los cuales era Marilia Savvides, de Peters Fraser and Dunlop. Me pidió el manuscrito completo dos días más tarde, y tres días después me llamó para ofrecerse a representarme. Conocí a Marilia y me dijo que el proyecto iba a ser la bomba. Bueno, yo estaba flotando, pero aún mantenía cierto escepticismo. Pero ella tenía razón, y en menos de una semana recibimos unas ofertas extraordinarias de más de diez países. Yo ya no era escéptico, sino que estaba un poco asustado, porque todo estaba pasando muy rápido. Que Dios te bendiga, Robert Peett, por tu honestidad y tu bondad. De momento, el manuscrito se ha vendido en más de treinta países.

La idea para el libro empezó a germinar hace tres años, en una charla con mi madre y mi hermano mayor, que habían venido a visitarme a Reading, donde vivía en aquella época. Les dije que recordaba el funeral de un futbolista local que había muerto muy joven en un accidente de coche cuando yo era niño. Me dijeron que yo era muy pequeño en aquella época y que era imposible que estuviese con ellos en el cementerio. Yo insistí, diciéndoles que recordaba incluso que el ataúd estaba abierto, y que había un balón de fútbol sobre el pecho del muerto. Me dijeron que aquel detalle se ajustaba a la verdad, pero que seguramente lo había oído de ellos o de mi padre, que también había ido con ellos al funeral. «Pero tú no estabas con nosotros, eso seguro», añadió mi madre.

No era más que una historia insignificante sobre la enorme capacidad de la mente humana para maquillar e incluso falsificar sus recuerdos, pero plantó la semilla de mi novela. ¿Y si realmente olvidábamos lo que había ocurrido en algún momento y creábamos un recuerdo falso de un acontecimiento? ¿Y si nuestra imaginación fuese capaz de transformar la supuesta realidad objetiva en otra cosa, en nuestra propia realidad separada? ¿Y si alguien no es simplemente un mentiroso, sino que su mente es capaz de reescribir un acontecimiento determinado, como un guionista y un escritor fundidos en uno? Bueno, pues de eso trata *El libro de los espejos*, aunque también habla de un crimen cometido en la Universidad de Princeton a finales de la década de 1980.

Diría que lo importante del libro no es quién comete el asesinato, sino el porqué. Siempre he pensado que después de trescientas páginas los lectores deberían llevarse algo más que averiguar quién mató a Tom, a Dick o a Harry, por muy sofisticados y sorprendentes que sean los giros de la trama. También he pensado siempre que un autor debería aspirar a descubrir ese lugar mágico de las historias que se caracterizan por un fuerte sentido del misterio, pero con una inclinación verdaderamente literaria al mismo tiempo.

E. O. Chirovici

E. O. Chirovici nació en Transilvania en 1964,
en el seno de una familia con raíces en Rumanía,
Hungría y Alemania. Debutó como
escritor con una colección de relatos breves,
y su primera novela, *The Massacre*, fue un
éxito de ventas en Rumanía. Trabajó durante
años como periodista, primero como director
de un prodigioso periódico y más tarde dirigiendo
una importante cadena de televisión.
Desde 2013 se dedica exclusivamente a la
escritura y en la actualidad vive en Bruselas.

ÚLTIMOS TÍTULOS PUBLICADOS

La vida secreta de las ciudades, Suketu Mehta
El monarca de las sombras, Javier Cercas
La sombra de la montaña, Gregory David Roberts
El gran desierto, James Ellroy
Aunque caminen por el valle de la muerte, Álvaro Colomer
Vernon Subutex 2, Virginie Despentes
Según venga el juego, Joan Didion
El valle del óxido, Philipp Meyer
Industrias y andanzas de Alfanhuí, Rafael Sánchez Ferlosio
Acuario, David Vann
La Dalia Negra, James Ellroy
Nosotros en la noche, Kent Haruf
Galveias, Jose Luís Peixoto
Portátil, David Foster Wallace
Born to Run, Bruce Springsteen
Los últimos días de Adelaida García Morales, Elvira Navarro
Zona, Mathias Enard
Brújula, Mathias Enard
Titanes del coco, Fabián Casas
El último vuelo de Poxl West, Daniel Torday
Los monstruos que ríen, Denis Johnson
Besar al detective, Elmer Mendoza
El tenis como experiencia religiosa, David Foster Wallace
Venon Subutex 1, Virginie Despentes
Sudor, Alberto Fuguet
Relojes de hueso, David Mitchell

Maldita, Chuck Palahniuk
El 6º continente, Daniel Pennac
Génesis, Félix de Azúa
Perfidia, James Ellroy
A propósito de Majorana, Javier Argüello
El hermano alemán, Chico Buarque
Con el cielo a cuestas, Gonzalo Suárez
Distancia de rescate, Samanta Schweblin
Última sesión, Marisha Pessl
Doble Dos, Gonzálo Suárez
F, Daniel Kehlmann
Racimo, Diego Zúñiga
Sueños de trenes, Denis Johnson
El año del pensamiento mágico, Joan Didion
El impostor, Javier Cercas
Las némesis, Philip Roth
Esto es agua, David Foster Wallace
El comité de la noche, Belén Gopegui
El Círculo, Dave Eggers
La madre, Edward St. Aubyn
Lo que a nadie le importa, Sergio del Molino
Latinoamérica criminal, Manuel Galera
La inmensa minoría, Miguel Ángel Ortiz
El genuino sabor, Mercedes Cebrián
Nosotros caminamos en sueños, Patricio Pron
Despertar, Anna Hope
Los Jardines de la Disidencia, Jonathan Lethem
Alabanza, Alberto Olmos
El vientre de la ballena, Javier Cercas
Goat Mountain, David Vann
Barba empapada de sangre, Daniel Galera
Hijo de Jesús, Denis Johnson
Contarlo todo, Jeremías Gamboa
El padre, Edward St. Aubyn
Entresuelo, Daniel Gascón
El consejero, Cormac McCarthy

Noches azules, Joan Didion
Las leyes de la frontera, Javier Cercas
Joseph Anton, Salman Rushdie
El País de la Canela, William Ospina
Ursúa, William Ospina
Todos los cuentos, Gabriel García Márquez
Los versos satánicos, Salman Rushdie
Yoga para los que pasan del yoga, Geoff Dyer
Diario de un cuerpo, Daniel Pennac
La guerra perdida, Jordi Soler
Nosotros los animales, Justin Torres
Plegarias nocturnas, Santiago Gamboa
Al desnudo, Chuck Palahniuk
El congreso de literatura, César Aira
Un objeto de belleza, Steve Martin
El último testamento, James Frey
Noche de los enamorados, Félix Romeo
Un buen chico, Javier Gutiérrez
El Sunset Limited, Cormac McCarthy
Aprender a rezar en la era de la técnica, Gonçalo M. Tavares
El imperio de las mentiras, Steve Sem Sandberg
Fresy Cool, Antonio J. Rodríguez
El tiempo material, Giorgio Vasta
¿Qué caballos son aquellos que hacen sombra en el mar?, António
   Lobo Antunes
El rey pálido, David Foster Wallace
Canción de tumba, Julián Herbert
Parrot y Olivier en América, Peter Carey
La esposa del tigre, Téa Obreht
Ejército enemigo, Alberto Olmos
El novelista ingenuo y el sentimental, Orhan Pamuk
Caribou Island, David Vann
Diles que son cadáveres, Jordi Soler
Salvador Dalí y la más inquietante de las chicas yeyé, Jordi Soler
Deseo de ser egipcio, Alaa al-Aswany
Bruno, jefe de policía, Martin Walker